書下ろし

D1
警視庁暗殺部

矢月秀作

祥伝社文庫

目次

目次

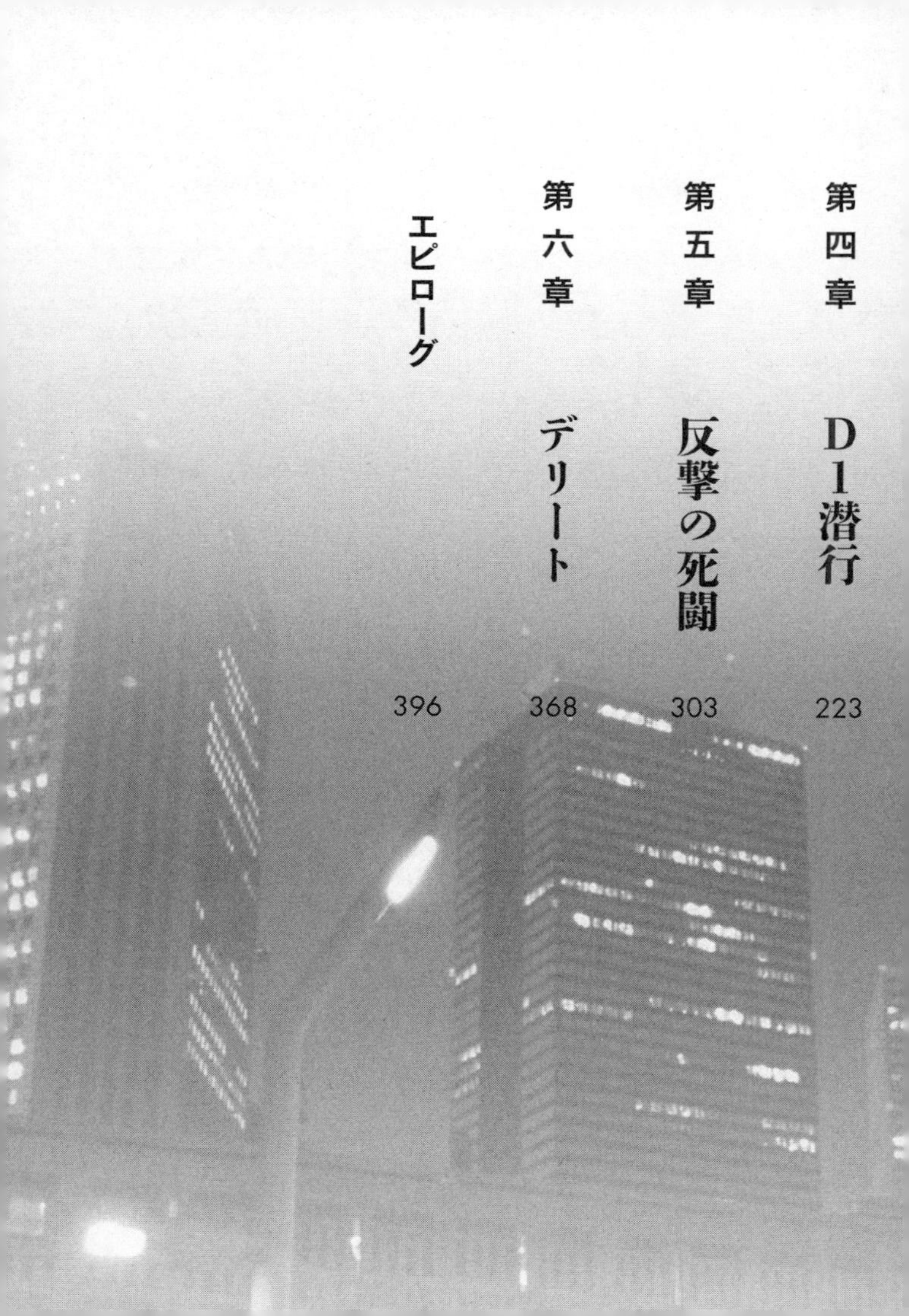

目次デザイン／かとう　みつひこ

プロローグ

得体の知れない闇が、私を飲み込もうとしている……。

菜々美（ななみ）はスマートフォンを握った。

ローベッドに横たわる三浦智春（みうらともはる）は見るからに瀕死（ひんし）の状態だった。

蒼白（あおじろ）かった相貌（そうぼう）は今や紫色に変わっている。荒々しい気息は時折詰（つ）まり、喉（のど）は奇妙な吸気音を発している。左右の腋下（えきか）に氷袋を巻いたタオルを挟（はさ）み、部屋は冷房で鳥肌が立つほど冷やしているにもかかわらず、顔や上半身から噴（ふ）き出す汗は止まらない。

大丈夫なわけがない。

三年前に消えた三浦智春が突然訪ねてきたのは、午後九時を回った頃だった。

何を今さらと思ったが、モニターを通して見た智春の様子はすでに尋常（じんじょう）ではなかった。滝のような汗を掻（か）き、呼吸は乱れ、立っているのが精一杯の状況だった。

菜々美は智春を招き入れ、ベッドに寝かせた。そしてすぐ救急車を呼ぼうとした。が、智春は菜々美の手を押さえ、言った。

どこにも連絡をするな、と。休ませてくれればすぐに良くなるとも付け加えた。

こうしたことは以前からよくあった。

智春は準暴力団――世間で言う半グレ集団に属していた。OBに呼び出され、喧嘩に加担してやられた時、全身傷だらけにもかかわらず病院へ行くことなく、菜々美の部屋で身を隠しつつ療養し、傷が治ればまた元の生活に戻るという愚行を繰り返していた。

度々そうしたことがあったせいで、少々の傷の手当てには慣れていた。

今回もまたどこかで喧嘩してきたのだろうと思い、身体をくまなく調べた。が、傷らしい傷はなかった。全身のあちこちが紫色に変色していた。しかし、殴られたような痕ではなく、皮下に液体が流れ込み膨らんでいるような状態だった。過去に見たことのないものだ。

明らかにこれまでとは違う様子に不安を募らせたが、智春の制止を振り切ってまで、救急車を呼ぶつもりはなかった。

智春は小柄で温和な表情をしている。髪の毛も他の仲間たちとは違い、染めもせず、普通の短髪を通していた。一見すると、本当に半グレ集団の構成員なのかと疑うほどだ。が、菜々美は何度となく、智春の裏の顔に接している。

智春は一度激昂すると、気分が収まるまで男女、仲間関係なく暴行した。何かが憑依したように両眼が吊り上がり、誰の制止も聞かず、暴れる。菜々美の部屋も何度か壊され、そのたびに引っ越しを余儀なくされた。

別れた原因も、智春の二面性にあった。

三年前の夏、たまたま出くわした中学時代の同級生の男と街中で立ち話をしていた。ほんの五分ほどのことだった。が、その光景を智春の後輩が見ていたらしく、智春の耳に伝わった。

智春は同級生を拉致し、数時間に亘る暴行を加えた。途中、菜々美とは関係がないとわかっても、収まらない怒りを彼にぶつけた。

さすがに菜々美も、この行為には耐えられなかった。

暴行を受けた同級生に詫びた。被害届を出すように勧めたが、男性はこれ以上関わりたくないと届を出さなかった。

しかし、菜々美の気が済まなかった。たかだか街で立ち話をしただけで嫉妬され、しかも相手に対して暴力を加えるなど許されるはずもない。菜々美は智春が帰ってくるのを待った。帰宅次第、警察に連絡するつもりだった。

が、智春はその事件を境に姿を消した。智春の仲間たちの姿も見なくなった。

菜々美は、全員で逃亡したものと思った。

しばらくは憤りが治まらなかった菜々美も、二年経ち、三年経つ頃には気分も落ち着き、半グレ集団とは関わりのない静かな日々を送っていた。

そこに悪夢が再来した。

本来、助ける義理もない。智春が死のうが生きようが、今の菜々美の生活に関係はない。むしろ関わり合いを持ちたくない。

だが、一方で、息も絶え絶えに戻って来た智春に一抹の歓びを感じた。

付き合っている時からそうだった。どんなに迷惑をかけられても、家を半壊にされても、智春の笑顔を見ると許してしまう。傷ついた智春を見ると、助けてあげたくなる。

共依存というらしい。他者に求められることが自分の存在意義となり、その過度な依存関係から逃れられなくなる状態のことをいう。

菜々美にとって、智春はまさにその対象だった。智春に必要とされることが生き甲斐で、智春の面倒をみていることそのものに至福を感じた。

しかし、三年間離れてみて、智春への傾倒が少し行き過ぎていたことに気づいた。智春が自分を束縛しているものと思っていたが、実は自分もまた智春を縛っていた。尽くすという行為で彼をがんじがらめにしていた。

呪縛から解き放たれていく過程で、とてつもない淋しさを覚えた。誰かの許になびきたかった。が、もしまた智春が戻ってきて、同級生と同じようなことをされたらと思うと、他の男のところへは行けなかった。

だが、結果的にそれがよかった。誰にも寄り添えないことは、逆に一人で歩くことを教えてくれた。誰にも添わず、一人で立つ時間や日々がいかに大切なものかに気づき始めていた。

そしてようやく、対等な恋人候補を見つけた。相手は菜々美のことを彼女と思っているようだが、菜々美はまだハッキリ付き合うとは言っていない。ゆっくりと自分の気持ちを育めばいいと思っている。

今度こそ、きちんとした恋人と人生を歩んでいける。

そう感じていた矢先、智春が現われた。胸の奥がしくりと疼いた。

入れるべきではないとわかっていても、心は智春を求めた。ただならない様相が胸の奥底に沈めていた願望を目覚めさせた。

智春を上げた菜々美は部屋を冷やし、全身から噴き出す汗をこまめに拭った。何本のタオルを使ったのかもわからない。どれほど、台所やバスルームを行き来したのかもわからない。が、智春のために動き回っている時間は、ほんのりと積もっていた空虚感を埋めてくれた。

もう一度だけ、やり直してもいいかも。菜々美は看病しながら、そう思うようになっていた。

しかし、それから三時間。智春の容体は良くなるどころか、早送り動画を見ているような勢いでみるみる悪化した。

もはや、自分の手に負える状況ではない。これ以上は放っておけない。

決断した。

「とも君。救急車、呼ぶからね」

スマートフォンのダイヤル画面を出し、指を伸ばす。

掛け布団の下から腕が伸びてきた。菜々美の右手首をつかむ。

「やめ……ろ……」

声を絞り出す。

菜々美は手を振り払おうとした。が、智春は離さない。手首をつかんだまま、やおら起き上がった。菜々美の両肩を握り、顔を起こす。

菜々美は絶句した。

この世のものとは思えない面相だった。

下瞼や鼻、口、耳から血が流れ出ていた。白目は赤黒く濁り、顔は土気色に変容していた。口端から血塊が滴り、シーツに落ちる。

目を伏せた。菜々美はさらに言葉を失った。真っ白だったシーツが真っ赤に染まっていた。紅血はシーツの布目を伝って流れ、カーペットに血溜まりを作っていた。

手からスマートフォンがこぼれた。

「頼む……このまま、ここで……」

智春の顔が迫った。

瞬間、喀血した。

開いた口からおびただしい血煙が噴き出た。

菜々美は頭から血を被った。白い肌が深紅に染まる。

智春の手が力を失った。所在をなくした上体が菜々美の胸元に倒れる。胸の谷間に埋まった顔は菜々美のTシャツに赤い帯を描き、ずるずると崩れ落ちた。

あまりの戦慄に自失した。両眼を見開いたまま、硬直する。震えすら起こらない。

突然、部屋のドアが開いた。

首を傾けた。白ずくめの人間が立っていた。頭頂から爪先まで、真っ白な防護服で身を覆っている。見えるのはゴーグルに覆われた目の部分だけだった。

「誰……？」

菜々美は言葉を発した。途端、正気が戻ってきた。

白ずくめの人間が二人、三人と入ってくる。たちまち、数名の白ずくめの人間に部屋を占領された。

「誰なの！」

ひきつれた叫声を上げた。

白ずくめの人間が二人、菜々美に近づいた。一人が腕をつかむ。

菜々美は上体を振った。が、握力が強く、外せない。

「血を浴びてますね」

右側の人間の口元からくぐもった声が聞こえた。男の声だった。

「どのみち彼と接触した時点で感染者。連れていくよ」

左側の人間が言う。女だった。

「わかりました」

右側の男は菜々美の頭をつかんだ。フロアに叩きつける。菜々美の鼻骨が折れ、血が飛沫いた。男はそのまま背中を膝頭で押さえつけ、右腕をねじ上げた。

「大事な検体よ。乱暴に扱わないで」

女は腰に付けたポシェットから注射器を取り出した。アンプルを取り、針を刺して液体を吸い上げる。

菜々美は抗った。叫ぼうとする。

男は近くにあったタオルを取り、口に押し込んだ。

菜々美は呻き、足をばたつかせた。が、男はびくともしない。

「元気ね、この子。ひょっとしたら、当たりかもしれない」

女が微笑む。右目尻のホクロが揺れた。

女は菜々美の脇に屈んだ。針先から薬液を出し、空気を抜く。

「右肘を返して」

女が言う。男は菜々美の腕をねじった。

菜々美は呻吟し、暴れた。しかし、腕は動かせない。

「ほらほら、動かない。ヘンなとこに入ったら、大変なことになるから」

女は肘正中皮の静脈を探り、皮膚に先端を当てた。針を沈め、薬液を流し込む。

菜々美はタオルを噛みしめた。

たちまち朦朧としてきた。全身が気だるくなり、フロアにめり込みそうなほど力が抜けていく。瞼も急激に重くなる。

「ただの麻酔よ。死にはしない」

女は注射器をしまい、立ち上がった。智春に歩み寄り、爪先で突く。

智春は穴という穴から血を噴き出し、絶命していた。

女が一同を見回した。

「三浦智春の死亡は確認した。各自、予定通り、処理作業に入って。くれぐれもパンデミックの可能性は根絶するように。作業終了まで今から五分よ。始め！」

号令とともに、白ずくめの人間たちが蠢き始めた。

智春の遺体はベッドに乗せられた。風呂場や廊下には鼻孔を突く液体がまかれた。

菜々美の脇に寝袋のようなビニール袋が置かれた。二人の人間が足と脇を同時に持ち上げ、袋の上に菜々美を置き、ファスナーを閉じ始める。

菜々美の身体は動かなかった。声を出そうとする。喉が弛緩して呻き声も出ない。

霞む視界に智春の姿が映る。

とも君、助けて！

心の奥で叫んだ。

まもなく菜々美の視界は闇に包まれた――。

第一章　第三会議

1

黒いワゴンは、四条通から八坂神社手前の祇園交差点を右に折れた。東大路通を南下する。夕刻に降った雨がアスファルトを黒く染め、闇を深くする。

京の街は森閑としていた。

「さあ、Ｄ１の諸君。そろそろ到着するよ。ナイトショーの準備をよろしく！」

ハンドルを握っていた〝クラウン〟こと伏木守が後部座席に陽気な調子で声を掛けた。

天然パーマの頭に黒いハットを乗せている。ひょろりとした上半身を包む黒いワイシャツの第三ボタンまでを外して胸元を開き、長い脚の足元を迷彩色の革靴で飾っている。その洒落た風体と三十手前にしての軽快な言動はまさに〝道化師〟だ。

「チェリー。リヴからの連絡は？」

コードネーム〝ファルコン〟の周藤一希が訊いた。

隣にいた〝チェリー〟こと天羽智恵理はダークピンクのオーバル眼鏡のつるを人差し指で押し上げた。ショートボブの黒髪の端が揺れる。小柄で瞳が大きく、一見すると愛らしい容貌に、名前から取ったチェリーというコードネームはふさわしい。執行人の神馬と同じ二十五歳だが、智恵理のほうが幼く映る。

智恵理は手元のタブレットを確認した。

「二分前にメールが入っています。ターゲットは依然、離れで宴に興じているようです」

「最後の晩餐が京料理か。贅沢だな、悪党は」

周藤の後ろの席にいた神馬悠大が呟いた。仲間からは〝サーバル〟と呼ばれている。

サーバルは、サーバルキャットのことだ。ほっそりとした美しい体躯を持つ中型のヒョウ柄の猫だが、その動きは俊敏で、運動能力はすこぶる高い。時には一メートルを超す大ジャンプで毒蛇や野犬に襲い掛かり、殺して食らう。

夜行性で群れることを嫌い、人間であろうと襲い掛かる獰猛さは、二十五歳の若さで執行人を務める神馬そのものだ。

神馬は右膝を立て、肩に漆黒の仕込み杖を立てかけていた。柄の中央には紅い髑髏を背負った旭日章が刻まれている。漆一文字黒波の異名を持つ神馬専用の黒刀だった。

「ポン。準備はどうだ？」

周藤は、最後部にいた栗島宗平に声をかけた。

周藤より年上でＤ１最年長の三十五歳の男だが、坊主頭ででっぷりとした様が狸に似ていることから、親しみを込めて〝ポン〟と呼ばれるようになり、それがそのままコードネームとなった。普段は口数少なくおっとりとしているが、仕事に入るとＤ１唯一の工作員として、その職責を確実に遂行する。

「整っています」

坊主頭を掻く。

最後部のスペースには電子機器が置かれていた。三台のモニターとイコライザーのようなスイッチの付いたラックが囲んでいる。栗島の手前の小テーブルにはノートパソコンが置かれている。テレビ局の中継車内部のようだった。

「サーバル。これをファルコンに」

栗島は背後からプラスチックケースを差し出した。神馬が受け取り、前のシートに差し出す。智恵理が受け取り、周藤に渡した。

黒いガンケースの表面にはハヤブサが描かれている。ケースを開けた。中には自動拳銃とマガジン、サプレッサーが収められている。

銃把の中央には、神馬の持つ仕込み杖の柄にあるものと同じ、紅い髑髏を背負った旭日章が刻印されている。ナイトホークカスタムファルコンコマンダーの周藤専用特注モデルだ。45ACP弾を使用している。貫通力は9ミリパラベラム弾のほうが高いが、消音性と殺傷能力は45ACPの方が長(た)けている。ショートリコイル機能に悪影響を与えないよう、ストレートブローバック方式に改良している。

周藤は銃を取り出してスライドを引き、動作を確認した。サプレッサーを取り、銃口の先端に差し込む。再びスライドを動かし、サイトを覗(のぞ)きつつ、微調整を繰り返す。

栗島が声をかけた。

「情報ではターゲットは二名、取り巻きは三名ということでしたので、マガジンは一本しか用意していませんが、大丈夫ですか？」

「問題ない」

微調整を終えた周藤は、マガジンを装塡(そうてん)し、セーフティーロックをかけた。左脇に提(さ)げた専用のホルスターに銃を収め、黒いシャドーストライプのジャケットの前裾(まえすそ)を閉じた。

車は下弁天(しもべんてん)町の信号を左へ折れた。霊山(れいざん)に向かい、東進する。三百メートル進んだところでライトを落として徐行し、さらに百メートル進んだところにある路上駐車スペースに車を停(と)めた。

エンジンを切る。車内は静かになった。

智恵理がタブレットに地図を表示した。停車した周辺を拡大する。周藤は智恵理の手元を見た。神馬も後部シートからタブレットを覗き込む。

「私たちがいるのは、有名な料亭の北側に面するところです。手前の三メートルほどの壁面を越えて二十メートルほど南下したところに隠れ家的離れがあり、そこにターゲットとなるNPO法人代表浅間喜久夫と京都府議会議員大実明光がいます。侵入経路はこの壁面。林を直進してください。離れは——」

智恵理が別の画面を出した。離れ周辺の見取り図だった。

「料亭本館からの経路は一つだけ。この道です」

指でなぞる。本館から林の奥へ細い一本道が延びている。

「入口はここだけです。建物は二十畳ほどの平屋。周囲は林と庭園に囲まれています。北西から南西に扇状の庭園があり、窓はありますが、ここからの侵入は難しいですね。建物南側にある正規の入口から入るのが確実かと」

「どうせ、全員殺っちまうんだ。正規も何もないだろう」

神馬が口を挟む。

周藤がかすかに顎を引き、神馬を斜めに見据えた。冷然とした眦が、神馬を静かにたしなめる。神馬は眉根を上げて、両肩を竦めた。

「セキュリティーは？」

周藤が訊いた。

「壁面上部に赤外線センサーを通しています。超小型監視カメラも取り付けているようですが、その位置までは把握できませんでした」

「ポン。どうする？」

周藤は最後部に目を向けた。

「赤外線センサーは、投光器から受光器への入光が途切れた場合に作動します。つまり、受光器に赤外線が届いている限り、問題はないということです」

「だから、どうするんだよ、ポン」

運転席にいた伏木が訊いた。

「つまり、受光器に赤外線が届いていれば良いというわけです」

「ポンの〝つまり〟は、いつも難解だなあ」

伏木は伸びた癖毛を梳き上げ、運転席に座り直した。

栗島はノートパソコンを持ち上げ、前席の者たちにモニターを差し出した。白く映った壁の上に、三本の青白い筋が通っている。

「壁上部に這っている赤外線は三本。直進性のものです。近赤外線式透過検出方式の防犯センサーでしょう。この手のセンサーは、赤外線を発する投光器とそれを受ける受光器があり、赤外線が物体で遮られると信号を発するタイプです。つまり、この三本の赤外線が受光器に届いていれば、センサーは作動しないのです。受光器に赤外線を届けるには、受光器そのものに同波長の赤外線を浴びせてしまえばいい」

「受光器の位置は？」

　周藤が続ける。

「赤外線は東から西に発光しています。壁の長さから見て、西側三メートルから五メートルほど先に受光器があるとみていいでしょう」

「作業時間は？」

「受光器は、三分もあれば発見できます。赤外線の波長はすぐにでも検出できますので、それに合わせて、受光器に赤外線の蓋を被せるまでに二分。つまり、計五分といったところです」

「三分で作業を終えろ」

「ラジャー」

　栗島がスポーツバッグを握る。

「待て待て。監視カメラはどうするんだよ」

　神馬が訊いた。

「どこに設置されているのかわからないなら、こちらが消えてしまえば良いだけの話です。つまり、周囲と同化すれば良いのです」

　栗島は最後部に備え付けた棺桶大のボックスを開き、フード付きの迷彩マントを取り出した。それを二着、神馬に渡す。

オリーブ色や砂色の迷彩柄だ。アメリカ海兵隊のウッドランド迷彩に似ているが、それよりも全体の柄が細かく、トーンは暗い。さながら、薄闇の中の草原を眺めているような迷彩柄だった。

「このあたりの風景を取り込んで作ったデジタル迷彩マントです。林に入ってしまえば、どこにいるのかわからなくなりますよ」

「だせえし、蒸し暑いんだけど……」

神馬は薄い眉を歪めた。

「仕事だ。我慢しろ」

周藤は、迷彩マントに手を伸ばした。生地は薄い。右サイドをマジックテープで止めるだけの簡素な作りだった。

「フードは目深に被れるようになっています。つまり、顔隠しです。〝アント〟が事後処理をしてくれるでしょうから、面が割れることはないと思いますが、一応離れの部屋へ入るまでは用心するにこしたことはありません」

「感熱式の防犯センサーは？」

「それはないと思います。山に近ければ、動物も多い。つまり、誤作動が増える可能性があるので、設置は見送っていると思われます。万が一、あったとしても、警備員が駆けつける頃にはすべてが終わっているでしょう」

話していると、智恵理のタブレットのチャイムが鳴った。メールの合図だ。メーラーを起(た)ち上げ、開く。〝リヴ〟こと真中凛子(まなかりんこ)からだった。

「リヴからです。〝これより三十分、離れに出入りなし〟との連絡です」

「手を打ったね、リヴ」

運転席の伏木がニヤリとする。

「よし、スケジュールを確認する」

周藤は腕時計に目を落とした。

「現在、２０２６(フタマルフタロク)。ポンは２０３０(フタマルサンマル)までに作業を済ませろ。作業が済み次第、俺とサーバルが侵入。２０３５(フタマルサンゴ)に執行終了。チェリーは２０４０(フタマルヨンマル)までに状況を確認し、アントに連絡。２０４５(フタマルヨンゴ)まで現場に待機し、リヴを回収し退却する。クラウンは車で待機。いいな」

「ラジャー」

他の全員が同時に返事をした。

さっそく、栗島がワゴンを飛び出した。

2

「華子(はなこ)ちゃん」

「はい」

真中凜子は、離れの出入口から廊下へ上がった。引き戸をそっと閉める。

「先生方のお酒は大丈夫？」

「御用の際は、お付きの方から私に声を掛けていただくようにしています。ともかく、三十分間は誰も通さないようにという、大実先生からの申しつけですので」

「それなら、よろしゅうおす。粗相のないよう」

「承知いたしました」

凜子は深々と頭を垂れた。派手な着物を身に纏った女将がしゃなりと去って行く。上目に女将の背を見送り、腕時計に目を落とした。午後八時半になるところ。

そろそろね……。

廊下から離れに続く通路に出た。引き戸を閉め、懐にしまったスマートフォンを出してメールを確認する。智恵理からの連絡が来ていた。

「２０４５退却ね」

懐から細いマイクの付いたイヤホンを取り出した。右耳に装着する。万が一、店側で不測の事態が起こった時の緊急連絡用小型無線だ。

凜子は〝小川華子〟という名前で、三ヶ月前から仲居としてこの料亭に潜入していた。大実が週一、二回のペースでこの料亭を利用しているという情報を得たからだ。

知り合いからの紹介という話で従業員となり、給仕として大実に近づき、二ヶ月後には専任で指名されるほどまでに大実の懐に食い込んだ。

コードネームの〝リヴ〟は、米国の女優リヴ・タイラーから取ったものだった。その名の通り、大きな瞳は常に妖しげな潤みに満たされ、ぽってりとした唇と造形物のような見事にくびれた肢体から滲み出すそこはかとない三十路女性の色香は、男たちを虜にして止まない。

そんな凜子にとって、大実に取り入ることなど造作もなかった。

他の従業員からは、枕営業だのと揶揄され反感を買っているが、凜子には関係ない。ミッションが終われば、小川華子なる人物は永遠に消え去る。

「さっさと済ませてちょうだいよ」

凜子は、切れ長の瞳を離れ奥の林に向けた。

三分後、ワゴンに栗島が戻ってきた。

「ファルコン。準備が整いました」

「ご苦労。サーバル、行くぞ」

「はいはい」

神馬は鐺をついて、腰を上げた。マントの下に黒刀を隠す。

伏木がサンルーフを開いた。周藤がそこから屋根に上がる。神馬も後に続いた。

車の屋根から壁に黒く塗られた板の橋を架けた。周藤は素早く橋を渡り、敷地内へ飛び降りた。神馬も下りてきた。

身を低くし、カサッと枝葉にこすれる音がする。まもなく、神馬も下りてきた。

身を低くし、庭園の明かりを頼りに木々を縫う。神馬も遅れずについてくる。二人はイロハ紅葉の木陰に身を隠し、庭園の様子を覗いた。

建物左手の林に近い方に一人、逆側の右奥に一人の黒スーツを着た屈強な男がいた。後ろ手を組み、周囲に鋭い視線を向けている。

「二人しかいないじゃねえか」

「もう一人は、離れの入口か部屋の中にいると考えるのが妥当だな。サーバル、手前の男をよろしく」

「任せろ」

「同時に行くぞ。三、二、一」

カウントが切れた瞬間、二人は林の中から躍り出た。

左右に散る。

周藤は素早く銃を抜き、建物右手に立っていた男に銃口を向けた。男が周藤の方を向いた。瞬間、トリガーを引いた。

射出音が空を切った。まもなく、男の眉間に穴が空いた。男は目を見開いたまま、後頭部から鮮血を噴き上げ、その場に頽れた。

手前の男が周藤に駆け寄ろうとした。その前に神馬が躍り出た。低い姿勢のまま、男を見上げる。男が立ち止まった。神馬のマントが揺れた。割れた合わせ目から、黒い刃が飛び出した。

振り上げた刃が男の上半身を斜めに斬り上げた。男が小さく呻く。スーッとワイシャツが裂け、ネクタイの切れ端が宙を舞う。神馬は返す刃で男の左頸動脈を切り裂いた。すさまじい血飛沫が上がった。

鯉口に棟を当て、ゆっくりと刀身を鞘に戻す。切羽が鞘を打つ音と同時に、男はうつぶせに倒れた。

周藤と神馬が二人の男を倒すのに五秒とかからなかった。

周藤は建物の陰に身を寄せ、離れの入口を覗いた。見張りの男が立っている。陰からスッと歩み出た。やおら、銃口を起こす。

男が周藤を見た。唇が動く。が、声を発する前にサプレッサーから煙が上がった。射出された弾丸は眉間を射貫いた。大きな身体がゆっくりと仰向けに倒れていった。

神馬が駆け寄る。

「あー、おれの獲物が……」

倒れた男を見やり、人差し指で小鼻を掻いた。

「サーバル。仕事だ」

「わかってるよ。あとは、中の二人だけだよな」

マジックテープを外し、迷彩マントを取る。

「まだ、脱ぐな」

「もう草木はない。黒ずくめだからいいだろ？」

刀を持って、腕を広げる。黒のタイトなタートルネックの長袖シャツにタイトな黒の革パンという出で立ちだ。首から下は薄闇に溶けていた。

「すっきりした。あとは引導を渡すだけだから、ファルコンも脱いじゃいなよ」

神馬が話していると、足音が聞こえた。黒刀を手元に引き寄せる。

「さすが、D1の執行人。仕事が早いわね」

凛子が微笑みかけた。

「地味な着物を着てんな」

神馬が口角（こうかく）を上げた。

「あら、私の仲居姿はわりと評判だったのよ」

さらりと返す。

「リヴ。ターゲットは？」

周藤が訊く。

「この中」

離れを目で差した。

「他は？」

「ターゲットの二名だけよ」

「スケジュールは届いているな？」

「２０４５退却」

「それまで、本館の出入口を見張っていてくれ。アントに引き渡し次第、林奥の壁向こうに停めてあるワゴンで撤収だ。このマントは回収して、ワゴンまで持って行ってくれ」

周藤もマントを脱ぎ捨てた。全身黒ずくめのスーツ姿だった。

「了解」

凜子はマントを拾って踵を返し、本館への石畳を戻っていった。

周藤は腕時計を見た。

「あと四分だ」

「それだけあれば充分」

神馬が先陣を切った。入口に立ち、引き戸を開ける。

部屋の中には、スーツを着た二人の男がいた。右手の男はグレーのスリーピースを着て重たい腹を抱えている脂ぎった薄毛の中年男だ。左手には、ダークブルーのスーツを纏った細身の男がいた。オールバックに調えた髪の下に覗く両眼は澱んでいる。二人は、突然の来訪者を呆けた様子で見つめた。

神馬の後ろから、ゆっくりと周藤が入ってきた。後ろ手に引き戸を閉める。

戸が柱を叩く音で、ようやく細身の男が我に返った。

「何だ、おまえら？」

濁った黒目で神馬と周藤を睨む。二人は動じない。

「浅間喜久夫だな？」

周藤が静かに見返した。

「だったら、どうした？」

浅間は左眦を吊り上げた。

周藤は一瞥し、右手の男に目を向けた。

「そっちが京都府議の大実明光」

名前を告げた途端、大実の頬が強ばった。

浅間は片膝を立てた。立ち上がろうとする。周藤は足下に向け、銃を放った。座っていた座布団から、綿が舞い上がる。

同時に神馬が浅間に駆け寄った。素早く背後に回り込んで刀を抜き、刃を浅間の首筋に当てる。浅間の瞼が引きつった。

「もう少しだから、おとなしくしてなよ」

刃を軽く引く。浅間の首の皮が切れ、血が滲んだ。

「な……何なんだ、君たちは！」

大実が声を震わせた。

周藤は大実を見据えた。

「ＮＰＯ法人ゆうあい代表浅間喜久夫、京都府議大実明光。両名はＮＰＯ法人を使い、生活保護者をかき集めて生活保護費を搾取（さくしゅ）し、彼らを使い、振り込め詐欺グループを結成。事態が発覚するたびに身代わりを立て、自らの罪を逃れてきた。そして今もなお、その愚行を繰り返し、私腹を肥やしている」

「そんなものは知らん！」

大実が言った。が、黒目は明らかに泳いでいる。周藤は言葉を続けた。

「調べは付いている。観念しろ。両名の行為は、法治国家において看過（かんか）できない水準に達したと判断された。よって——」

左手をジャケットの中に差した。内ポケットから、名刺大の黒い革ケースを取り出す。

「桜の名の下、極刑に処す」

縦（たて）二つ折りのケースを開き、かざした。

桜の代紋の背後に紅い髑髏が描かれている。銃把や刀の柄にある紋章と同じ物だ。警視（けいし）

庁暗殺部の執行人にのみ与えられた令符。切捨御免の免罪符だった。

「紅い髑髏の旭日章。本当に存在していたのか、警視庁暗殺部は……」

浅間が呟く。

「そういうこと。ただ、これを見た人間は生きちゃいないから、都市伝説と化してるけどな」

神馬が背後でほくそ笑んだ。

「ま……待ってくれ！」

大実は正座をした。

「私は、浅間に利用されただけだ！　得た金は政治資金で消えた。私的流用は一切していない。本当だ！」

「先生。今さら、それはねえだろ」

浅間が気色ばむ。

神馬が笑い声を上げた。

「悪党はいつも追い込まれるたびに命乞いだ。たまには別のあがきも見てえもんだ」

「クソガキ……ナメるなよ！」

「動いてみるか？」

刃を押しつける。浅間は奥歯を噛んだ。

神馬が周藤を見た。周藤が頷く。

「執行！」

周藤が銃口を起こした。サプレッサーから煙が上がる。

神馬は刀を引いた。首に赤い筋が浮かぶ。次の瞬間、刃が後頸部から喉笛を貫いた。ゆっくりと引き抜く。浅間は目を見開いたまま、前のめりに沈んだ。畳に血溜まりが湧く。

大実は座椅子にもたれ、宙を見据えていた。眉間の穴から噴き出した血が鼻筋を伝い、滴る。白いワイシャツがみるみる赤く染まっていった。

神馬は懐から和紙を取り出し、血の付いた刀身を拭った。

「毎回、あっけねえな」

刃を鞘に戻す。

「それでいいんだ」

周藤は銃をホルスターに戻す。

離れの引き戸が開いた。神馬が鯉口に指を掛ける。

「お疲れさま」

姿を現わしたのは智恵理だった。

中へ入り、浅間と大実に近づく。それぞれの瞼を開き、瞳孔にペンライトを当て、指を頸動脈に押し当て脈を探る。

「うん、完璧」

眼鏡を押し上げてにこりと微笑み、立ち上がる。凜子と同じく、右耳に装着していた小型無線のマイクのつるを摘み、スイッチを入れ、口を開いた。

「デリート１のチェリーです。執行は終了しました。回収は五体。２０４５撤収でお願いします」

慣れた口調で連絡を済ませ、スイッチを切る。

「三分後にアントが到着しますので、お二人は先にワゴンへ戻っていてください。私はアント到着次第、リヴと戻りますので」

智恵理はそう言うと、デジタルカメラで室内や浅間と大実の屍の写真を撮り始めた。

周藤と神馬は離れを出た。遺体の転がる庭を、林に向かい戻っていく。

「ファルコン。いつも不思議に思うんだが、チェリーは死体を見てもどうってことねえのかな？」

「女は血に強いもんだ」

周藤はさらりと言い流した。

3

警視庁本庁舎三階にある総務部の片隅の席で、菊沢義政はうつらうつらとしていた。梅雨末期の蒸し暑い時期ではあるが、室内は除湿が効いていて心地よい。ブラインドカーテンからほんのり射し込む陽光が眠気を誘う。舟を漕いでいた菊沢の頭が、ガクッと後ろに折れた。椅子ごと倒れそうになる。

くすくすと笑う女性警官の声が聞こえた。

菊沢は手の甲で口辺ににじんだヨダレを拭い、乱れた前髪を手のひらで撫でつけた。

と、鋭い視線が飛んできた。視線の先に目を向ける。総務部長の山田がいる。山田は髪の毛を七三できちりと整え、皺一つないスーツに身を包んでいた。ネクタイにも歪みはない。襟元のネクタイを解き、いつもよれよれのワイシャツとスーツを着ている菊沢とは大違いだった。

デスクの内線が鳴った。菊沢は欠伸をしつつ、受話器を取り上げた。

「はい、総務部庶務課菊沢……。はい。はい。ああ、すぐに行きますよ」

簡単に話を済ませ、受話器を置く。

重い腰を上げ、まだらな無精髭を掻き、のそりと山田のデスクに近づく。菊沢は、山田のデスクの前にいた若い男性警官を押しのけた。

「部長」

「服」

「はい？」

「服！　ワイシャツが出てます！」

菊沢の膨らんだ腹部を見据える。

「ああ、こりゃ失礼」

菊沢ははみ出したワイシャツの裾をスラックスの中に押し込んだ。

また、周りの女性警官がくすくすと笑った。

山田は三十歳。菊沢とは二十五歳も離れているが、立場は山田のほうが上だ。若きエリート警察官に閑職の老警官が怒られる図は、ちょっとした総務部名物となっている。

「あのう、地下の空調室の管理人が空調システムの調子を見てほしいと言ってきてるんですが」

「どうぞ、ご勝手に！」

「すみません」

菊沢はへこりと頭を下げ、背を向けた。ドアロへ歩いていく。

デスク前に立っていた若手警官が訊いた。

「山田部長。菊沢さんはかつて組対の鬼と呼ばれていたと聞きましたけど、本当にその菊沢さんなんですか？」

よたよたと部屋を出る菊沢に目を向ける。

「知らない。私が本庁へ来た時は、もうああだったからね。寝てばかりでもクビにならないところをみると、あるいはそうだったのかもしれないが、そうした伝説めいた噂はどこの組織にもあるものだ。君も一警察官なら、そうした噂話に惑わされないように。わかったね！」

「はい！」

若い警官は敬礼をして下がった。

「まったく……私の出世の邪魔だけはしないでくれよ」

山田は冷たい視線を菊沢の背に浴びせた。

菊沢は地下二階にある空調管理室を覗いた。三人の警察官が空調管理モニターを見つめている。一人の初老の男が立ち上がった。

「ご足労をおかけします」

警視庁技術職員の加地荘吉だ。かつては菊沢と同じく、現場の警察官だった。

「いえいえ。空調の調子がおかしいと？」

「気にするほどのものでもないと思うんですがね。設備交換が必要になれば経費がかかるので、一応、確認していただこうと思いまして」

「そうですか。では、見てみましょう」

「お願いします。こちらです」

加地が菊沢を手招く。二人が空調室の奥へと消えていく。

管理室に残った若い職員たちは、呆れた様子で加地と菊沢の背中を見やった。

「空調におかしいところなんてなかったよな？」

「どうせまたお茶飲みだろう」

「自由すぎるよな、加地さんたち。上に報告しようか」

「いいよいいよ。加地さんにできるのは蛍光灯の交換ぐらいだし。電話に出てもとんちんかんな返事しかできないし。席を外してくれたほうが俺らも動きやすいだろ」

「それもそうだな。しかし、一線を離れるってのは哀しいもんだなあ。誰からも邪魔者扱いされて」

「そうならないようにという反面教師だ。今のうちに上階の空調を点検しておこう」

若い職員たちは部屋を出た。

菊沢と加地は空調室の最奥へと進んだ。長椅子があった。上には将棋盤が置いてある。

加地は長椅子をどかせ、壁の左隅にぽつりと空いた穴にディンプルキーを差し込んだ。半回転させ、キーを取っ手代わりにして右へ引く。と、ただの壁が音もなく開いた。その先に十畳ほどの部屋があった。

「いつもすまんね、加地君」

「いえ、これも任務ですから」

加地が入るように促す。

「二十分もかからないと思う。それまでよろしく」

「はい」

菊沢が中へ入る。加地が扉を閉めた。

一瞬真っ暗になったが、すぐさま自動的に照明が灯った。

部屋の中央には幅広のデスクが設えられていた。上にはカメラと端末、マイクが置かれている。右側のデスクにはパソコンやプリンターが置かれ、左手にはスチール製の書類棚があった。

正面、左右の壁面はデスクを囲むように半円形となっていて、五台のモニターが掛けられていた。

菊沢は背もたれの高い椅子に腰を下ろした。端末のモニタースイッチを入れる。五台のモニターが一斉に起動する。モニターには、スーツに身を包んだ紳士や警察官の制服を着た者が映し出されている。胸元や腕、肩口に付けられた階級章はすべて、警視正より上のものばかりだった。

菊沢はマイクのスイッチを入れた。

「遅くなりました。みっともない格好ですみません」

先程までのとぼけた口調とは違い、低く落ち着いた、それでいて歯切れの良い話しぶりだった。モニターを見据える双眸も鋭い。別人のようだ。

正面の制服を着た警察官が話しかけた。

——君の苦労は心得ている。

胸元の階級章は星が四つ。井岡貢警視総監だった。

——早速だが、〝第三会議〟から要請が届いている。あとはよろしく頼むよ。

「承知しました」

菊沢が返事をする。正面のモニターから井岡の姿が消える。替わって現れたのは、岩瀬川亮輔だった。

眉が太く、鼻筋が高い。大きな双眸は見る者を飲み込みそうな眼力がある。口髭がさらなる威厳を醸し出している。暗殺部の部員たちからは〝ミスターD〟と呼ばれている。岩瀬川の正体は、第三会議のメンバーを除いて、菊沢と加地しか知らない。

——ご苦労。

野太い声が室内に響く。

——先日の大実議員の処置は見事だった。Ｄ１の諸君にはよろしく伝えてくれ。

「ありがとうございます」

菊沢は目礼をした。

岩瀬川は警察庁ＯＢで、現在は大学教授を務めている。その傍ら、第三会議の現議長も兼任している。そもそも、警視庁暗殺部・通称〝デリート〟は岩瀬川の提唱によって設立された極秘部署だ。

七年前に遡る。当時、警察官僚だった岩瀬川は、現行法で対処できない犯罪の増加を憂えていた。そして、その対策を話し合うため、国家公安委員会犯罪対策委員会を起ち上げた。

犯罪対策委員会は、多様化する犯罪への対策を話し合い、法制化を促す政府の諮問機関に過ぎない。しかし、岩瀬川は遅々として進まない法整備に業を煮やし、迅速な対処ができる秘密機関の設立を水面下で画策した。そうして二年がかりで第三会議の旗揚げと実働部隊である暗殺部の創設に漕ぎ着けた。

その後、執行人やオペレーターなどの選定、メンバーの暗殺に必要な特殊訓練を経て、四年前から本格的に動き始めた。

第三会議には二つの調査部がある。第一調査部の部員は全国都道府県の警察署にひそかに送り込まれ、現行法では逮捕、起訴が難しい悪質な事案を精査して、第二調査部に上げるのが主な仕事だ。抽出する事案は、広域・組織的犯罪が疑われるもの、反社会性が疑われるもの、特異性が際立っているものなど、要綱で細かく決められている。

第二調査部は、第一調査部が上げてきた事案を細かく調べる任にあたる。そこで、シロ、グレー、クロの三段階の判定を下す。

シロと判定された事案はそのまま所轄に戻される。グレーとクロ判定の事案は暗殺部に下ろされる。クロ判定の事案に関しては、ターゲットの動向を内偵したのち、即座に処刑を実行する。グレー判定の事案は、任された担当課のメンバーが事件を再調査し、要綱にそぐわない場合は第二調査部に差し戻し、悪質であればクロとみなし、実務を遂行する。

警視庁暗殺部には一課から三課まである。実務を請け負う部署だ。通称をそのまま名称に使ってデリートの頭文字〝D〟を取り、一課はD1、二課はD2、三課はD3と呼ばれている。暗殺部に下りてきた事案は、菊沢の判断で各課に振り分けられる。

一課から三課までの基本構成は同じだ。処刑を行なう執行人、建物の侵入経路や爆破工作を担当する工作員、事件関係者の調査や内偵を進める情報員、菊沢からの指令や処理課への連絡、他諸々の確認や伝達を請け負うオペレーター。この四班で構成される。ただ、各班によって構成人数が違う。オペレーターは一名と決められているが、執行人、工作員、情報員の人数は各課によってまちまちだ。様々なケースに対応するため、わざとそうしていた。

処刑が実行されたあとは、暗殺部処理課が動く。遺体処理から監視カメラによる映像の有無（うむ）、目撃者の有無など、ありとあらゆる事後処理を行ない、すべてを闇に葬（ほうむ）るのが役目だ。塵（ちり）一つ残らないほどの処理を行なうため、〝アント（蟻（あり））〟と呼ばれている。そのアントの長が技術職員の加地荘吉だった。

菊沢も加地も、普段は昼行灯（ひるあんどん）を気取りつつ、暗殺部の仕事に従事していた。

空調室の最奥にある部屋は第三会議と連絡を取るための専用部屋だ。警視庁内では警視総監、副総監以外、菊沢と加地しかこの部屋の存在を知る者はいない。

――新しい案件だ。矢部（やべ）調査官、報告しろ。

――はい。

右端のモニターの女性警察官が返事をした。ロングヘアーのスレンダーな女性だ。

――みなさん。専用サーバーに案件を上げましたので、ご覧下さい。ナンバーは〝００１２５〟です。

矢部が言う。

菊沢はパソコンを起ち上げた。第三会議専用のクラウドサーバーにつなぐ。未処理案件のフォルダーをクリックする。居並ぶファイルから〝００１２５〟を選び、開いた。ＰＤＦファイルがモニターに表示される。

一ページ目には〈人体実験が疑われる事案〉と記されている。その下に矢部の名前が書かれていて、さらにその下には〈グレー〉という文字が刻まれていた。

――資料に目を通しながら聞いてください。先日、吉祥寺で低層マンションが全焼するという放火事案がありました。当初は単なる放火だと思われていましたが、現場に残された遺体からエボラウイルスが検出されました。

「エボラだと！」

菊沢は思わず声を上げた。

資料を見やる。エボラ出血熱のウイルスが検出されたのは、ある焼死体からだった。完全に焼けていて、焼死体によく見られるボクサー様という形で黒焦げになっているが、焼け残った臓器細胞の一部から死滅したエボラウイルスが見つかったと記されていた。

――DNA解析の結果、強い毒性を持つザイール型だと判明しました。

――パンデミックの可能性は？

左端のモニターに映っている国家公安委員会の坂崎委員が訊いた。

――幸い、感染した体液が下水道等に流れている痕跡はありませんでした。全焼したことで建物に付着していたウイルスも死滅していると思われます。念のために、siRNA剤は用意していますが、パンデミックには至らないでしょう。

――しかし、感染者が外を出歩いていたとも限らない。

――その点ですが、四ページをご覧下さい。

矢部が言う。

菊沢は画面をスクロールした。四ページ目を表示する。駐車場の写真だった。

――それは全焼したマンションの駐車場です。拡大写真を見ていただくとわかりますが、ある一箇所からマンション入口方向に白い帯状の跡が残っています。ここには強力な酸がまかれていました。

「酸？」

菊沢が呟いた。

――ウイルスを死滅させるためにまいたものと思われます。続いて、五ページ目を見てください。

矢部の指示に従い、スクロールする。

――向かいのマンションの防犯カメラに映っていた映像です。当該マンションが全焼する前のものです。駐車場の白い跡が残っている部分に、二台の車が停まっています。酸がまかれた部分に停めてあるのは灰色のハッチバック。もう一台は、その後現われた白いワゴンです。この中から白ずくめの複数の人間が出てきました。その一人を拡大したものが次のページにあります。

菊沢は六ページを見た。

――これは防護服だな。

左端から二台目のモニターに映っていた喜多嶋警察庁次長が言った。

――そうです。彼らが灰色のハッチバックの周辺に酸をまき、ハッチバックを持ち去っています。火を点けたのもおそらくこの者たちと思われます。

「つまり、この者たちは初めからエボラ感染者がここへ来ていることを知っていて、完全防備で訪れたということですね？」

――そう考えるのが妥当かと。

矢部が頷く。

――しかし、それだけでは第三会議の事案として取り扱うわけにはいかないでしょう。

右から二台目のモニターに映る内閣府大臣政務官の塩尻秋子が渋い顔をした。政府関係者は、あくまでも慎重だ。

――これだけなら本庁扱いの事案ですが、七ページを見てください。

矢部が言う。

菊沢は七ページに画面を進めた。そこには類似事案が簡単に記されていた。

――詳細は八ページ以降に記述していますが、今回の件と似通った事案が過去に二度起きています。三年前の冬にあきる野市郊外の山奥で起こった山小屋での焼死事案。六名の焼死体が発見されましたが、二遺体からＳＦＴＳ（重症熱性血小板減少症候群）ウィルスが見つかっています。また、二年前の秋、葛西の倉庫街でコンテナが焼け、中から男女十数人の遺体が発見された事案ですが、ここでも遺体の中からデング熱ウィルスが発見されています。さらについ五日前のことですが、南房総市の海沿いのコテージで集団焼死事案が発生しました。類似性が高いので、念のためウィルス検査を要請したところ、一部の組織からエボラウィルスが検出されました。

――吉祥寺の案件が、この三事案と繋がっているということ？

塩尻が訊く。

――確証があるわけではないのですが、特異ウィルスが検出されている点と焼却処理をしている点、被害人数が複数だという点を考慮すると、そう考えてもおかしくないかと。なので、判定はグレーとし、暗殺部事案として上げる決定を下しました。

――矢部君、ご苦労。異議のある方は、手元の審議ボタンを押していただきたい。

岩瀬川が言った。

審議ボタンを押すと、モニターに「審議」の文字が浮かぶよう設定されている。暗殺部が請け負う事案は、第三会議の総意でなければならないと定められている。一人でも反対意見が出た際は、第二調査部が再調査し、再度議案に上げるか、所轄に差し戻すかを決定する。

菊沢は居並ぶモニターを見回した。審議の文字はない。

——ということだ、菊沢君。本事案はグレー判定で暗殺部に委譲する。よろしく頼む。以上。

岩瀬川のモニターが消えた。次々とモニターが消え、最後に矢部のモニターが消える。

菊沢はマイクとカメラのスイッチを切った。ナンバー〝00125〟の資料をUSBメモリーに保存しつつ、一つ息を吐き、背もたれにもたれかかる。

「D1だな。周藤に任せるか……」

メモリーを抜き、パソコンをシャットダウンして部屋を出た。

4

横浜の本牧にある高層マンション十五階に周藤の自宅はあった。周藤はリビングのソファーに腰かけ、本を読んで過ごしていた。一間窓の向こうには本牧ふ頭が見える。梅雨の晴れ間に覗く陽光を浴び、横浜湾は煌めいていた。

京都での仕事から一週間が経っていた。

暗殺部の仕事は不規則だ。一度案件にかかれば、何ケ月も帰宅できないこともある。が、所属する一課に事案が下りてこなければ、ひと月でもふた月でも休みになる。その間、菊沢に居所を報告する義務もない。

報酬は給与という形でもらっている。極秘部署に所属しているが、肩書は警視庁在籍の司法警察職員。つまり、地方公務員の平巡査という扱いだ。それ以外に内閣官房費から執行の成功報酬をもらっている。おかげで多少の贅沢（ぜいたく）ができる程度の年収はある。が、周藤はマンションのローンを完済した以外、贅沢らしい贅沢はしていなかった。旅行に興味はない。物欲もない。この部屋と静かな時間があれば充分だった。

テーブルに置いていたスマートフォンが鳴った。ディスプレイに目を向ける。〝ツーフェイス〟と表示されている。菊沢のコードネームだった。ツーフェイスが警視庁総務部の菊沢であるということは、D１では周藤しか知らない。

本を閉じ、スマートフォンを取った。つないで、耳に当てる。

「ファルコンです」

――仕事だ。十四時までに西新宿のオフィスに来てくれ。

「わかりました」

電話を切り、デジタル時計を見る。十二時を回ったところだった。

ソファーを立ち、バスルームへ向かう。全裸になり、バスルームへ入った。コックを捻（ひね）り、頭からシャワーを浴びる。鍛（きた）え抜かれた逆三角形の胸元を滴（しずく）が伝う。背中には×印の大きな傷があった。

全身を洗い、バスルームを出る。バスタオルで頭を拭（ふ）き、全裸のまま寝室へ入った。クローゼットを開く。黒いワイシャツとスーツが並んでいた。下着やワイシャツ、スーツをダブルベッドの上に無造作に放る。黒一色に満たされたクローゼットの片隅には、女子生徒の制服があった。

衣服を着込んだ周藤は、ヘッドボードに置いたフォトフレームに目を向けた。中には、周藤と制服を着たショートカットの女の子が写っていた。女の子は周藤の腕を取り、大きな瞳を細めて満面の笑みを浮かべている。脇にはバスケットボールを模したガラスの骨壺が置かれていた。

「また、仕事だ。行ってくるよ、知世」

周藤は写真に微笑みかけ、部屋を出た。

本牧のマンションを出た周藤は、愛車の黒いホンダシビックタイプRを飛ばし、五十分ほどで西新宿の高層ビル街に到着した。

暗殺部一課のオフィスは新宿第一生命ビルの十五階にある。高層ビル街の最西にある高層ビルで、隣接するハイアットリージェンシー東京とは線対称のツインビルだ。通りを挟んで西側には新宿中央公園が、南には都庁舎がある。

表向きには〈D1〉という情報処理会社を名乗っている。一般の会社として借りている事務所だが、常勤しているのはオペレーターの智恵理一人。他のメンバーは仕事がある時以外、姿を現わさなかった。

地下駐車場に車を停めた周藤は、駐車場から直通のエレベーターで十五階に上がった。ホールに降りると、青を基調としたブロック柄の絨毯(じゅうたん)と白い壁が目に飛び込んでくる。森閑とした廊下を進み、Ｄ１のプレートが貼られている部屋の扉を開けた。

六十平米ほどの部屋に四台のデスクが置かれていた。デスクトップパソコンが備え付けられている。右脇には半円形のソファーとホワイトボードが設えられていた。左奥はアコーディオンカーテンで仕切られている。仕切りの奥には、栗島の工作道具や処刑執行に使用する武器が保管されていた。

「ファルコン、今日も車かい？」

話しかけてきたのは、伏木だった。ラメの入ったピンクのワイシャツを着て、白いパンツを穿(は)いている。

「そうだ。問題あるか？」

「いやいや、ファルコンがあの黒いタイプRで湾岸線(わんがんせん)を転がす姿はカッコいいなあと思って」

「何も出ないぞ」

「嫌だなあ、お世辞(せじ)じゃなくて本気だよ、本気」

口を一文字に結んでみせる。周藤は苦笑し、ソファーに腰を下ろした。

ソファーには神馬が座っていた。ブーツを履き、ライダースジャケットを着ている。左右の耳にそれぞれ三つのピアスをぶら下げていた。

「サーバル。ピアスはやめろと言っただろう。仕事の邪魔になる」

「仕事の時は取ってんだからいいだろ。いくらファルコンでも、プライベートまでは干渉されたくねえな」

両肘を背もたれに乗せ、仰け反る。

「その言い方はないんじゃないの、サーバル」

智恵理がデスクから睨んだ。

「おまえは四の五の言ってないで、ファルコンに告白したらいいんじゃねえのか？」

「な……何を！」

途端、智恵理は頬を赤らめた。

「へんなこと言わないで！」

「ファルコンのことが嫌いなのか？」

「それは……」

智恵理が顔を伏せた。上目遣いにちらりと周藤を見やる。神馬は片頬を上げた。

「まあまあ、かわいらしいこと。元レディースも恋愛にはからっきしというわけね」

凜子が顎下に手を添え、眉目を細める。

「私が指南してあげましょうか？」

「もう、リヴまで……。やめてください」

智恵理は肩をすぼめ、うつむいた。

「いやあ、いいねえ、恋する乙女は。そう思わんか、ポン」

伏木がデスクに座っていた栗島の肩を抱く。

「はあ……まあ……」

栗島は目を伏せ、坊主頭を掻いた。

「あんたは余計なこと言わないで」

智恵理は眼鏡の奥から、伏木を睨みつけた。

伏木は「おー、こわっ」と呟き、肩を竦め、栗島の隣の席に腰を下ろした。

ドアが開いた。

「全員揃っているな。優秀優秀」

菊沢が入ってきた。

「今日もパリッとしてますね。ナイスガイとはまさにあなたのことだ、ツーフェイス」

伏木が声をかける。

「そのべんちゃらは聞き飽きたぞ。それにしてもなんだ、おまえの服装は。売れない芸能人じゃあるまいし」

「失礼な。ワイシャツもパンツも山善のフルオーダーですよ。そこいらの既製品とは格が違います、格が！」

あからさまに仏頂面を見せる。

「服も着る者を選ぶということだな。勉強になったよ、クラウン」

菊沢は笑った。ソファーを回り込み、ホワイトボードの脇に立つ。

「で、おまえは相変わらず、黒ずくめか、ファルコン」

「これしかないもので」

「たまには明るい色の服を着てみろ。気分も変わるぞ」

「別に変えようとは思っていませんので」

周藤は静かに答えた。

菊沢は眉根を上げ、小さく息を吐いた。

「まあいい。チェリー。例の資料の用意は？」

「できています」

「みんなに配ってくれ」

「はい」

智恵理はデスク最下部の引き出しを開いた。中は金庫になっていた。二箇所の鍵を開け、中からタブレット端末を人数分取り出した。一台ずつ、各人に渡す。受け取ったメンバーは慣れた様子でスイッチを入れた。

デスクトップには〝００１２５〟のＰＤＦファイルしか表示されていない。それぞれがアイコンをタップし、ファイルを開く。菊沢は智恵理の座っているボード脇のデスクにタブレットを置き、ファイルを開いた。

「準備はできたか？」

菊沢の問いに一同が頷いた。

「まずは、第二調査部からの説明をそのまま伝える」

そう切り出し、地下の部屋で矢部から聞いたことをそのまま話し始めた。

周藤たちは菊沢の言葉に従い、ファイルをスクロールした。委譲された事案の内容がわかるにつれ、各人の表情が険しくなっていく。

「調査部の報告は以上だ。ここからは、さらなる詳細を話す。九ページから十一ページをザッと読んでもらいたい」

菊沢が言った。

周藤は素早く目を通した。吉祥寺の放火事案以前に起こった三件の事件についての詳細が記されていた。

一件目と二件目の放火事案には面白い特徴があった。

どちらも放火現場で大量の虫の死骸が見つかっている。一件目はマダニの死骸。これは

ＳＦＴＳウィルスを媒介する生物だ。一件目ではネッタイシマカの死骸が見つかっている。こちらはデング熱ウィルスを媒介する生物だった。

しかし、火災現場で大量の死骸が発見されたものの、その周辺にマダニやシマ蚊が大量に棲息していた事実はない。特にネッタイシマカはその名の通り、熱帯や亜熱帯地域に棲息する蚊で、日本では九州以外で大量発生したという報告はない。いくら温暖化が進んでいるとはいえ、関東で大発生するとは考えにくい。

「何か意見のある者は？」

菊沢が問う。

周藤が口を開いた。

「報告を見る限りでは、一、二件目のマダニとシマ蚊は、意図的に集められたと考えるほうが妥当ですね」

「その通り。私もそう感じた」

「つまり、ＳＦＴＳウィルスやデング熱ウィルスに感染したダニや蚊をわざと集団のいるところに放ち、感染させた後、感染者と媒介生物ごと焼き尽くしたというわけですね」

栗島が続ける。

「でも、なぜそんなことをするの？」

凜子が疑問を口にした。

「それは……つまり……うーん……」

栗島は唸り、タブレットに目を落とした。

「タイトルにあった通り、人体実験じゃないの？　リヴ」

伏木が言った。

「どんな実験？」

「ワクチンの臨床実験とか。わざと感染させて、ワクチンを試してみる、とか」

「その線は悪くないな。ＳＦＴＳ、デング熱、エボラ出血熱。どれもまだ、ワクチンが開発されていないウイルスだ。開発したワクチンを人間を使って臨床実験しようとした可能性はある」

「だろ、ファルコン」

伏木は小鼻を膨らませた。

「でもよ。それならなんで現場で焼き殺してんだよ。わざと感染させて実験しようとするなら、集団ごと拉致って、監禁して、ウイルス打って、ワクチン接種させたほうが効率的じゃねえか？　そのほうが処理もしやすい」

神馬が言う。

「私もそれを考えていました」

智恵理が同調した。

「盗ってませんから！」

「人の意見、盗るんじゃねえよ」

智恵理が眼鏡を指で押し上げ、睨む。神馬は肩を竦めてみせた。智恵理は一つ深呼吸をして、言葉を続けた。

「どのウイルスも隔離した場所で扱わなければ、パンデミックを起こす可能性があるウイルスです。ウイルスに感染したマダニやシマ蚊が一匹でも抜け出して、日本の在来種にウイルスを感染させれば、とんでもない事態を引き起こします。そうなれば、疑われるのはいち早くワクチンを出してきた製薬会社や研究所です。サーバルの言う通り、所定の場所に拉致監禁して実験を行なうほうがリスクは低いと思います」

「焼却処分するということは、一応、パンデミックは恐れているわけよね、この人たち。けど、パンデミックの可能性がある行為に及んでいる。別の意図があるのかしら？」

凛子が言った。

「そう考えるのが妥当だね。リヴの聡明さには惚れ惚れするよ」

伏木が大げさに褒める。が、凛子は目も合わさない。

「さすがはD1の面々だ。いいポイントを突いている。新たな資料が手に入った」

菊沢はタブレットを取り、USBメモリーを出した。ポートに差し込み、画面にJPGデータを表示し、無線通信でプリンターに送る。プリンターが動き始めた。A3サイズの写真データが出てくる。

智恵理は席を立ち、プリントされた写真を取った。菊沢に持っていく。

「チェリー。写真をボードに貼ってくれ」

「はい」

智恵理はボードの端に並べられたマグネットを取り、写真の四隅を固定した。全員が写真を覗き込む。

「これは駐車場に停めてあった灰色のハッチバックのサイドボディーを拡大したものだ」

「ＲｉＶＬ？　何ですか、こりゃあ？」

伏木が首を傾げた。

「つまり、その、会社か何かの名前ですね」

栗島が言う。

「ご名答。調査部に調べさせたところ、実に興味深い事実が判明した。厚生労働省主管の外郭団体に〈リブル〉という組織があった。略称の綴りはＲｉＶＬ。この車のサイドボディーに刻まれたアルファベットそのままだ」

「リブルという組織は何をしているところですか？」

周藤が訊く。

「特殊遺伝子プロジェクトを推進している団体だ」

「何ですか、それ？」

神馬が訊く。

「世の中には、ワクチンも開発されていない不治の病に対する抗体を生まれ持っている人間がいるんだよ。近年で最も有名になったのは、エイズウイルスに対する抗体のある特殊遺伝子を持ったアメリカ人男性の話だ。真偽は定かでないが、当時、彼の遺伝子情報には数千万ドルの値がつけられた」

「数千万ドル！　五十億円以上じゃないですか！」

伏木が目を丸くした。

「その他の特殊遺伝子情報も一千万から一億円近い値段で取引されている」

「ゲノムビジネスですか」

周藤の言葉に、菊沢が頷く。

「さらに情報がある。今回発見されたエボラウイルスのザイール株だが、研究目的でリブルに輸入されている」

一同が顔を上げ、菊沢を見る。

「グレー案件ではあるが、相当根深いかもしれんぞ、この事案は」

菊沢はボードに手のひらを打ちつけた。

5

菊沢が事務所を出た後、周藤たちは資料を検討し、今後の動きを話し合っていた。

ボードには、資料から割り出された組織や人名が整理され、書き出されていた。

五年前、特殊遺伝子プロジェクトを起ち上げたのは、田畑義朗という衆議院議員だった。厚生官僚出身の議員で、過去に厚生労働副大臣を務めたこともある。ただ、六十二歳にして六回連続当選を果たしているにもかかわらず、経歴らしい経歴は副大臣の肩書だけだ。

外郭団体リブルは、特殊遺伝子プロジェクトの下部にあたる組織だった。遺伝子工学の第一人者で免疫学の分野においても実績のある東経理化学大学の教授・新城充を主任研究員に迎え、肥満にならない遺伝子や風邪にかかりにくい特殊遺伝子の研究をしている。

理事長を務めているのは、峰岡圭次という元厚生官僚だった。第二調査部の報告では、次期厚労省の事務次官確実と言われていた矢先に病気を理由に退職し、リブルの理事長に収まったという。

「とりあえず、その峰岡というのと田畑ってのが怪しいな」

神馬がボードを眺めて言った。

「そうね。官僚にとって事務次官のポストは最高の栄誉。そこから政治家にも転身できるし、天下りも自由自在。いくら病を患ったとはいえ、そんなポストを目前にして、一外郭団体の理事長に収まったというのは奇妙ね」

凜子が言う。

「さすが、元銀座ナンバー1ホステスのリヴ。政官財界のことはよくご存じで」

伏木が軽口を叩く。凜子は左の柳眉をかすかに上げ、冷たい視線を伏木に送った。

「その、新城という主任研究員はどうですか？」

栗島が訊いた。

「新城もターゲットだ。研究内容は肥満や風邪といった一般的なものばかりだ。エボラに通ずる話は一切出てこないが、リブルの関係者は調べておく必要がある」

周藤が言う。

「厚労省の研究を手伝う代わりに、自分が興味のある免疫学の研究も同時に行なっているという可能性はないですか？」

智恵理が訊いた。

「その線も否定できない。今は、可能性については断定せず、あらゆる可能性を視野に入れるべきだ」

周藤の言葉に智恵理が頷く。

「よし、役割を割り振ろう。リヴ」

「はい」

「君は田畑義朗と接触して、特殊遺伝子プロジェクトのメンバーを含めた、その動向を探ってくれ。手はずはツーフェイスを通じて調えてもらう」

「わかりました」

凜子が頷く。

「クラウン」

「はいよ！」

「君にはリブルに潜入してもらう。ルートはツーフェイスにつけてもらうので、用意が調い次第、潜入を開始してくれ」

「了解、ファルコン！」

大仰（おおぎょう）な真顔で敬礼する。

「ポン」

「はい」

「君は新城充の経歴や最近の動向を調べ上げてくれ」

「つまり、新城充のことを根掘り葉掘り洗い出せということですね？」

「そういうことだ。頼むぞ」

栗島は太い首を倒し、深く頷いた。

「チェリー」

「はい」

「君は特殊遺伝子プロジェクトとリブルに関しての概要を徹底して調べてくれ。プロジェクトのメンバーから、リブルの組織図、関係する人物の履歴、わかるところまで徹底的に頼む」

「承知しました」

眼鏡のつるを摘み、クイッと押し上げた。

「サーバルは俺と事故現場の再調査だ」

「外回りかよ。めんどくせえなあ」

舌打ちする。

「仕事だ」

周藤はじっと神馬を見据えた。神馬はさりげなく視線を逸らした。

「わかった。わかりましたよ」

太腿を打ち、立ち上がる。

「チェリー。決定をツーフェイスに伝えて、リヴとクラウンの手配を頼んでくれ。サーバル、行くぞ」

「急かさなくてもわかってるって」

気だるそうに靴底を擦り、ドアロへ向かう。

周藤は神馬を追い抜きざま、背中を叩いた。先に事務所を出る。

神馬が顔をしかめて仰け反った。

「叩くことはねえだろ、ファルコン！」

眉間に皺を立て、周藤を追いかけた。

事務所が静かになる。

「あの二人、仲がいいのか悪いのか、わからないなあ」

伏木が呟く。

「少なくともサーバルはファルコンを嫌ってないと思いますよ」

「私も同意見」

凜子はバッグを取って立ち上がり、智恵理を見て微笑んだ。

「つまり、それはその、女の勘というやつですか？」

栗島が訊く。

「女の勘なんて言えるようになったんだね、ポン」

凜子は栗島の頭を撫でた。栗島は照れてうつむいた。

「リヴ、僕にも！」

伏木が頭を出した。凜子はその頭をバッグで叩いた。

「あなたはもう少し、女の勘とやらに敏感になってほしいものね。じゃあ、チェリー。準備が調ったら連絡ちょうだいね」

凜子は甘い香りを残し、タイトスカートに包まれた腰を振りながら事務所をあとにした。

「僕も調査に出かけます」

栗島はデスクの足に立て掛けていた大きなリュックを背負い、深々と一礼して凜子の後に続いた。オフィス内は、伏木と智恵理の二人だけとなった。

「僕は準備が調うまで待機なんだよね」

伏木はデスクを回り込み、智恵理に近づいた。肩に手を回す。

「時間があるから、ランチでもどう？」

顔を近づける。

智恵理は眼鏡を外した。下から伏木を睨み上げる。

「てめえ。気安く触ってっと、キンタマ潰すぞ」

怒気がこもる。

伏木はあわてて離れた。

「冗談だって。そんなマジにならないで。じゃあ、準備できたらよろしくねー！」

そそくさと事務所を飛び出した。

「まったく……」

智恵理は眼鏡をかけ直し、スマートフォンを手に取った。

6

神馬と周藤は現場に到着した。午後六時を回った頃。まだ、所轄の捜査員や鑑識が現場検証をしていた。

神馬は薄闇に溶け込むタイプRの助手席の窓から現場を見やった。

「ファルコン、連中の中に入るか？」

「いや、やめておこう。まだグレーの事案だから、できるだけ所轄の人間とは接触したくない。あと二時間もすれば、検証を終えるだろう」

「それまでどうする？」

「食事でもするか」

「二人で？」

「不満でもあるか」

「なんか気持ち悪いなと思って。でもまあ、ファルコンのおごりなら付き合うよ」

「現金なヤツだな」

周藤は笑い、車を出した。

五分ほど走り、駐車場に車を停め、井の頭公園の南にある高級イタリアンレストランに入った。重厚な入口で、店内は静かだ。周藤は受付に歩み寄った。後からついてきた神馬は落ち着かない様子でロビーを見回していた。

まもなく、従業員が二人を個室へ案内した。最奥の部屋だ。照明は仄暗く、テーブルには花が飾られ、ロウソクが揺れている。窓の向こうに井の頭池を望む一等席だった。

「お飲み物はいかがいたしましょう?」

従業員が言う。

「俺はクランベリージュースを。おまえはどうする?」

「ビール飲んでいいか?」

「一杯だけだぞ」

「わかってるよ」

「では、それでよろしく」

周藤が言うと、従業員は一礼をして部屋を出た。

神馬はなおも落ち着かない様子で部屋を見回した。

「ファルコン、いつもこんなところに来てんの?」

「いつもではないが、それなりの情報を得たい時には使っている」

「急に来て、よく個室が取れたね」

「ここの会員なんだ。ネタ取りの時、居酒屋で済む相手もいれば、それなりの構えを見せないと失礼に当たる人物もいる。そういう時のために、各要所で使える店は作ってある」

「へえ。おれなんか、チェーンのイタ飯屋で食えれば充分だよ」

「それなりの場所を知っておくのは、今後おまえのためにもなるぞ」

「おれはいいや。そっちはファルコンに任せるよ」

神馬が首を振る。

メニューを取って、神馬に渡す。

「好きなものを頼め」

「何でもいいのか？」

神馬が周藤を見る。周藤は頷いた。

神馬は写真付きのメニューをめくっては、物珍しそうに見入る。周藤は神馬を見つめ、目を細めた。

出会った頃のことを思い出す——。

七年前。警視庁刑事部強行犯係に籍を置いていた周藤は事件を起こし、投獄された。

三人の若者を銃殺したのだ。

周藤には知世という九つ離れた妹がいた。当時、十七歳だった知世は高校のバスケット部に所属し、忙しい学生生活を送っていた。

周藤もまた、地域部機動警ら課から刑事部捜査第一課強行犯係に異動し、激務の日々を送っていた。

周藤と知世に両親はいなかった。知世が八歳の時、事故死した。それ以来、周藤は親代わりとして、知世の面倒をみていた。

周藤は警察官としての職務を果たす傍ら、射撃競技男子五十メートルピストルの選手としても活躍していた。周藤の腕は一流で、オリンピックでもメダルを狙える逸材として期待されていた。

八月半ばの夜のことだった。仕事を終えた後、射撃の練習をしている時、同僚が射撃場に駆け込んできた。

知世が部活帰りに強姦された、と。

急いで病院へ向かった。

顔は腫れ上がり、腕や双脚には生々しい傷が残っていた。

周藤が顔を出すと、知世は「大丈夫だから」と呟き、気丈な笑顔を見せた。

しかし、その一週間後、病院の屋上から飛び降り、自らの命を絶った。

周藤は捜査資料を入手し、単独で捜査を進め、所轄署より先に犯人を突き止めた。犯人は知世の近隣の進学校に通う男子高校生三人だった。一人を捕まえ、問い詰めた。

なぜ襲ったのか、と。

少年は学業のストレスが溜まり、発散したかっただけだと言った。知世には悪いことをしたと思うが、そこまで自分たちを追い込んだ大人や社会にも責任があるとうそぶいた。

初めのうちは、三人を逮捕して、正当な裁判を受けさせるつもりでいた。しかし、少年は滔々（とうとう）と持論を語った。いかに自分に非がないかという屁（へ）理屈を並べ立てた。

我慢した。しかし、我慢できなかった。

気がついた時には、ホルダーから銃を抜いていた。少年の口にねじ込み、涙を流して哀願する様を冷ややかに眺め、引き金を引いた。

瞬間、人として、警察官として大切にしてきた正義や倫理は根底から崩れた。

その日のうちに、あと二人の少年も射殺した。

周藤は、少年たちの証言を録音したＩＣレコーダーを持って、近くの警察署に出頭した。二十六歳の夏。この夏に周藤は唯一の身内も、警察官としての肩書も、人間としての正義や倫理もすべて失った。

現職刑事の復讐（ふくしゅう）劇は世間を賑（にぎ）わせた。ただの殺人鬼と蔑（さげす）む者もいれば、過激だが気持ちは理解するといった者もいた。少年法論争にまで発展した事件だったが、一年も経つ頃にはすっかり風化し、周藤の存在は世間から忘れ去られた。

二年後、刑務所に菊沢が訪ねてきた。菊沢は当時、組織犯罪対策部第一課の課長を務めていた。同じ本庁に勤務していたが、面識はなかった。

菊沢は唐突に信じられない話を切り出した。

警視庁に暗殺部を設立する。そこで、暗殺部第一課の長を周藤に任せたい、と。

にわかには信じられない話だったが、もし本当なら参加してみたいと思った。

正義と倫理を失った周藤の胸の奥底に残ったのは、悪に対する憎悪だけだった。悪党を殺すことに、微塵の罪悪も感じない。悪党は人である前に悪。正義の定義などどうでもいい。慎ましやかに生きている人々を食い物にする輩を一人でも多く抹殺できるなら、それも本望だった。

周藤は菊沢の提案を受け入れた。

仮出所させられた周藤は、菊沢に杉並区のマンションの一室を与えられた。そこで暗殺部の概要を聞き、リストを渡された。一課のメンバー候補のリストだった。

オペレーター候補の天羽智恵理は、北関東でレディースの頭を張っていた女の子だった。十八歳の時、仲間を半殺しにした敵対する相手の下に単身で乗り込み、ほぼ全員に重軽傷を負わせ、傷害致傷で逮捕された。その後、レディースは解散し、二年間女子刑務所に収監され、保護観察付きで出所し、コンビニで働いていた。

工作班候補の栗島宗平は、当時三十歳の元自衛官だった。その二年前にコンゴ民主共和国のPKO部隊に工兵として参加し、橋梁（きょうりょう）の修復や道路整備にあたっていたが、現地のゲリラに部隊が襲われ、隊員たちに多数の死傷者が出た。栗島自身も負傷し、その時のショックでPTSD（心的外傷後ストレス障害）を発症して除隊した。その後、自宅療養という名目で二年もの間、家に引きこもっていた。

情報班候補の一人、伏木守は当時二十四歳の元探偵だった。役者経験もある。ある浮気調査で調査対象の女性と良い仲になってしまい、探偵事務所をクビになった。しかもその女性の本当の浮気相手が死亡。伏木は殺人容疑で逮捕された。後に、調査対象の女性と夫が結託して、別れを拒み、金銭を要求していた浮気相手を殺害するため、伏木を陥れたということが判明し、釈放されたが、職を失い、路頭に迷っていた。

もう一人の情報班候補、真中凜子は、当時二十八歳の元ホステスだった。目鼻立ちの通った妙齢の美女で聡明でもあり、たちまち銀座のナンバー1ホステスとして頭角を現わした。ところが、追い抜かれた元ナンバー1ホステスと店のママに嫉視され、彼女らに雇われた男に襲われた。揉（も）み合った末、凜子は男を殺してしまった。正当防衛が認められ、無罪放免となったが、争った際、顔に傷を負い、ホステスへの復帰はかなわなかった。凜子は整形をし、スーパーでレジ打ちのバイトをしながら介護士の専門学校に通っていた。

各人に接見し、暗殺部への参画を決断させるのは、周藤の役目だった。実際に会って気に入らなければ、別の者を手配する。一課において、すべての決定権は周藤に与えられた。

周藤は智恵理たち四人の下に出向き、対面した。それぞれ難はあったが、最終的には周藤の申し出に賛同し、暗殺部への参入を決めた。

ただ一つ、問題があった。

神馬悠大のことだ。

周藤とパートナーを組む、一課の執行人候補としてリストに上がっていた。

神馬は当時二十歳の元ヤクザの用心棒だった。十五歳の時、友人を助けるために木刀を振るい、七人の相手のうち、三人に重傷を負わせ、四人を撲殺した。

その凶行を可能にしたのは、神馬の剣道の腕だった。神馬は小学生の頃から、数々の剣道大会で優勝し、高校入学が決まったときから全国高等学校剣道大会個人の部の優勝候補に数えられるほどの天才剣士だった。

しかし、中学生時代までに築いた華々しい剣道の経歴はその一件により闇に葬られ、剣道界のデータベースからもその名を抹消された。

剣道を支えに生きていた神馬は生き甲斐を失い、少年院を退院後、竹刀を日本刀に持ち替え、ヤクザの世界に身を投じた。十七歳だった。

用心棒としての実績は、当局もつかみかねているようだったが、裏社会ではその噂も漏れ伝わっていた。とにかく比類なき剣の強さと冷酷さは、平成の人斬(ひとき)り五郎(ごろう)と噂されるほどだった。

　神馬は稼いだ金で自分専用の黒刀を造り、闇に溶けて殺害を行なうようになった。暗闇の中を波のように舞って敵を一瞬にして殲滅(せんめつ)することから、次第に〝黒波(くろなみ)〟の異名で呼ばれるようになった。

　それから三年後、彼が二十歳を迎えたとき、ちょっとしたトラブルが起こる。

　神馬はその日、いつものようにヤクザ同士の小競り合いの助っ人として現場に出向いた。相手は数名。簡単に終わるはずの仕事だった。が、同行した雇い主側の構成員に潜入捜査員がいた。

　神馬が相手を斬りつけた瞬間、捜査員は神馬の右腿を銃で射貫いた。待機していた別の捜査員が双方のヤクザを取り囲み、次々と逮捕した。神馬は抵抗しようとしたが、拳銃に囲まれ断念した。組織犯罪対策第四課の暴力団掃討(そうとう)作戦だった。

　神馬は銃刀法違反と傷害致傷の容疑で逮捕された。逮捕後、その他の殺人についても調べられたが証拠はなく、証言も得られない。限りなくクロではあったが、黒波の名を聞くと誰もが証言を拒んだ。

　周藤が逡巡(しゅんじゅん)したのは、神馬の経歴だった。

他の四人の経歴に問題はない。逮捕され、収監された者もいる。それぞれの脛(すね)に傷を抱えてはいるが、その後は更生し、一般社会に溶け込んでいる。

しかし、神馬は真逆だった。神馬の変遷を見ると、十五歳の時の事件をきっかけに、狂気が発露したようにも映る。

暗殺部は存在自体が狂気じみている。だからこそ、部員は通常の感覚を持っている者でなければいけないと周藤は感じていた。ただ人を殺すのが好きな者を仲間に引き入れれば、無差別な殺戮に免罪符を与えるだけだ。

あくまでも殺すのは悪人のみ。正義や倫理を説くつもりはないが、せめて、その一点だけは死守したい。それは、自分のためでもある。

どんなことでも、長く続けていれば人は慣れる。殺しに慣れ、殺人に興ずるようになれば、それはもはや人の所業ではなくなる。そうした状況に陥らないために、確固たる一線を引いておく必要がある。

神馬に対し危惧したのは、その部分だった。

悪びれることなく、用心棒として組織を転々とし、人を虫けらのように斬り殺す。神馬がすでにその領域に達しているとすれば、チームに加えるわけにはいかない。

とはいえ、菊沢が推薦してきたのには、何か理由がある。他の四人に接してみて、そう感じた。彼ら、彼女らは、それぞれに闇を抱えてはいるものの、その奥にくすぶる澱はない。内面は実直だ。

警察官として、様々な犯罪者に触れてきた。極悪面にしか見えないのにその胸の奥には深い優しさと正義を抱いている者もいれば、虫も殺さないような柔和な表情を見せながら、奥底に暗く澱んだしこりを抱えている者もいた。

接してみるしかない。

三月上旬のある晴れた日、周藤は神馬が収監されている刑務所を訪れた。

菊沢の権限で、個室、しかも二人きりでの接見を許された。

周藤は、用意された会議室で神馬を待った。刑務官が神馬を連れて来た。入口で手錠を外され、中へ入ってくる。

中背で細身の青年だった。丸刈りのせいか、高校生と言ってもおかしくないあどけなさだ。神馬はスリッパの踵で床を擦り、歩み寄ってきた。パイプ椅子を引き、斜に構えて座る。そこいらのチンピラのようだ。

「あんた、何者だ?」

神馬が目を向けた。相手を射貫くような眼光だ。が、その瞳はまっすぐ周藤に向く。とても澱みがない。相手を寄せ付けない威光は感じるが、威嚇しているわけではない。

静かで廉直な瞳だった。

周藤はふっと笑みをこぼした。

「杞憂だったか」

「なんか、言ったか？」

「今から言うことは他言無用だ。約束できるか？」

「なんで、初対面のヤツと約束しなきゃいけねえんだよ。おれはあんたに何者だと訊いてるんだ。名乗りもしねえヤツの約束なんか守れるわけねえだろう」

神馬の口調はぞんざいだが、言うことは的（まと）を射（い）ていた。

「そうだな。俺は周藤一希。警視庁暗殺部一課の責任者だ」

「暗殺部？」

神馬の眼が鋭くなる。が、すぐ鼻で笑った。

「おいおい、頭は大丈夫か？ファンタジーごっこなら、どこかのオタク連中とやってくれ。おれはガキじゃねえんだ」

「絵空事ではない。本当に存在する組織だ。おまえを俺の課に迎えたいんだが、二、三、質問がある。答えてくれるか？」

周藤は神馬を見つめた。神馬が見返す。視線を外そうとしない。ややあって、神馬が口を開いた。

「なんだよ、質問って」

「まず一つ目。十五歳の時、四人の男を木刀で叩き殺しているな。その時の心境はどうだった？」

「心境もクソもあるか。殴ったら死んじまった。それだけだ」

さらりと流す。

「二つ目。用心棒をしていて、何人か殺したと思うが」

「誘導尋問か？」

「取り調べじゃない。ここで聞いたことを外部に漏らすつもりもない。信じるか信じないかはおまえ次第だ。もう一度訊く。用心棒時代に何人か殺したと思うが、その時の心境は？」

「あんた、心理学者かよ。心境もクソもねえって。仕事をしただけだ」

「殺しに悦（よろこ）びを感じなかったか？」

周藤は神馬の双眸を覗き込んだ。神馬は不愉快な表情をみせた。

「なんだよ。血を見ると興奮するとでも言ってほしいのか？　人を殺人マニアに仕立て上げげんじゃねえよ。あー、そういうことか。空想話に乗せて、おれを殺人狂に仕立て上げてえんだな。てめえ、何だ？　四課のサツか？　それともマスコミか？」

「暗殺部だ」

周藤が言う。

神馬は首を振った。

「付き合いきれねえ。もう、いいよ」

席を立つ。

周藤はテーブルを叩いた。神馬はびくともしない。背を向けてドア口に向かう。

「嘘はないようだな。まともな感覚を持っていると確認した。よかったよ。ぜひ、暗殺部一課の執行人として迎えたい」

周藤が言う。

神馬は大きく息を吐いて肩を落とし、やおら振り返った。

「いい加減にしろよ、おっさん。てめえの戯れ言に付き合ってる暇はねえんだ」

睨みつける。眼光が、修羅場を潜ってきた者の凄みを纏う。

周藤は静かに見返した。

「俺の本気をわかってもらおう」

テーブルを動かし始めた。壁際に移動させ、パイプ椅子も片づける。三十平米ほどの空間ができた。

「やろうってえの?」

神馬は失笑した。

「仕方がない」

周藤は手首や首を回した。ボクサースタイルで身構える。神馬がまた鼻で笑った。

「強そうに見えねえな」

「殴り合いは得意じゃない。だが、わかってもらうには、言葉以外の言葉も必要だろう」

「死ぬぞ？」

「その時は仕方がない」

「そうかい」

神馬が顎を引いた。上体が揺らいだ。地を蹴り、周藤に突っ込んでくる。

周藤は神馬に向け、右ストレートを放った。

神馬の身体が左に傾いた。拳をすり抜ける。次の瞬間、周藤の左脇腹に拳が食い込んだ。

「ぐう……」

周藤は顔をしかめ、上体を捩(よじ)った。

神馬は周藤の後頭部をつかんだ。引き寄せる。同時に、右膝を突き上げた。

周藤の鼻頭が歪む。鼻腔(びこう)から血が飛沫いた。顔が跳ね上がり、上体が反る。弾(はじ)かれた周藤が後退した。

神馬の足刀蹴りが飛んできた。腹部にめり込む。身体がくの字に折れ、飛んだ。壁に背を打ちつけ、息が詰まる。膝が崩れ、尻が床に落ちた。

「弱えな、おっさん。もうやめとけ。弱えヤツを殺しても、何の自慢にもなりゃしねえ」

神馬は呆れ顔で言った。

「弱いヤツは殺さないか。ますます気に入った」

周藤は腹を押さえ、壁に手をつき、立ち上がった。再び、身構える。

今度は自分から攻めた。左右のパンチを繰り出す。神馬は両腕をダラリと下げたまま、右に左に揺れ、後退しながら拳をかわした。

ふっと立ち止まる。瞬間、前蹴りを放つ。周藤の鳩尾に足の裏がめり込んだ。再度、身体が飛ぶ。足がもつれ、仰向けに転がった。腹を押さえて咳き込む。

「隙だらけ。もし、暗殺部が本当にあるとしても、あんたが頭を張ってるようなところなら頼りねえな。虫も殺せねえよ」

「だから、おまえに来てほしいと言ってるんだ」

周藤は膝をついた。三度、上体を起こす。そのまま神馬に突っ込んだ。

神馬が左膝を突き出した。周藤はすんでのところでかいくぐり、神馬の腰に両腕を巻いた。そのまま押し込み、反対側の壁に叩きつけた。

神馬が息を詰めた。

「くそったれが！」

両手の指を組み、上から振り下ろす。神馬の両手が周藤の背中を打った。強烈な衝撃に膝が折れる。が、周藤は神馬の腰に巻いた腕を離さない。

神馬は何度も両手を振り下ろした。肉を打つ音が響く。背骨が軋む。それでも周藤は離さない。

「いい加減にしろ！」

神馬が右肘を落とした。

周藤の膝が落ちた。腕が離れる。神馬の太腿を伝い、前にのめって頽れる。

神馬は周藤から離れようとした。周藤は神馬の足をつかんだ。両ふくらはぎに腕を巻き、引き倒す。

神馬の細い身体が浮いた。そのまま仰向けに落ちる。神馬は背中を強か（したた）に打ちつけ、呻いた。

周藤は神馬の身体を這い上がった。馬乗りになり、両膝で神馬の左右の腕を押さえ込んだ。右拳を神馬の顔面に叩き込む。神馬の鼻が曲がった。鼻腔から鮮血が噴く。左拳を叩き込む。頬を弾かれた神馬の顔が揺らぐ。切れた口から血糊（ちのり）が飛散した。

周藤は必死に、左右の拳を振った。神馬の顔が左右に揺れる。

神馬は周藤の両脚を持ち上げた。同時に勢いを付けて自分の脚を振り上げ、周藤の首に引っかけた。脚の力で周藤を引き倒す。周藤の上体が後方に倒れた。後頭部を打ちつける。意識が朦朧とした。

体（たい）を入れ替えた神馬は、周藤の腹に乗った。両膝で周藤の腕を押さえ、右手で首を握った。絞（し）め上げる。

周藤は呻きを漏らした。神馬の手が喉仏を押し込み、指が頸動脈を絞め付ける。ほっそりとした手からは想像できないほどの握力だった。

「死んでも仕方がねえって言ったよな。望み通りにしてやるよ」

力を込める。

周藤の身体から力が抜けた。瞬間、笑顔を浮かべた。

神馬は手を弛めた。離れて、立ち上がる。壁にもたれ、周藤を見つめた。

周藤は喉を押さえて、咳き込んだ。涎をまき散らす。顔を上げて、神馬を見た。

「殺さないのか？」

「死にてえヤツを殺す趣味はねえよ」

言って、目を逸らす。

反対側の壁際に歩く。周藤が片づけたパイプ椅子とテーブルをフロアに並べる。セッティングを終え、神馬はパイプ椅子に腰を下ろした。切れた口や鼻から垂れた血を指で拭う。周藤も立ち上がり、神馬の向かいに座った。椅子の背にもたれ、肩で息をする。

「本当に強いな、おまえ」

「おっさんが弱えだけだよ。一つ訊いていいか？」

「なんだ？」

「なぜ笑ったんだよ。首絞められてんのに」

「やっぱり、人間は会ってみないとわからないなと思ってな」

「なんだ、それ？」

神馬が笑みを浮かべた。気負いのない素直な笑顔だった。

「履歴を見た時、おまえは本当の殺人狂か、今どきの思慮のないキレる若者かと思った。しかし、まったく違っていた。まっすぐな想いにはまっすぐに返す気概がある。俺もまだ甘いなと自嘲したことと、俺がもし、ここで死んでも一課の執行人は任せられると思った」

「あんたが弱えだけだよ。暗殺するなら、もう少し体術を鍛えたほうがいいぜ」

「そうしよう」

腫れ上がった顔に笑みを覗かせた。

「神馬。返事を聞かせてくれ。執行人として、俺と共に働いてくれるか？」

瞼をこじ開け、神馬を見つめる。

神馬は目を伏せた。一つ息を吐き、周藤を見つめ返す。

「あんたには任せてられねえな。わかったよ。その執行人とやらになってやる」

「心強いな」

「で、いつ出られるの、おれ？」

「すぐに手配する。一週間もかからないだろう。よろしくな」

周藤は右手を伸ばした。

神馬はその手を強く握った。

神馬の参画（さんかく）が決まった一週間後、菊沢は周藤を通じてメンバーを招集し、姿を現わした。菊沢は自らを〝ツーフェイス〟と名乗り、周藤たちもそれぞれコードネームを決められた。

暗殺部は完全秘密裏の組織だ。たとえ誰かが捕らえられても、その実態は明かせない。万が一の場合を予見し、コードネームを使用することが義務化されたのだ。

一課で全員のフルネームを知っているのは、周藤だけだった。

メンバーはそのまま拘束され、SAT（特殊急襲部隊）で一年間の格闘訓練を受けさせられた。

暗殺という特殊な任務には危険がつきものだ。それぞれにそれなりの実力はあるが、指令を完遂するには、もうワンランク上の戦闘術を身につける必要があった。

周藤以下六名のメンバーは、同じ宿舎で寝泊まりし、朝から晩まで教練に明け暮れた。

周藤たちが教えられたのは、世界最強と称される近接格闘術、クラヴ・マガを基礎とした実戦的な格闘技だった。素手はもちろん、ナイフや銃といった武器を持った者に対する素手での防御術も備えている。

元々逮捕術の心得があり、身体能力も高かった周藤は、特訓でめきめきと力をつけ、頭角を現わした。一年後に訓練を終える頃には、神馬と互角以上に張り合えるスピードとテクニックを手に入れていた。

その上達ぶりと、訓練に愚直に取り組み、確実に力を伸ばす周藤を目の当たりにし、神馬は周藤に信頼を置き、リーダーと認めるようになった。その他メンバーも同じく、周藤の真摯な態度に一目を置いた。

共に過ごす間に、メンバー間の絆のようなものが生まれ、ちょっとした経歴を語るようにもなった。そのことが、各人の役割の認識にも役立っている。

そうして一年の時を共に過ごし、さまざまな訓練を終えたのち、警視庁暗殺部一課〝デリート１〟が発足した――。


「何見てんだよ。気持ち悪いなあ」

神馬は周藤の視線に気づき、メニューで顔を隠した。

「早く頼まないと、食う暇がなくなるぞ」

「わかってるけど、こう洒落た食い物ばっかだと、何を食っていいんだか……」

神馬はメニューに視線をすべらせた。

周藤は微笑み、テーブルのベルを鳴らした。

7

峰岡圭次は、世田谷(せたがや)区の羽根木(はねぎ)公園近くにある田畑邸を訪れていた。都心に近い場所でありながら、敷地面積は百坪を超え、広い敷地内に優雅な庭園もある。人工池の奥に二階建ての家屋があった。

峰岡は、池に面した二十畳のリビングで、田畑義朗と向き合っていた。田畑の脇には第二秘書の高塚(たかつか)が立っていた。熊のような大きい図体で、ギョロリとした双眸が特徴的なインパクトの強い容姿の男だった。高塚は押し黙って、田畑と峰岡の話を聞いている。

田畑とはもう、二十年近い付き合いになる。田畑が衆議院選挙に出馬するため、厚労省を辞めた頃からの付き合いだ。端整な顔立ちと長身で、清潔感溢(あふ)れる若手議員としてもてはやされていたが、接してみると、その容姿から想像できないほどの欲にまみれた野心を胸に秘めている人物だった。

二十年が経ち、田畑の容貌はすっかり変わった。

すらりとしていた体軀は横幅が増え、腹も貫禄を湛(たた)えている。端整な顔は皺くちゃとなり、隈(くま)をまとった瞼には満ちる欲望が滲み出ていた。

田畑が我欲をあらわにするほど、離れていく者も多くなった。

しかし、峰岡は田畑と行動を共にした。

田畑は峰岡に何かと良くしてくれた。厚生官僚として順調に階段を上がれたのも、田畑の後押しがあってこそだ。事務次官となり、田畑がいつか政権の中枢に上り詰めた時は、恩に報いるつもりだった。

だが、峰岡はつまらない策略に嵌まり、出世レースから脱落した。一言で言えば、ハニートラップにひっかかったのだ。

五年前のことだった。峰岡は同期と事務次官のポストを巡り、水面下で激しく争っていた。お互い、表では笑顔を見せつつも、裏では相手を追い落とすべく、画策していた。

峰岡は何人もの調査員を雇い、相手のプライベートを根掘り葉掘り暴き立てた。が、決定打がなかった。

一方、相手方も峰岡のウイークポイントを見つけられずにいた。そこで、ハニートラップを仕掛けた。

そうした謀略には用心していた。いや、用心しすぎていたからこそ、ひっかかってしまったのかもしれない。

ハニートラップを仕掛けたのは、信頼していた調査員の女性だった。三十前半の聡明な女性で、誰よりも相手方の情報を取ってきた。思えば、相手方と通じていたわけだから、情報を得られるのも当たり前だが、当時の峰岡は相手を追い落とすことに気を取られ、単純な論理に気づかなかった。

ある夜、報告を終えた彼女と食事に出かけることになった。峰岡は彼女の労をねぎらいたいだけだった。が、二件目のショットバーに誘われ、気をよくして飲んでいるうちに、強烈な眠気が襲ってきた。

しまったと思った。

だが、時すでに遅し。気がつけば、ホテルにいた。全裸で彼女と絡み合っている写真を撮られ、それをネタに出世レースから降りることを強要された。退かなければ、写真をネット上に流すと脅された。

従わざるを得なかった。

ネットに流出した情報に真偽はない。峰岡が嵌められたと喚いても、彼女が否定すれば裁判で争うしかなくなる。色恋沙汰は噂になっただけでも心証を悪くする。まして、裁判を起こしたとなれば、出世レースから脱落するのは必至。それ以上に省内での立場まで失ってしまう。

それほどのリスクは負えなかった。

次期事務次官最有力と目されていた峰岡は、病気を理由にあえなくレースから退いた。

その時、声を掛けてきたのが田畑だった。田畑はすべての事情を知り、リブルの理事長への就任を打診してきた。相手方が手にした色情写真は全回収する。田畑が引退した後は、地盤を峰岡に譲るという条件付きだった。

省内にいても生き存えるだけだった峰岡にとって、断わる理由はなかった。

田畑の下で働き、議員の肩書を得て、自分を嵌めた者を根こそぎ潰す。峰岡は復讐心を滾らせ、厚労省を去った。

それから五年。まだ道程は長いが、確実にその時は近づいている。

「峰岡君。先日の吉祥寺での騒ぎはうまくないね」

「申し訳ありません」

座ったまま膝に手をつき、頭を下げる。

「処理のほうはうまくいったのか？」

「うちの作業部にすべてを処理させました。万が一の場合に備え、極東汽船の飯室とロシア貿易振興機構のヤンにも打診しています」

「本当かね？」

田畑は背後に目を向けた。

「峰岡理事長から連絡があった翌日に話を付けてきました」

高塚が答える。

「あまり彼らを頻繁に使うな。足が付く行動は控えろ」

「今回は突発的な出来事だったので、仕方ありません。しかし、怪我の功名もありました」

峰岡が身を乗り出した。

「どういうことだ？」

「研究所から逃げ出した従業員は、かつて付き合っていた女のところへ逃げ込みました。それが吉祥寺のマンションだったわけですが、そこで女はエボラに感染した男の血を浴びました」

「それではその女も感染したのではないのか？」

「通常ならそうですが、彼女は一週間以上経っても発症しないのです。潜伏期間には個人差がありますし、免疫力の差もあるので、まだ確定ではありませんが、ひょっとしたらエボラの耐性遺伝子を持つ人間かもしれません」

「ほう、それは楽しみだな」

たるんだ二重の下の双眸が怪しく濁る。

「それと三年前、ＳＦＴＳに感染させ、耐性を持っていたと思われる女ですが、ロシアの研究機関に売却する方向で話を進めています」

「いくらだ？」

「人間が七千万。遺伝子情報が一億五千万。計二億二千万で話を進めています」

「悪くないな」

田畑はほくそ笑んだ。

「次の衆議院選までに、とにかく資金をかき集めろ。次期に大臣のポストを取れなければ、私にも先はなくなる。もっと儲（もう）けられる検体はないのか？」

「各国の研究機関に打診していますが、世界的不況ですのでエボラ以上の高額検体を見つけるのは難しい状況です。インフルエンザの耐性遺伝子を発見すれば、爆発的に儲けられると思いますが」

「それはできないのか？」

「無理です。インフルエンザは飛沫感染ですし、うっかり強毒性のウイルスが飛散すれば、間違いなくパンデミックを引き起こします。ＳＡＲＳ（重症急性呼吸器症候群）の二の舞となるでしょう」

峰岡が言う。

田畑はしかめっ面で腕を組んだ。

「何とかならんか？」

「危険です」

「峰岡君」

腕を解き、まっすぐ峰岡を見つめる。

「人はなぜ生きていると思う？」

唐突な質問だった。

「それは……死ねないからではないでしょうか？」

「違う。人には一人一人、役割があるのだよ。その役割を果たすために生き続けるのだ。君の役割は何だ？」

「特殊遺伝子を見つけ出し、医学の向上に貢献し、潤沢（じゅんたく）な資金を集めることです」

「違う。もう少し自分を見つめろ」

「申し訳ありません」

両膝に手を付いて、深々と腰を折る。

「先生。私の役割とは何ですか？」

「私を宰相にすることだ」

田畑は言い切った。

峰岡は顔を上げた。

「私のために生き、私に尽くすことが君の役割だ。そして君は私と共に頂点へ上る。私の役割は宰相となり、この国を導くことだ。君も私もまだ生き続けなければならない」

目を細める。

「先生が私をそのように評価してくださっていたとは。身に余る光栄です」

「君の役割を話しただけだ。では、そうした役割を持たない下々はどういう役割を担っていると思う？」

「さあ……」

　首を傾げる。

「君は考えすぎる。もっと単純に考察すればいい。私たちのような役割を持たない者は、この国の歯車なのだよ。この国を生かすために一人一人が歯車となり、底辺を支え、死んでいく。哀れだが、生まれ持った定め事だから仕方がない」

　さも当然のように言い放つ。

「私たちの替えはない。しかし、歯車などいくらでも替えが利く。部品がどれだけ壊れようと、私たちの進む道になんら影響はない。歯車は歯車でしかないのだ。私たちを頂点へ押し上げるためのね」

「だから、壊せ……と？」

「そうした役割を担う者もいるだろう」

　片頬に笑みを浮かべ、じとりと峰岡を見据える。

　峰岡は薄ら寒さを覚え、生唾を飲んだ。

　田畑は上体を起こした。ソファーにもたれ、脚を組む。

「まあしかし。パンデミックを起こされるのは困る。より高く売れて安全なウイルスの特殊遺伝子を君の率いるリブルが見つけてくれることを願うよ」

　そう言い、コーヒーを口に含んだ。

田畑と共に歩むことに異存はない。が、一抹の不安がよぎる。
私はどこまで人としての心を失えば良いのだろうか……。
進めば進むほど、底なしの闇に引きずり込まれていくような感覚が込み上げてくる。
峰岡は喉元に突き上げてくるとめどない不安を、生唾と共に胸の奥へ流し込んだ。

第二章　黒い波

1

周藤と神馬は、午後九時を回った頃、吉祥寺の放火現場に出向いた。

つい先程まで、所轄署の現場検証が行なわれていた。二人とも司法警察職員の身分は持っているが、秘密部署に所属する身。できれば、関係者と顔を合わせたくない。

焼け跡はそのまま残っている。街灯の明かりはあるが、ひっそりとして仄暗い。周辺にはまだ焼け焦げた臭いがほんのりと漂っている。

二人は周囲に注意を払いつつ、中へ入った。ＬＥＤのペンライトで現場を照らし、奥へ進む。

「見事に丸焦げだな」

神馬が呟いた。

マンションは跡形もなく崩れ落ち、瓦礫の山と化している。剝き出しの鉄骨だけが、ここに建物があったことを物語っていた。

「完璧に処理したかったようだな」

周藤が言う。

一通り現場を見た周藤と神馬は焼け跡を出た。酸がまかれた白い跡をたどり、駐車場跡に向かう。

「写真で見るより、広範囲にまいているな」

神馬が帯状の幅を見渡す。酸をまいた跡は、幅三メートルくらいあった。

「もしエボラウィルスが生き残っていたら、とんでもないことになるからな」

「しかし、これじゃあ何かありましたよと言わんばかりだ。資料にあった三件の事案とはちょっと毛色が違うな」

「突発的な出来事だったのだろう」

駐車場を見て回る。

と、駐車場を取り囲んでいた植え込みの端で、カサッ……と音がした。

周藤と神馬は目だけ動かし、音のした方を見た。立木の向こうに人影がある。周藤が神馬を見た。神馬が目で頷く。

神馬は再び焼け跡に戻るふりをして、植え込みの外へ出た。派手なスカジャンを着た斑金髪の男が立っていた。立木の陰から、しきりに周藤の様子を窺っている。

神馬は音もなく滑るように闇を進み、男の背後に回った。そっと歩み寄り、肩に手を置く。男の身体が強ばった。

「おい」

声を掛けた。

男は固まって動かない。神馬は男の肩を引いた。

「うわああ！」

男が奇声を上げた。振り返りざま、左拳を振る。

神馬は前腕をつかんだ。男の動きが止まる。

「知ってるか？　弱い犬ほどよく吠えるって言葉」

にやりとし、男の腕を握り締める。

男は顔を歪め、呻きを漏らした。

「何者かは知らねえけど、退屈しのぎだ。相手してやろうか？」

神馬は男を突き放した。

男は左腕をさすり、神馬を睨みつける。神馬は薄笑いを浮かべたまま、男を見つめた。

「てめえが勝てば、このまま解放してやる。おれが勝ったら、素直におれに従ってもらう。どうだ？　単純だろ？」

「くそう……ガキが」

「てめえも充分ガキだろ？　どうする？　逃げようとしたら、その左腕、もぐぞ」

「ナメんなよ、こら」

右手をスカジャンに入れる。出した手には、バタフライナイフが握られていた。ストッパーを外し、手首を返して刃を出す。

「最初から刃物かよ。チキンだな、おまえ。まあいい。ハンディだ」

神馬が右手を挙げた。手の甲を見せ、人差し指を立てる。

「来い」

くいくいと指を動かす。

男は奥歯を噛んだ。眉間に皺を立て、柄を握り締める。神馬は腕を下ろし、少し右足を引いて、自然体で構えた。

静寂が二人を包む。男の吐息が荒くなってくる。神馬は変わらない。ただその立ち姿からは、相手を威圧するオーラのようなものが漂っている。男は気圧され、こめかみに脂汗を浮かべた。

「どうした。来ないなら、こっちから行くぞ」

神馬が左足を踏み出した。

「わああ！」

男が右手を突き出した。先端が神馬の左脇腹に迫る。

神馬は左手のひらで、男の腕をちょんと突いた。

腕がぶれた。切っ先が的を外し、神馬の腹部の前を掠めていく。男の上半身が前のめり、傾いた。神馬は右足の裏で男の脛を払った。

身体が浮いた。プールに飛び込む水泳選手さながら、ダイブする。男はそのまま地面に落ちた。胸を強く打ちつけ、息を詰める。右手が叩きつけられ、手に持ったナイフがこぼれる。

神馬は素早くこぼれたナイフを取った。８の字を描くようなバタフライアクションで、刃を閉じる。

「残念。おまえの負けね」

男の襟首をつかんだ。

瞬間、男が反転した。左手にもナイフを握っていた。地面を転がり、神馬を狙う。

神馬は左足の裏で男の左肩口を踏みつけた。起き上がりかけた男の上体が、再びうつぶせに沈む。神馬は右足で男の左手首を踏みつけた。男は呻き、ナイフをこぼした。爪先でナイフを蹴る。

回転して滑るナイフが周藤の足下に届いた。周藤はナイフを拾い、神馬たちに近づいた。

「大丈夫か？」

「失礼すぎて、怒る気にもなれねえ」

神馬はバタフライナイフを放った。周藤が受け取る。

「バタフライに飛び出しか。穏やかじゃないな」

周藤は男の脇に屈んだ。顔を覗き込む。

目鼻立ちの通った男だった。髪を斑に染め、眉を細くしているが、瞳が大きいせいか迫力に欠ける。

「君は二十歳過ぎくらいだな。社会人か？」

訊いた。男は答えず、周藤を見据えた。

「こんなところで時間を取りたくないんだがな」

周藤は飛び出しナイフを振った。刃が出る。切っ先を男の頬に当てた。

「名前と歳を教えてくれるか？」

「ふざけんな」

「そうか」

躊躇なく、頬を切る。傷口に血が滲む。

男の眦が引きつった。

神馬が笑い出した。

「おまえ、社会人デビューだろ？　ナイフの使い方はなってねえし。この人は、見た目エリートサラリーマンみたいだけど、おれなんかよりは数万倍怖えぞ」

屈んで、男の左腕を取り、ねじ上げる。そのまま上体を起こさせた。座らされた男は動けない。目の前にはナイフを揺らす周藤がいる。すっかり戦意を喪失してうなだれた。

「ここじゃあ、人目に付きすぎる。連れてこい」

周藤が立った。男の顔が引きつる。

「心配するな。殺したりはしねえよ。おとなしくしてりゃな」

神馬は腕を引き上げた。男の腰が浮く。

男は神馬に引きずられるまま、周藤たちの車へ押しこまれた。


男はセダンの後部シートで、周藤と神馬に挟まれていた。逃げ場をなくし、終始うつむいている。

男は田中信宏（たなかのぶひろ）と名乗った。火災現場付近に住む二十二歳の会社員だった。周藤はすぐさま智恵理に連絡し、身元の照会を行なった。確かに田中信宏なる人物が火災現場付近のマンションに住んでいた。

運転免許証のデータを送信してもらい、顔写真を確認した。タブレットと田中の顔を見比べる。目鼻立ちの通った大きな目の濃い顔つきは写真と同じだ。が、免許証の写真の田中は黒髪だった。

何度かタブレットと本人を交互に見やった。

「んっ？」

周藤は、田中の首筋の生え際に目を留めた。不自然に浮いている。後頭部をつかんだ。ずり上げてみる。

「あ、何を！」

田中が頭を押さえた。周藤は強引に髪の毛を剝ぎ取った。手には、斑金髪のウィッグが残っていた。

「おいおい、ヅラかよ」

神馬が失笑する。

田中は黒いさらさらの髪の毛だった。襟足もきっちりと刈り込み、ごくごく普通のヘアスタイルだ。ウィッグが取れると、派手なスカジャンがどこか浮いていた。

「おまえ、デビューもしてねえ一般人だったのか」

神馬が言う。

田中はますます両肩をすぼめた。

「あなた方はいったい……」

「すまなかったね。私はこういう者だ」

周藤は胸元から身分証を取り出した。二つ折りの革ケースを開く。旭日章のついた通常の警察官の身分証明書だった。しかし、身分証の名前は〝鈴木一郎〟になっている。一般人に見せる時には、別名の身分証を使用している。

「警視庁本庁捜査一課の捜査員だ。所轄とは別にこの事件を調べていてね。私たちのことは内密にしてほしい」

「はあ……」

田中は神馬を見た。訝っているのは明らかだ。

神馬はため息を吐き、ライダースの横ポケットから身分証を出した。田中に手渡す。

「ほら、そのデカい目でよく見てみろ」

言うと、田中は身分証を開いた。警視庁司法警察職員〝高橋博〟と記されている。写真も神馬に間違いない。神馬は、田中の手から身分証をひったくった。

「人を見た目で判断するんじゃねえよ」

「すみませんでした……」

「というわけだ。おまえはおれにナイフを向けてきた。銃刀法違反と傷害未遂の現行犯でこのましょっぴくことも可能だ」

神馬が言うと、田中の顔は青ざめた。

周藤が肩に手を置く。田中の肩がびくっと跳ねる。

「君の協力次第では、私たちも考えるが。君はなぜ、ここで見張っていたんだ？」

努めてやわらかく問いかける。

田中は黒目を泳がせた。少し目をつむる。やがて、観念したように顔を上げた。

「火災があったあの日、彼女からメールが来たんです」

「彼女とは？」

「麻生菜々美。僕が勤めているIT会社にアルバイトで入ってきてWEBデザイナー補助をしていた子です」

「その菜々美さんとの関係は？」

「恋人とまでは言えない関係でしたが、好意を持って付き合ってました」

話しだすと、田中の顔の強ばりも和らいできた。

「どのような連絡が来たんですか？」

周藤が問う。田中はジーンズのポケットから、スマートフォンを取り出した。メーラーを起ち上げ、菜々美から来たというメールを表示する。

「これです」

周藤に渡す。

目を通した。

《元カレが来てる。様子がおかしい。どうしよう》

　短い文章だったが、飾り気のないメールの行間には切迫感が滲んでいた。

　その後も、何通か同じようなメールが届いている。時間が進むほどに、菜々美の困惑が深まっている感じがあった。

　メールは午前零時前に届いたものを最後に途切れた。

「あんた、そのメールもらって、どうしたんだよ？」

　神馬が訊く。

「行こうかとメールをしたんですけど、頑なに来ないでと言われました」

　田中が言った。

　周藤はメールを見返した。確かに、何度も〝来なくていい〟という文言が出てくる。

「彼女はなぜ、こんなにも拒んだのかな。君とは恋人同然の仲だったんだろう？」

　疑問を口にする。

　田中は逡巡した。が、周藤を見やり、口を開いた。

「彼女、元不良グループのメンバーで、彼というのもそこの構成員だったようなんです」

「不良グループ？　半グレってやつか？」

　神馬が訊く。

「僕はそうした関係は詳しくないので。ただ、恐喝や暴行は平気でやる連中だと言ってましたし、彼女自身も相当暴行を受けていたようでした」

「同級生「クズか」

神馬が吐き捨てた。

「彼女は僕のことを気遣って、来なくていいと言ったんでしょう。昔、同級生と立ち話をと立ち話をしていただけで、その人が元カレからひどい暴行を受けたと話していましたから」

「なるほど。しかし、なぜ、君は焼け跡を見張っていたんだ？」

「彼女を助けるためです」

「助ける？」

周藤が聞き返した。

「火災のニュースを見て、すぐさま駆けつけました。けれど、その時にはもうマンションは焼け落ちていて……。跡形もなく焼けていたので、彼女は死んだものと思っていました。でも、その後の報道を見ても一向に彼女の名前が被害者名で出てこない。僕は、彼女が生きているんじゃないかと思いました。生きているなら、連れ去ったのは元カレの関係者に違いない。関係者なら、気になって現場に来るのではないかと思って」

「それで、そんな格好までして見張ってたというのか」

神馬がスカジャンを見つめる。

「お恥ずかしい話ですが、僕は人を殴ったことがなくて。でも、相手が相手なので、少しでもはったりを利かせようと……」

「バカだなあ。生半可(なまはんか)なはったりは命取りだぞ」

「いや、ほんと、その通りですね」

田中が自嘲する。

「彼女の元カレの名前は？」

周藤が訊いた。

「トモ……と言ってたと思いますが、フルネームは知りません……」

「わかりました。ご自宅まで送りましょう。今後安易な行動をしないこと、以後、この件には関わらないこと、私たちのことはくれぐれも内密にすることを守っていただければ、今晩の件は問いませんが。いかがですか？」

田中を見つめる。

「はい。鈴木さんたちのことは口外しません。勝手な真似(まね)も慎(つつし)みます」

「そうですか。では、保留にしておきましょう。ナイフは我々が預かっておきます。二度とこうした危険な真似はしないように。いいですね」

「すみませんでした」

田中が周藤に頭を下げた。

周藤は後部座席を降り、運転席へ回った。

「まあ、格闘センスはまるでねえが、根性だけは認めてやるよ」

神馬は田中の肩を叩いた。

田中は苦笑いを浮かべた。

2

厚生労働省が主管する特殊遺伝子プロジェクトの外郭団体リブルは、南房総市の広大な敷地の一角にある。外壁で隔離された敷地は東京ドーム五つ分の広さがあり、その中に研究施設から職員住居まであり、ショッピングセンターも備え、一つの都市の様相を呈している。

建物入口のゲートには〈R.i.V.L〉という名が刻まれている。リブルとは〈Research institute of the valuable life〉を省略したものだ。直訳すれば〝価値のある命の研究所〟となる。

ゲートを潜る(くぐ)と、敷地の東側に研究員たちの住居スペースやショッピングモールが、西側に研究棟がある。研究所手前の駐車場や東側のショッピングモールは近隣の住民にも開放されていて、モール内には市の公共施設も設置されている。

しかし、研究所への立ち入りは厳しい。遺伝子を取り扱っているため、一般人が容易に立ち入れないよう、七メートルもある堅牢(けんろう)な二重防護壁に取り囲まれている。研究所への出入口は一箇所しかなく、研究員や訪問者は必ずその洗浄ゲートを通るよう義務づけられている。医療廃棄物の処理も敷地内で行なわれている。

広大な敷地の一部を開放し、市の公共施設を入れているのは、住民の不安を払拭(ふっしょく)させる意味もある。

伏木はリブルの長井結月(ながいゆづき)という所長の秘書の案内で洗浄ゲートを潜り、研究棟へ入った。

正面にはロータリーがあり、円形のマリーゴールドの花時計が鎮座している。そのロータリーを取り囲むように、コの字型で施設が建ち並んでいる。ゲートを潜った伏木は結月にカートに乗せられた。

「いや、素晴らしい花時計ですね」

丸縁の眼鏡を押し上げる。

「初夏はマリーゴールドが旬ですので、マリーゴールドの花時計になっていますが、季節によって花を変えているんですよ。少し前は、菜の花時計でした」

「さすが、南房総。花の都市ですね。さらにあなたのような花も咲いている」

伏木はさりげなく結月の肩に手を掛けた。

「お上手ですね」

結月は急ブレーキを踏んだ。伏木の身体が前のめる。

「着きました」

にこりと微笑み、カートを降りる。

「こちらです」

中へ入っていく。伏木は、肩に触れた右手のひらを何度か握り、結月に続いた。

吹き抜けのホールの奥に受付カウンターがあった。結月が受付嬢とやりとりしている。

伏木は受付嬢に色目を送りつつ、ホールを見渡した。

右手にロビーがあり、白衣を着た研究員と外部の人間が打ち合わせをしている。左手には食堂やカフェがあり、職員や研究員が出入りしていた。受付カウンターの奥にエレベーターホールがある。その手前にはゲートがあり、警備員が立っていた。

「先生。こちらを」

結月に職員証を手渡された。IDカードケースに入った職員証には、事前に提出してあった伏木の顔写真と名前と職員ナンバーが記されている。黒縁の丸眼鏡をかけ、口周りから揉み上げにかけて髭を生やしている様はジョニー・デップさながらだ。

名前は〝辻岡守道〟となっている。

「長井さん。先生はやめていただけますか？　かつては研究員でしたが、今は一線を離れてますので」

「それでも先生は先生です」

そう言い、微笑む。結月を伴い、エレベーターホールへのゲートを抜ける。駅の改札機のような仕組みになっていて、カードをかざせばゲートが開くようになっていた。

エレベーターは四基あった。右奥のエレベーターだけ、間口が二倍もある。

「これは機材搬入用ですか？」

「それにも使いますが、検体を運ぶストレッチャーも乗せられるようになっています」

「検体ね……」

「お嫌いですか？」

「私は創薬学が専門だったので、そちらのほうはどうも……」

「すぐに慣れますよ」

「女は怖いね」

結月が黒目の大きい瞳を細める。

「何かおっしゃいました？」

「いえ」

笑みを作る。

エレベーターが七階で止まる。ホールに降り、白い壁に囲まれた通路を左奥へと進む。最奥にひときわ大きい扉があった。結月は、カードリーダーの脇にあるインターホンを押した。

「新城所長。辻岡先生をお連れしました」

——通してくれ。

スピーカーから低音の利いたよく透る声が聞こえた。

結月がIDカードをかざした。取っ手のないドアが右にスライドする。ベージュのカーペットが敷き詰められた部屋が現われた。左手に大きな執務机があり、正面中央に応接セットが置かれている。右手には大きな本棚があり、関係書物や書類が詰まっていた。

まもなく、長身の紳士が近づいてきた。

「ようこそ、おいで下さいました。当研究所の所長・新城充です」

右手を差し出す。

「辻岡守道です。先生の御高名はかねがね承っております」

伏木は握手をした。

新城は端整な顔をした初老の紳士だった。白髪交じりの頭髪はナチュラルバックで調え、白衣にもスーツにも一糸の乱れもない。太い眉も実直なイメージを醸し出す。四角い顔に滲ませる笑みは清潔そのものだ。

ただ、あまりに完璧で、すべてがどこか作り物っぽい印象も受けた。

「どうぞ、こちらへ」

ソファーに手招かれる。

新城は奥の席へ座った。伏木は差し向かいに腰を下ろす。

「長井君。カフェからコーヒーを二つ」

「かしこまりました」

頭を下げ、結月は部屋を出た。

「改めまして。アドニス製薬の辻岡と申します。このたびは、お忙しい中、私どもの申し出をお請けいただき、ありがとうございます」

「いやいや、桧枝先生のご紹介とあらば、こちらとしても断わるわけにはいきませんから。先生はお元気ですか？」

「はい。もう八十を超えましたが、まだまだ研究への情熱は留まるところを知らないようで、日々飛び回っています」

伏木は答えた。

菊沢は、日本における生理学の第一人者である桧枝光庸博士にコンタクトを取り、アメリカ大手の製薬会社フェイザー製薬で研究員をしている榎戸俊一博士への紹介状を手に入れた。それを関連会社・アドニス製薬のプロデューサー辻岡守道への紹介状に改ざんし、伏木をリブルに送り込んだ。

桧枝には後に警視総監から事情を伝え、リブル側から連絡があった際は口裏を合わせてもらうよう、頼んでいる。もちろん内部監査のためとだけ伝え、暗殺の件は伏せている。

「アドニス製薬というのは、アメリカのフェイザー製薬の関連子会社と伺いましたが」

新城が訊く。

「そうなんですが、おそらく先生もご存じなかったのではないかと思います。形式上は独立していて、連結子会社ではありませんから」

「桧枝先生から伺うまで知りませんでした。創薬プロデューサーというのは初めて耳にしますが、どういったお仕事ですか？」

「各研究機関に赴いて、我が社の新薬開発に役立つ研究をされている先生方や機関に協力を願う仕事です。産学の橋渡しと思っていただければ結構です」

「先生は創薬学の博士だと伺いましたが」

「かつてはそうでしたが、研究には向き不向きがあります。私はどうも、研究室にこもっているのが苦手でして」

苦笑する。

新城が柔和な笑みを浮かべた。

「御社ではどういう創薬の研究を？」

「マイナーな病気に関する創薬研究をしています。本体での新薬開発は、どうしても利益の上がる疾患に対する創薬を余儀なくされますが、トップの一部には、それだけでは製薬会社の社会的貢献が果たせないという意見を持つ者もいて、そうした有志が出資し、極秘裏に研究を行なっているのが我が社です。桧枝先生にも出資していただいております」

伏木は話す。

もちろん真っ赤な嘘だ。アドニス製薬などどこにもありはしない。万が一の問い合わせ先は〈Ｄ１〉オフィスだ。智恵理がうまく処理してくれる。

「辻岡先生もご存じの通り、新薬の研究開発には途方もない資本と時間がかかります。やはり、産官学共同で研究開発を行なうのが利に適っています」

「リブルはまさにそういう機関ですね」

伏木が言った。新城が頷く。

「田畑先生からお話を頂いた時は、ようやく私の本分が活かせる場を与えられたと思いました。私の専門は免疫学ですが、今の研究を続けていけば、人はいずれ薬に頼らず自然治癒力で新たな細菌やウィルスに対抗できる身体を手に入れられるかもしれない。設立に尽力いただいた省庁の関係者や特殊遺伝子プロジェクトの先生方には感謝してます」

「ここではどういう研究をされているのですか？」

「風邪や花粉症など、広範に罹患者が出る疾患の耐性を持つ人々の遺伝子を研究し、ゲノム創薬に生かす取り組みをしています。まだまだ道半ばですが、社会貢献のため、総勢三百人の研究者や職員で一丸となって取り組んでいます」

「素晴らしい。私どもの研究理念と合致します」

「滞在期間は一ヶ月と聞いてますが、お時間の許す限り、好きなだけ見学なさって下さい。ただし、西A棟だけはご勘弁願います」

「西A棟とは？」

「今、我々がいる建物がメイン研究所。正面門から向かって右奥が東A棟、並びの入口に近い棟が東B棟。同じように正面向かって左手前が西B棟、その奥が西A棟となります。西A棟は各研究データを管理する総合管理棟で、ここは厚労省直属の管轄区となっていまして、私の一存ではお見せすることができないのです」

新城が言う。

研究棟には五つの建物がある。正面はメインの研究所だ。東A棟は作業棟と呼ばれ、機器の保守管理を主に行なう。東B棟は医療廃棄物や検体の処理を行なう場所だ。西B棟は検体から採取した血液や細胞組織のDNA解析などを行なう。

「どの研究所にもそうした場所はあるものです。承知しました」

伏木は言った。

ドアが開いた。結月がワゴンにコーヒーを乗せ、入ってくる。ほろ苦い香りが室内に漂う。テーブル脇までワゴンを進めた結月は、カップをそれぞれの手前に置いた。

「辻岡先生。滞在中は長井君についてもらうので、何なりと申しつけて下さい」

「よろしくお願いします」

結月は艶然とした笑みを覗かせた。

「こちらこそ」

伏木は目を細め、口角を上げた。

3

周藤と神馬は、D1オフィスに来ていた。

「チェリー。麻生菜々美についてわかったことを報告してくれ」

周藤が言う。

智恵理はノートパソコンを取ってデスクを離れ、半円形のソファーの左端に座った。対面には神馬がふんぞり返っている。

「麻生菜々美は焼失マンションの三〇三号室に居住していました。火災現場で発見された遺体の身元を確認しましたが、麻生菜々美らしき遺体は発見されていません」

「やっぱ、あの田中ってのが言った通り、連れて行かれたのかな？」

神馬が言う。

「向かいのマンションの防犯カメラ映像を再度確認しました。遺体袋のようなものをワゴンに運び入れているのは確認できますが、それが麻生菜々美なのかどうかは不明です。彼女の経歴はこのようなものです」

智恵理はタブレットを二人に差し出した。

周藤と神馬は、それぞれ手に取り、菜々美の履歴を見た。

麻生菜々美は三鷹市で生まれ育った二十一歳の女性だった。いったん、両親と共に茨城県に転居するが、吉祥寺にある私立高校へ通うため、十五歳の時、再び単身上京している。上京後は、吉祥寺近辺のマンションを転々としていた。

「ずいぶんと転居を繰り返しているな」

周藤が言う。

「主に騒音被害で管理会社や大家と揉めて、退去を余儀なくされているようです」

「親は何にも言わねえのか？」

神馬が言った。

「調査員の報告では、麻生菜々美の両親は彼女を自由にさせていたようですね。彼女の動向は当然、耳に入っているはずですが、咎めた様子もなく、毎回入退去の手続きを淡々と行なっています」

「そりゃ、放任って言うんだろ。クソ親だな」

神馬は言葉を吐き捨てた。

「騒音の原因は？」

周藤が訊いた。

「管理会社の話では、喧嘩のようなものが多かったとのことです」

「その相手が、田中の言ってた麻生菜々美の元カレってやつか？」

神馬が訊く。

「詳細はつかめていませんが、田中さんの証言が正しければ、そう考えるのが妥当かと思います」

智恵理が言った。

周藤は退去歴を見た。高校に入り、半年後から入退去を繰り返している。麻生菜々美が元カレと付き合い始めたのはその頃だろうと推測する。

「相手については何かわかったか？」

「いえ、まだ何も」

智恵理は首を横に振った。

と、神馬がタブレットをテーブルに置いた。

「じゃあ、おれが調べるよ。田中の話を聞く限り、麻生菜々美の男ってのは、そこいらの半グレっぽい。そっちはおれの専門だからな」

立ち上がる。

「無茶するなよ」

「ファルコンに言われたくはねえよ」

神馬は右人差し指を振り、ドアロへ向かった。

バーに手を掛ける。ドアが開いた。

「あ、サーバル、来てたんですか？」

栗島だった。

「もう出るとこだ」

「新城の報告を持ってきたんですけど」

「それはファルコンに伝えておいてくれ。あ、こいつもチェリーに返しておいてくれ」

神馬は〝高橋博〟名の身分証明書をポケットから出し、栗島に手渡した。

「つまり、これは必要ないと？」

「クソ連中を相手にする時は邪魔でしかないからな。じゃあ、よろしく」

栗島の肩を叩き、オフィスをあとにする。栗島は神馬を見送り、ソファーに歩み寄った。

「お疲れ様です。チェリー、これを返しておいてくれと」

神馬の身分証を渡す。

「あいつ、また勝手な真似を……」

智恵理は身分証をひったくり、デスクに置いた。

栗島は大きなリュックを下ろし、神馬の座っていた右端の席に腰かける。

「サーバルはどこに？」

「さっそく新しい調査に出かけたよ。新城の件は何かわかったか？」

周藤が訊いた。

「まだ、つまびらかにという段ではないですが、概要はつかめました」

栗島はリュックからノートパソコンを出し、起動した。太く短い指でマウスパッドを操作し、データを開く。

「新城充、五十八歳。神奈川県出身。免疫学の第一人者でメリーランド州のジョンズ・ホプキンス大学卒業後、東経理化学大学で遺伝子工学も学び、教授に就任。以後、免疫学を中心とした遺伝子工学の研究で名を馳せる。両親は健在で、家族は妻に息子が一人。一人息子はペンシルベニア大学医学部に留学し、母と共に米国に在住しています。五年前、特殊遺伝子プロジェクト発足と同時に外郭団体リブルの主任研究員として迎えられ、現在は研究所の所長として研究を続けています」

「華々しい経歴ね」

智恵理が呟く。

「人物像は？」

「卒業生、同期生、同僚医師などにあたってみましたが、悪い噂は皆無です。実直で研究一筋に生きてきた人のようで、指導は丁寧(ていねい)で優しく、怒ったところは見たことがないそうです。つまり、今のところは人格者ですね」

「真っ白か……」

周藤が腕組みをした。

「けど、それだけ研究に入れ込む人なら、探究心のあまり人道に外れる臨床実験を行なうということはないですか？　ポン。そういうトラブルはなかった？」

智恵理が訊く。

「なくはないですね」

栗島がデータをスクロールする。

「別の大学でゲノム創薬の研究所を持っていましたが、七年前に解散しています。未承認の遺伝子組み換え薬品の臨床実験を行ない、学会に論文を発表したようですが、生命倫理の観点から国際的批判を浴び、解散に追い込まれたようです。当時発表された論文は学会のデータから削除されていました」

「ポン。その件をもっと詳しく調べてくれ」

「わかりました」

「リヴからは何か連絡あったか？」

智恵理に訊く。

「今夜、特殊遺伝子プロジェクトの会合があり、その後、懇親会が行なわれるそうで。そこで田畑や他の委員と接触するそうです。今度は〝松嶋杏奈(まつしまあんな)〟という名前でいくそうです」

智恵理が笑う。

「で、今のところ、調べが付いている特殊遺伝子プロジェクトとリブルの概要とメンバーの情報は、タブレット内の〝D004〟のフォルダーにまとめてます」

周藤は、D004フォルダーを開いた。栗島も神馬が使っていたタブレットを取り、同名のフォルダーを開く。

周藤は、プロジェクトの委員とリブルの職員名簿に目を通した。

プロジェクトの委員は、田畑を委員長として遺伝子工学や免疫学などのエキスパートが顔を揃えている。厚生労働省官僚の名前もあり、国内の専門家で固められている。主に、リブルに研究を委託する疾患の選定やリブルから上がってきた研究データの検討を行なっている。

リブルは、元厚生官僚の峰岡圭次を理事長とする三百人規模の団体だ。組織は大きく研究部と作業部に分かれている。研究部の長は研究所所長を務める新城充。作業部の長は浜崎晶(はまさきあきら)という者だった。他に渉外部や経理部がある。

「この作業部というのは何を行なっているところだ?」

「主に検体や医療廃棄物の処理、機器の保守管理を行なっている部署のようです」

「浜崎晶というのは？」

「まだ詳細は。調べてみますか？」

「頼む」

周藤が言う。

栗島はリブルの敷地図と建物の設計図を食い入るように見ていた。

「これはすごいですね。筑波の研究都市のようだ」

小さな眼を左右に動かす。その眼が止まる。

周藤が栗島の様子に気づいた。

「どうした？」

「いえ……この、研究棟エリアの西A棟というところなんですけどね。ここ管理棟ですよね？」

「そういうふうに記載されてるけど」

智恵理が答える。

「つまり、データや検体から取り出した素材を管理するところですよね？」

「だと思うけど」

「うーん……」

栗島がしきりに首を傾げる。

「気になることがあるなら、言ってみろ」

周藤が言った。

「西Ａ棟の北壁にダクトの表記があるんですけど、この大きさがちょっと気になるんですよ。素材管理の空調にしては少々大きすぎるかな、と」

「検体も管理してるんじゃない？」

「通常、それはないと思います」

「どういうことだ？」

周藤が訊く。栗島は周藤の方を向いた。

「陸自には衛生学校や化学学校があるのですが、そこでは生物兵器に対処するための研究も行なわれています。生物兵器に使われる細菌や薬品は非常に危険なものなので、その管理や隔離は厳重です。研究用の素材や検体は、研究員といえども容易に接触できないよう隔離しています。リブルにはその手の専門家が揃っているようなので、それだとなおさら、検体や素材の隔離は徹底しているはずなんですが」

「つまり？」

智恵理が訊く。

「つまり、データを管理する場所と検体や素材がある場所が同じというのは妙だということです。専門家なら、万が一の事故がないよう、そうした検体や素材は一括管理できるように隔離するはずです」

「研究施設が二箇所存在するということか？」

「そう考えたほうが納得がいくんですが、記されているのはメイン研究棟内にある研究施設だけなので、どういうことだろうと思いまして」

「調べてみる必要はありそうだな。クラウンは？」

「もうリブルに潜入しています」

「コンタクトがあったら、西A棟を調べるよう、伝えておいてくれ」

「わかりました」

「じゃあ、僕は引き続き、新城のことを調べに行ってきます」

リュックを取り、オフィスをあとにする。

「ファルコンは、引き続き、現場調査ですか？」

智恵理が訊いた。

「いや、ちょっと吉祥寺以前の三件を調べ直してみる。何か、大事な点を見逃している気がするんだ」

「どんなことですか？」

「わからんが。吉祥寺の現場では、罹患しているかもしれない麻生菜々美が連れ去られている可能性がある。パンデミックを防ぐだけなら、麻生菜々美も現場で焼却処理したほうがいいだろう」

「そうですね。酸をまいてまで除洗するような徹底ぶりからすると、確かに妙ですね。他の現場でも麻生菜々美のような不明者がいると？」

「その可能性もある。チェリー。調査部からのデータをプリントアウトしてくれ。それと、部長に連絡して、所轄の捜査資料を取り寄せてもらいたい」

「わかりました」

さっそくデスクの受話器を取り上げる。

周藤はタブレット内のナンバー００１２５のデータを開き、目を通し始めた。

4

特殊遺伝子プロジェクトの会合は、恵比寿ガーデンプレイス内にあるウェスティンホテル東京のミーティングルームで行なわれた。

ミーティングという名目だが、実態は単なる顔合わせと簡単な報告会に過ぎない。委員は十二名いるが、どれも田畑の息のかかった御用学者や官僚で占められていて、プロジェクトは実質、田畑の独裁だった。

二時間ほどで会合を終え、レセプションが始まった。同ホテルの大宴会場を借り切ってのパーティーだ。田畑の政治資金集めも兼ねている。

ヨーロッパ調の飾り柱が設えられた豪華な会議場には与党議員や地方議会議員、遺伝子関係の研究者や製薬会社の面々が顔を揃えていた。司会者から名を呼ばれ、壇上には田畑が立っている。マイクスタンドを前に、声を張り上げていた。

「遺伝子工学の分野で先駆となるのは、国益にも関わること。ここに会している方々が五十年、百年先の日本の未来を作る礎なのであります！」

田畑の一言に拍手が起こる。

「不肖未熟の身ではありますが、この田畑、政治生命を賭け、不退転の決意でこのプロジェクトを我が日本国の根幹としてやり遂げる所存です。どうか、どうか、この弱輩に皆様のお力をお貸し頂きたい。この通りです！」

田畑はマイクから離れ、床に正座した。深々と頭を下げる。

会場には拍手が沸き起こった。峰岡が傍らに歩み寄り、腕を取る。田畑は促されてようやく立ち上がった。さらなる歓声が場内に響く。

「典型的な浪花節政治家か……」

会場の最後列で壇上を見つめていた凜子は、冷めた笑みを眦に浮かべた。

「みなさま、しばしご歓談を」

司会者の言葉と共に会場が明るくなる。凜子は人垣を縫い、ゆっくりと田畑に近づいた。

グレーのタイトなスカートスーツに、胸元が若干開いた白いブラウスを着ている。目元はワインレッドのハーフリムフレームの眼鏡で飾っている。田畑好みの格好を作った。

田畑は来客の合間を縫い、二言三言言葉を交わしつつ、握手して回っていた。

資金集めパーティーには、田畑とは直接関係のない人たちも多く出席している。企業や関係者にばらまいたパーティー券を持った人たちも訪れるからだ。パーティー券があれば誰でも入れるという状況は実に危険極まりない話だが、そうした危険を認識している政治家はほとんどいない。

凜子は菊沢を通じ、製薬会社にばらまかれたパーティー券を一枚入手し、潜り込んでいた。

田畑が凜子の前に来た。他の者と同じように凜子に手を差し出す。凜子は右手のひらを両手で包んだ。

「ご無沙汰しております、田畑先生」

「ん……？」

田畑は凜子の顔を舐めるように見た。

「失礼しました。覚えていらっしゃらないですよね。松嶋杏奈と申します。七年ほど前、三ヶ月ほど広尾(ひろお)の私設秘書をしてまして、その折にパーティーの席で一度だけお会いしたことがあります」

「広尾先生の。そうでしたか。私のほうこそ失礼しました。しかし、広尾先生がお亡くなりになられたのは実に残念でしたね」

「本当に。広尾はいつも田畑先生は次世代を担う政治家だと言っておりました」

握る手に力を込める。田畑は目をぎらつかせ、握り返してきた。

「いや、光栄ですな。松嶋さん、今は何を？」

「結婚を機に秘書を退任したのですが、昨年離婚しまして。今は細々とファイナンシャルプランナーをしています」

「それはもったいない。ちょうど、うちの事務所で経理担当の秘書官を探していたところです。よければ一度、連絡を下さい」

田畑はポケットから名刺を出し、凜子に差し出した。

「ありがとうございます」

凜子は受け取る際に腰を折り、胸元を覗かせた。田畑の視線が谷間に落ちる。

田畑が人混みに消えていく。

「わかりやすいご老体だこと」

名刺をポケットに入れ、凜子は早々に会場をあとにした。

5

神馬は吉祥寺に来ていた。午前零時を過ぎ、帰宅を急ぐ人の群れが駅前を賑わせている。その流れに逆らい、北口にあるハーモニカ横丁に入っていく。

ハーモニカ横丁は戦後からある路地裏横丁だ。若者の街と呼ばれるようになり、近年の吉祥寺駅周辺開発に伴い、店主も代替わりし、狭い路地に一間（けん）飲み屋や雑貨店、酒屋など、百軒近い店がひしめいている。

横丁の外れにある店の前で足を止めた。二階へ通ずる狭い階段がある。上がり、ドアを開けると、中はカウンターバーになっていた。入口すぐ右手にトイレがあり、その脇にさらに三階へ上がる階段がある。店内は帰る気などさらさらない若者で賑わっていた。

神馬は階段近くの空いた席に腰を下ろした。すぐにバーテンダーが近づいてくる。金髪メッシュの背の高い若いバーテンダーだ。

「いらっしゃいませ。何にいたしましょう？」

「青砥（あおと）に会わせてほしい」

静かに言う。

途端、厨房（ちゅうぼう）にいた者やカウンターにいた何人かの気配が緊張した。

「お客様。そういう名前の者は当店にいませんが」

「この界隈に青砥がいることはわかっている。探し出して、黒波が来たと伝えろ。上で待たせてもらうぞ」

腰を浮かせた。バーテンダーが長い腕を伸ばし、神馬の肩を押さえる。

「お客さん。勝手な真似をされては困ります」

「困ったら、どうする？」

神馬が顔を上げた。ティアドロップ型のピアスが揺れる。バーテンダーは神馬を睨み据えた。手に力がこもる。

奥から三十歳ぐらいのバーテンダーが出てきた。一メートル八十センチを超える巨漢だ。武骨な顔をしている。若いバーテンダーの肩を握った。振り向いた若者に巨漢のバーテンダーは小さく首を振った。若いバーテンダーと入れ替わる。

「失礼しました」

カウンターから出てくる。

「上へどうぞ」

そう言うと、神馬を上階へ案内した。

三階は四人掛けのボックスが三席用意されたこぢんまりとした空間だった。奥右のボックスに若い男女のグループが座っている。神馬はその左隣の席に案内された。神馬が腰を下ろすと、巨漢のバーテンダーは先客に声をかけた。

「お客様。申し訳ないのですが、これから少し他のお客様が増えますので、カウンターにお移り願えますか？」

丁寧に声をかける。と、手前にいたスーツを着崩したサラリーマンが眦を吊り上げた。

「さっき来たばかりだろ！」

怒鳴る。多少ろれつが回っていない。

「申し訳ありません。カクテル、ショットをみなさんに一杯ずつサービスさせていただきますので」

「おまえ、ふざけんなよ！」

サラリーマンがバーテンダーの胸ぐらをつかんだ。引き寄せようとする。が、バーテンダーはびくともしない。サラリーマンは腕を引いた勢いで自分が立ち上がってしまった。

「申し訳ございません」

バーテンダーはサラリーマンを見据えた。得も言われぬ圧力が滲む。たちまち、サラリーマンの黒目が泳いだ。

「まあ……仕方ねえな。一杯おごりだぞ！」

「承知しました。では、カウンターへ」

バーテンダーは神馬の方を向いた。

「ここで少々お待ちになって下さい」

「おれにも酒くれねえか？」

飾ってあったバーボンを手に取る。

「どうぞ」

微笑み、階下へ行った。

「ただ者じゃねえな、あいつ」

神馬は独りごち、未開封のキャップを開けた。瓶のままラッパ飲みをする。

まもなく、巨漢のバーテンダーが戻ってきた。おしぼりとグラスにアイスボックス、差し水をトレーに乗せている。バーテンダーは手前の席に尻をかけた。

「水で割りますか？」

「ストレートでいいよ」

神馬は瓶のまま呷る。

「さすが、用心深いお方だ。黒波の神馬さん」

「知ってるのか？」

「私も一応、その道に通じていましたので。黒波の名は当然知っています」

「騙りかも知れねえぞ？」

神馬が口角を吊る。バーテンダーは笑った。

「まとった気配でわかります。さっきの若いのもそれなりに修羅場は潜っていますが、近頃の若い連中は、さらに深奥にある本物のニオイというものを感じ取りません。無礼の程、お許し下さい」

バーテンダーが頭を下げる。

「あんた、名前は？」

「東村(ひがしむら)です」

「東村……。ひょっとして青砥のグループでナンバー2を張ってた〝鉄のヒガシ〟か？」

「その肩書はやめてください。私の黒歴史ですから」

東村が笑う。

「この店は青砥さんがオーナーなんですよ。ハーモニカ横丁を再生しようとプランニングチームが立ち上がった時、私らも引退して、まっとうな商売に身を置いたんです」

「そうか。悪かったな、つまらねえ頼み事をしちまって」

「いえ。もっとタチの悪い連中もいますから」

話していると、階段から足音が聞こえた。頭に手ぬぐいを巻き、腰にエプロンを巻いた髭面の男が顔を覗かせる。

「おー、本物の神馬じゃねえか！　元気か！」

床を踏みしめ、近づいてくる。東村が席を空ける。そこに男は乱暴に腰を下ろした。

「ちょっと太ったんじゃねえの？」

神馬が言う。

「てめえが痩せすぎなんだよ。おい、俺にも一杯くれ。いつものでいい」

東村を見やる。

「かしこまりました」

東村が階下へ降りていく。

「鉄のヒガシって、あんなヤツだったか？」

神馬が残像に目を向けた。

「カタギになって一番変わったのはあいつだろうな。グループ組んでた時は、いつもマスクをしてキレキレの目をしてたし。今どきありえねえパンチパーマだったしな」

豪快に笑う。

青砥と出会ったのは、七年前。まだ、神馬が暴力団関係の用心棒をしていた頃のことだ。神馬は当時から黒刀使いとして有名で、各組織を渡り歩いては用心棒を引き受けていた。

吉祥寺界隈の暴力団事務所にわらじを脱いでいた時、その組が持っていた縄張(シマ)に半グレ集団がなだれ込み、好き放題に暴れているという話を聞いた。今では準暴力団と呼ばれる面子(めんつ)だが、当時は暴走族でもギャングでもない新手の集団で内部構成もはっきりせず、組側もその若者たちの排除に苦慮していた。

神馬は組長に頼まれ、連中の排除に乗り出した。店を荒らしに来た若者を捕まえては、強引に吐かせ、当時、全体の頭とみられる青砥の存在を突き止めた。

神馬は青砥が一人になるところを狙い、黒刀を振った。殺傷するつもりだったが、青砥もなかなか、荒くれ連中の頭を張るだけのことはあった。二度三度と殺り合うが決着は付かず、そのうちに互いがバカバカしくなり、神馬が手を引く代わりに、青砥が仲間の暴走を抑えるということで話が付いた。

以来、刑務所に入るまでは、年に何度か顔を合わせて飲む仲になっていた。

「五年以上ぶりか。どうしてたんだよ？」

青砥が訊く。

「おれも用心棒からは足を洗ったんだ。今は、人助けみたいなことをしてる」

「おまえが人助けだって？　世も末だな」

「笑ってろ」

神馬は微笑んだ。

東村がドリンクを持って上がってきた。青砥の前に差し出す。大きめのグラスに茶色い液体がなみなみと注がれていた。

「そりゃ、ウーロンハイか？」

「ウーロン茶だ」

「酒じゃねえのか？」

「まだ仕事が残ってるんだ。俺も居酒屋やっててな。五時まで開けてるから、今から飲んでちゃ身体が保たねえ。もう三十路を越えちまったし」

「あんたがそんなこと言うようになるとはなあ」

「誰でも歳は食うもんだ。いつまでも若くはいられねえってことよ。まあ、とりあえず、久しぶりの再会を祝して」

グラスを持ち上げる。神馬は瓶を持ち上げ、グラスに合わせた。ウーロン茶を一気に流し込む。東村は空いたグラスにピッチャーのウーロン茶を注いだ。そのままピッチャーを置いて下がる。

「で、何をしているかは深く訊かねえが――」

青砥はグラスを置いて、ぐっと身を乗り出した。右眉尻にある斜めの傷が上がる。

「何を訊きてえんだ？　懐かしくて俺に会いに来たなんて戯れ言はいらねえぞ」

片頬に笑みを浮かべる。

「あんたにそんなべんちゃらは使わねえよ。麻生菜々美って女は知ってるか？」

「いや、聞いたことはねえが」

「トモってのは？」

「どういうヤツだ？」

「このあたりで、半グレ気取ってる男だと思うんだが」

「ちょっと待ってろ」

青砥が席を立った。階下へ降りていく。神馬がボトルを呷りながら待っていると、すぐ若いバーテンダーを連れて上がってきた。

神馬は椅子の背に仰け反り、若いバーテンダーを見た。バーテンダーに先ほどの勢いはなくしおらしい。

「荒川(あらかわ)です。先ほどは失礼しました」

直立で深々と腰を折る。

「いいよ、別に。で、何の用だ？」

「こいつが知ってるってよ」

青砥が言う。

「麻生菜々美って、こないだ本町であった火事のマンションに住んでた女ですよね？」

「そうだが」

「なら、トモってヤツは三浦智春です」

「誰だ、そいつ？」

「オレらとは別のグループで活動してたヤツです。ただ……」

「なんだ？」

神馬が促す。

荒川は青砥と神馬をちらりと見やった。うなだれた首を上げる。

「そのグループの連中は、三年前にこの街から姿を消したんですよ」

「一斉にか？」

神馬の問いに、荒川が頷く。

「そりゃあ、浜崎のところの話か？」

青砥が荒川を見上げた。

「そうです」

荒川が再度頷く。

「浜崎ってのは？」

神馬は青砥を見た。

「浜崎晶って女がいてな。半グレにしちゃあ珍しく、女が仕切ってたグループだ」

「女に仕切れるのか？」

「イカレた女なんですよ、こいつが」

荒川が口を開く。

「そいつらのグループの者がやられると、相手のグループを特定して、一人一人執拗(しつよう)に追い立てて囲んで完膚無きまで叩きのめす。あいつらに狙われて半身不随になった連中も大勢います。死人が出なかったのが不思議なくらいですよ」

「それなら、サツにパクられてるだろう」

「それが、そのへんも巧みというか。やるのはいつも防犯カメラの目のないところだし、あまりに徹底的にやるんで、やられた連中も怖くて口を割れない。少しでも情報が漏れたら、裏を取らずに誰かのせいにして、そいつをリンチする。タイマンや集団でやるんならどうってことはないんですが、一人一人を集団で潰すってんで、誰も逆らえなくなってました」

「計算できる女だな」

青砥が言った。

「死人を出さなかったのも計算ってことか」

神馬が言う。青砥が頷いた。

「昔から、その手の小汚え連中はいるもんだ。神馬。必要なら、俺らがそいつらのグループを炙り出してやろうか？」

「いいよ。引退したんだろ？　荒川とか言ったな。連中の根城はどこだったんだ？」

「井の頭公園の弁天橋付近でよくたむろってました。今はいないですけどね」

「そっか」

ボトルを呷り、立ち上がる。

「行くよ」

ポケットに手を入れる。

「飲み代はいい。また、飲みに来いよ。今度は俺の焼き鳥食わせてやるから」

「おれはまともなもんが食いてえ」

「うめえんだぞ、俺の焼き鳥は。なあ、荒川」

「はい」

「部下に言わせてるようじゃしまいだな。じゃあ、ごちそうさん」

笑って背を向け、右手を挙げて出て行った。

「青砥さん。何なんですか、あいつ。青砥さんより、ずいぶんと若いでしょ？」

荒川は神馬の残像を睨みつけた。

「認め合うのに年の差なんて関係ねえよ。それにな。おまえらじゃあ、百人束になってもあいつには勝てねえ」

「そんなに強いんですか？　あいつが？」

目を丸くする。

「強いとか、そういう尺度にいないヤツだよ。ヤツの闇に吸い込まれたくなければ、近づかねえことだ」

青砥は残ったウーロン茶を飲み干した。

6

店を出た神馬は吉祥寺通りを南下し、井の頭公園に向かった。駅周辺の喧噪(けんそう)から解き放たれた住宅地は静けさに包まれている。園内に入ると、ほんのりと灯る街灯の下のベンチや芝生の片隅でカップルが一夜の情動を貪(むさぼ)っていた。

「別れちまうな、こいつら」

横目に見つつ、池の東側の遊歩道を歩く。

井の頭公園には弁財天が祀(まつ)られている。弁財天が女神であることから、訪れるカップルに嫉妬し仲を引き裂くという逸話もあった。もちろん、それは根拠のない奇聞で昔から昼夜問わず、デートコースとして親しまれている公園だ。

ただどこの公園にも、夜になると暇と熱を持て余した若者が集まるもの。井の頭公園も御多分に漏れず、近隣の若者たちのたまり場となっている。

神馬は公衆電話を過ぎたあたりで、ふっと暗がりに入った。立木の手前で立ち止まる。

「出てこいよ、ウジ虫ども」

背を向けたまま、声をかけた。

背後に気配が立つ。一人、二人……。その数は五人にまで増えた。

やおら振り返る。ラフな格好をした五人の若い男性が立っていた。タイトな革パンツを穿いている者もいれば、だぼっとしたジャージ姿の者もいる。それぞれが手に、ナイフや金属バットを握っていた。

「おまえら、店を出た時から尾けてただろう？　誰から連絡を受けた？」

睥睨する。

男たちはじりじりとにじり寄る。右端でチェーンを振り回していたジャージの男が、物言わず襲いかかってきた。

神馬は左足を引いて半身を切った。鼻先をチェーンが掠める。素早く背後に回り込む。

ジャージの男は振り向きざまチェーンを振ろうとした。神馬は男の右肘の裏をつかんだ。

反転が止まる。

「ヘタなチェーンは、振り回しても当たらないんだぜ」

肘の両端を握り締める。

男が呻いた。手からチェーンがこぼれる。

手のひらで男の背中を突き飛ばし、チェーンを拾った。

「使い方を教えてやるよ」

神馬はジャージの男を見据え、右手にチェーンをまいた。拳を握る。

ジャージ男が身構えた。左右に上体を揺さぶり、間合いを詰めてくる。左フックを放った。神馬はサイドステップを切り、男の左脇に出た。同時に右フックを男の頬に振り下ろす。チェーンが男の頬を抉った。

咆吼が深夜の公園に轟いた。

神馬はバックステップで男から離れた。男の頬がざっくりと裂けていた。血が湧き出し、押さえる両手の指間からあふれ出す。チェーンには男の血と肉が付着していた。

「どうだ？　鉄の拳は痛えだろ？」

ほくそ笑む。

左から金属バットを持った男が襲ってきた。真上から振り下ろす。神馬は手に巻いていたチェーンを解いた。端を握り、後ろに飛び退く。と同時にチェーンを振り下ろした。男の腕にチェーンが巻き付く。

チェーンを引いた。男の手から金属バットがこぼれた。素早く屈み、バットを拾う。グリップを握った神馬はチェーンを巻きつけた男の方に向け、片手で振った。

バットの芯が男の頭部を弾いた。男が仰向けに吹っ飛ぶ。

正面から、バットが振り下ろされた。神馬は手のひらの中でグリップをくるりと回し、両端をつかんだ。頭上で金属バットがぶつかる。金属音が闇を貫く。

神馬は右脚を相手の股間に踏み入れ、立ち上がった。相手のバットを押し上げる。革パンツの男はたまらず仰け反り、後退した。そこを見計らい、神馬はグリップを握り直した。額の前で振り上げ、男めがけて振り下ろす。

バットの芯は男の額を砕いた。絶叫と共に割れた額から鮮血が噴き出す。

ナイフを握った男が二人、左右から同時に突っ込んできた。神馬はバットの真ん中をつかみ、真横に立てた。右に膝を傾け、グリップの底で右から来た男の懐を突いた。

カウンター気味にグリップの底が食い込んだ。男は胃液を吐き出し、後方へ吹っ飛んだ。

左足を引いて、左から来た男と距離を取る。同時に、手元でバットを回し、八相(はっそう)に構える。左から来た男が立ち止まった。瞬間、ナイフを持った右手にバットの先端を振り下ろした。

「あぎゃ！」

男がナイフを落とした。手首は砕け、手のひらがぶらりと揺れる。

五人の男を倒すのに、三分もかからなかった。

「運動にもなりゃしねえな……」

神馬はバットを投げ捨てた。落ちたナイフを拾う。

全体を見回した。革パンツの男が呻き、上体を起こした。

「意識があるのはおまえだけだな」

男の背中を踏みつけ、背中に右膝を落とした。男が呻く。そのまま抑えつけ、黒い髪の毛を握った。顔を上げさせる。

「誰に頼まれた？」

神馬が問う。男は答えない。

「口は割らないって？　たいした根性だ。んじゃあ、おまえの根性に敬意を表して――」

神馬は男の右膝の裏を踏みつけた。

「右脚をもらってやるよ」

アキレス腱に刃を当てる。躊躇なく引いた。

ぶつっ……と太い音がした。

「ぎゃっ！」

鋭い悲鳴が響いた。

神馬が男から離れる。男は右足首を押さえ、背を丸めて蹲った。あまりの痛さに声も出せなくなり、こめかみからは脂汗が噴き出した。

「腱が切れちまったなあ。早くくっつけねえと、歩けなくなるぞ？」

せせら笑い、切ったアキレス腱を踏みつける。

男の唇が震えた。

「ほら、早くしゃべっちまえ。おまえらに命令したのは誰だ？」

さらに踏みつけた。靴底でこねる。男の全身が震えた。

「せ……先輩……」

「名前は？」

「荒川さん……」

「バーテンやってる若いのか？」

男は何度も何度も頷いた。が、激痛に耐えきれず、気を失った。

「この程度の痛みで、情けねえヤツだな」

ジャージの男が起き上がった。

「おい！」

神馬が声をかけると、男の身体がびくりと跳ねた。

歩み寄り、見下ろす。男はすっかり戦意を喪失し、座り込んだまま後退り(あとじさ)した。

「携帯を出せ」

言うと、ポケットから携帯電話を取り出した。

「荒川の番号は知ってるな？」

男が頷く。チェーンで抉れた左頬から血がしたたる。

「電話しろ。おれをやったと。おれは弱かったと言え」

神馬は血の付いたナイフを揺さぶった。

男は言う通り、荒川にコールした。すぐさま相手が出る。

「も……もしもし。緒形です。例の野郎、今やっちまいました。え？　全然強くなかったっすよ。五人もいらなかったんじゃないですか？　はい。オレらは現場を片づけて帰ります。はい、お疲れです」

手短に言い、電話を切った。

「上出来、上出来。緒形だっけ？　他の連中にも言っとけ。このまま荒川にも本当のことを報せず、おとなしくしておけば、おれもこれ以上は何もしない。だがもし、仕返ししようなんて考えて、浅はかな真似をしやがったら――」

緒形の傍らに屈む。

「全殺しだ」

右頰にナイフを刺した。尖端が肉を貫いた。男は両頰を押さえ、もんどり打った。

「すぐに人を呼んでやる。そいつらが来るまでおとなしく待ってろ。逃げたら、地獄の果てまで追って、てめえの顔を二度と見られねえくらい切り刻むからな」

神馬は高笑いをし、その場を去った。

男たちは神馬を見送ることしかできなかった。

「お疲れさんです」

仕事を終えた荒川が店を出た。

外はもう明るい。

「おう、荒川」

声をかけてきたのは、青砥だった。

「あ、お疲れさんです。あれ、まだやってるんですか?」

荒川が言った。青砥はまだ手ぬぐいを頭に巻き、エプロンを着けていた。

「客が帰ってくれねえんだよ。おまえ、終わったんだろ?」

「はい」

「ちょっと店にいてくれねえか? 俺は他の店の金を集めなきゃならねえんだ」

「いいですよ」

荒川は微笑んだ。

「頼んだぞ」

青砥が路地を駆けていく。

荒川は、青砥が営んでいる居酒屋に入った。L字型のカウンターだけの居酒屋だ。一番奥の席で酔い潰れている若者がいる。

店に入って、客に歩み寄る。左肩を握った。

「お客さん、閉店だよ。出てくんねえと、片づかないんだよ」

揺らす。

と、突然右手が伸びてきて、荒川の右手首をつかんだ。荒川はびくりとして後退った。

客は手を離さない。

「なんだ、てめえ！」

怒声を上げる。

客がゆっくりと顔を起こした。荒川は目を見開いた。頬が強ばる。

「おれも片づかねえんだよ、荒川」

神馬だった。

背後で引き戸の閉まる音がした。肩を竦ませ、振り向く。

「青砥さん！」

「てめえ、えらいことをやってくれたな」

「な、何のことですか？」

声が引きつる。

神馬は荒川の右手を引き寄せた。カウンターに手を着かせる。左手には包丁を握っていた。振り上げ、ためらいなく手の甲を突き刺した。

「ぎゃっ！」

荒川の相貌が歪んだ。

神馬は切っ先をめり込ませ、刃を揺らした。食い込んだ刃が血管や神経を切り、肉を抉る。カウンターにはたちまち血溜まりができた。

「荒川よお。こいつには関わるなと言っただろうが。こいつは強えとかそういうんじゃなくてな」

青砥は荒川を見据えた。

「死神なんだよ」

荒川のこめかみから脂汗が噴き出す。

「た……助けて下さい」

「そいつは俺にも無理だ。襲ったんだろ、神馬を？　いや、黒波を。黒波を襲った奴は生きちゃいねえってのが、当時暴れてた俺たちの間の不文律だった。消えた奴は何人いたかなあ、神馬？」

「覚えてねえよ」

神馬が包丁を抜いた。

荒川は右手を押さえ、蹲った。その首筋に、ぴたりと刃が当たる。

「気をつけろ。そいつは天才剣士だ。刃物の扱いは誰よりも心得ている。動けば、首の半分がいかれちまうぞ」

青砥の言葉に、荒川は硬直した。

「神馬。店の掃除が面倒だから、殺しだけは勘弁してくれ」

「こいつ次第だ」

「じゃあ、俺は席を外すから、あとは二人でやってくれ」

青砥は店を出た。

「青砥さん……青砥さん！」

「デケえ声出すんじゃねえ」

刃を押しつける。荒川は口を噤(つぐ)んだ。

「さてと。これから答えることに正直に答えろ。言葉に詰まったり、ごまかそうとした時点でこの首を飛ばすからな」

神馬は冷徹に見据えた。

荒川は頷くしかなかった。

第三章　蠢(うごめ)く影

1

周藤は、事件資料を何度も読みあさっているうちに朝を迎えていた。ソファーの片隅では智恵理が、周藤のジャケットをタオルケット代わりに寝息を立てていた。

ドアロで音がした。デスクにいた周藤は、背後に神経を尖(とが)らせた。ドアが開く。

「わっ！　いたんですか！」

栗島の声だった。

「おはよう。早いな」

振り向き、声をかける。

「ファルコンこそ。つまり、徹夜で何かをしていたということですか？」

「そういうことだ」

周藤が微笑む。

栗島が中へ入ってきた。智恵理の寝姿を見つけ、目を丸くする。

「チェリーも泊まりですか」

「帰り際にサーバルから連絡があってな」

「何かあったんですか？」

「アントの要請だ。また何かやらかしたらしい」

周藤が言う。栗島は苦笑した。

「午前零時頃に一度。五時頃にも一度連絡があって、寝そびれてしまったんだ。もう少し、寝かせておいてやれ」

「はい」

栗島は足音を忍ばせ、大きなリュックを下ろしてそっと周藤の隣に座った。巨体で椅子が軋む。が、智恵理は寝たままだった。

「何を調べていたんですか？」

「吉祥寺放火事案前の三件を調べ直していたんだ」

「何か出てきましたか？」

「一つだけな。三件の被害者がいずれもＳＮＳのパーティー企画で集められたフリーの若者だということだ。互いの接点はなく、当時所轄の人間も関係者の割り出しに苦労している」

「何というSNSですか？」

「facelinkというサイトだ。あまり聞かないところだな」

「ああ、アングラ連中が溜まる場所ですよ」

「知ってるのか？」

「はい。一時、2ちゃんねるのような匿名の掲示板を置いていて、それなりに盛り上がっていたんですが、運営者が掲示板にはうま味を感じなくなったようで、SNSサイトに移行しました。引きこもっていた時代によく出入りしていたんですよ」

栗島が自嘲した。

「出入りしていた人間の傾向は？」

「僕みたいな連中が多かったですね。ちょっとマニアックで引きこもっていて。といって、ネットで罵詈雑言をばらまく勇気もなくて、仲間内で傷をなめ合っているというか。自分で言うのも何ですけど」

坊主頭を掻く。

「三件とも別の主催者が企画したもので、特につながりは見えないが、同じSNS内で企画されているという点がひっかかる」

「所轄や調査部の調べではどうなっているんですか？」

「まず、SNSの主催者を当たったようだが、関係性はみられなかったようだ。パーティーを主催したのは小規模な旅行代理店業務を行なっている者もいれば、まったく個人で声をかけている者もいる。それらにいずれも共通点はないと結論付けている」

「わからないですよ、それは」

「どういうことだ？」

「ここはチェックが甘くて、フリーメールのアドレスでいくらでもアカウントが作れます。また、第三者のアドレスを盗んで入ってくる輩もいます。2ちゃんねるで覚醒剤の売買がされていたことが問題になりましたが、ここでも平気で行なわれていました」

「パーティーの企画者が同一人物かもしれないということか？」

「つまり、大元のIPが同じならそういうことになります」

「SNSの主催者である可能性は？」

「それはないと思います。見つけてくれと言っているようなものですから。facelinkに出入りしている誰かとみたほうがいいでしょう」

「管理者以外の誰かか……。調べられるか？」

「当時のログをたどれれば、あるいは。けど、実質追えるのは、南房総で起きた事件くらいでしょうね。運が良ければ、二年前の葛西の倉庫街の件もたどれると思いますが、三年前のあきる野市の件はサーバーにログが残っていないでしょう。所轄か調査部がログを手に入れているはずなので、それをもらえれば当たってみます」

「それなら、所轄で調べがついているかもしれないな。当時の捜査資料も含めて、後で手配しよう」

周藤が言った。

「しかし、どうしてそこがひっかかったんですか？」

「調書ではパーティー参加者が全員死亡となっていたが、参加者名簿は見つかっていない。ひょっとして、各事案にも行方不明者がいるんじゃないかと思ってね」

「つまり、麻生菜々美のような失踪者が三件の事案にもいるということですか？」

栗島が問う。

「以前、話していたように、彼らが何らかの人体実験をしているとすれば、検体として連れていかれた者がいてもおかしくない。ポン、この三件の企画に何人参加したか、割り出すことはできないか？」

「当時の募集企画のスレッドがあれば割り出せると思いますが、ＳＮＳのほうではもうログを残していないかもしれないですね。事件に関係したスレッドは即削除するのが常ですから。ただ、方法はなくもないです」

「どうする？」

「ｆａｃｅｌｉｎｋには昔から出入りしている人たちも多いので、該当するスレッドを覚えていたり、参加したりした人もいると思います。そういう人とコンタクトが取れれば、あるいは見つかるかもしれないですね」

「なるほど。参加者についても当たってみてくれるか？」

「わかりました」

「新城のほうは何かわかったか？」

「おもしろい話が出てきました」

栗島はノートパソコンを出した。デスクに置き、起動する。データを表示し、首を突き出して覗（のぞ）き込み、口を開いた。

「温厚と言われた新城が一度だけ、人前で怒鳴（どな）ったことがあるそうです」

データをスクロールしながら話す。

「七年前のことですが、当時、新城は東経理化学大学とは別に清州（しんしゅう）大学内にゲノム創薬の研究チームを設立していました。そのメンバーの一人、保坂聡一（ほさかそういち）という研究員が新城の許可を得ず、新薬の臨床実験を行ない、論文を提出しました」

「それが国際的批判を浴び、学会から削除されたという論文だな？」

「はい。しかし、それを主導したのは保坂で新城は名前を使われただけのようです。新城はその行為に激怒し、保坂を追い出した後、清州大学内の研究チームを解散したとのことです」

「生命倫理という観点で見ると、実直な人柄を示すエピソードだな。保坂という者や他の研究員は、その後どうしたんだ？」

「保坂と保坂の提案に乗った何人かの研究者は行方が知れません。加担しなかった研究者はその後、東経理化学大学の研究室へ移籍し、何人かは新城がリブルへ移る際、共に移籍しているようです」

話していると、ドアが勢いよく開いた。周藤と栗島はドアロに鋭い視線を飛ばした。ソファーに寝ていた智恵理がびくっとして起き上がる。

「あー、疲れた」

神馬だった。

「みんな、早え(はえ)な」

智恵理に目を向ける。

「なんで、ファルコンのジャケットを握ってるんだ？　おいおい、ひょっとして……」

「何言ってんのよ！　あんたのせいでしょ！」

智恵理はソファーを立ち、つかつかと歩み寄った。鼻先を突きつける。

「一日に二度もアントー要請って、どういうことよ！」

「しょうがねえだろ。好きで喧嘩(けんか)したわけじゃねえ」

神馬は智恵理の肩を押して、顔を背けた。ソファーに腰かけ、背もたれに右肘を引っかける。

「腹減った。何か買ってきてくれよ」

「あんたのパシリじゃないよ！　でもまあ、ファルコン、ポン、朝食は？」

「ああ、何か食べたいな」

周藤が言うと、智恵理は微笑んだ。

「じゃあ、買ってきます。あんたにはなし！」

智恵理は舌を出し、オフィスを出た。

「かわいげねえなあ」

「ほとんど寝てないんだ。許してやれ。何があったんだ？」

そう訊く。

「さっそく、襲われたよ」

神馬は首を回して鳴らした。

「誰にだ？」

「吉祥寺の半グレ。おれが麻生菜々美とトモってのを探してると知って、すぐに襲って来やがった。あっさり返り討ちにしてやったがな」

「つまり、襲ってきたのは、麻生菜々美やトモの関係者ということですか？」

栗島が訊く。

「そういうこと。嗅ぎ回るヤツがいたら殺れという命令が出ていたらしい」

神馬は右膝をソファーに乗せた。

「命令したのは？」

周藤が訊く。

「浜崎晶というヤツらしい」

「浜崎晶？」

周藤は栗島を見た。

「知ってんの、ファルコン？」

神馬が目を向ける。

栗島がデータを検索した。

「ありました。リブルの作業部長を務めている男です」

「男？」

神馬が聞き返す。

「晶という名前だから、男なんじゃないですか？」

「違う。そいつは女だ」

神馬は青砥と荒川から聞いた話を二人に話して聞かせた。

「同一人物ですか？」

栗島が訊く。

「わからねえが、麻生菜々美の件を探り出した途端、襲って来やがったんだ。接点があるとみるのが道理だろう。となりゃあ、同一人物だと判断してもおかしくねえ。連中は荒川も含めて、アントが拘束しているはずだ。あとでもう一度確かめてみるよ。そっちの浜崎晶の写真は手に入るのか？」

「チェリーに訊いてみてくれ。リブルは正規の機関だから、顔写真はどこからか手に入るだろう」

「ファルコンは？」

神馬が訊いた。

「新城や保坂の件は俺が引き継ぐ。ポン。おまえはｆａｃｅｌｉｎｋのログ解析に専念してくれ」

「わかりました」

周藤と栗島が同時に席を立った。

「おれ、ちょっと寝てっていいかな？」

「好きにしろ。夜までにはアントに拘束された連中の聴取を済ませておけ」

「了解」

神馬はショートブーツを脱いだ。

周藤と栗島がドアロに向かう。入れ替わりに智恵理が戻って来た。

「あれ、ファルコン。食事は？」

「俺はいい」

周藤が表に出る。

「僕もいいです」

栗島も続いた。

智恵理は啞然として、二人を見送った。神馬が智恵理に忍び寄り、手に持ったレジ袋をひったくる。

「何すんの！」

「二人ともいらねえってんだから、おれが食ってもいいだろ？」

「もう……勝手にして！　私、ちょっと寝てくるから、留守番もお願いね」

智恵理はふくれっ面でオフィスを出た。

神馬は首を小さく振り、サンドイッチを口に放り込んだ。

2

午前十時を回った頃、リブルメイン研究棟最上階にある理事長室に三人の人間が集まっていた。毛足の長い紅い絨毯を敷き詰めた部屋の右隅にロココ調のイタリー製応接セットが置かれている。楕円形のテーブルを囲み、四脚のウォールナットカラーのアームチェアが設えられている。

真ん中には峰岡が座っていた。峰岡の右手には、オフホワイトストライプのグレーのパンツスーツに身を包んだスレンダーなショートカットの女性が座っている。左手には、白衣を着た顔色の悪い長髪の男が鎮座していた。

「浜崎君。何やら、妙な虫が蠢いているようだが？」

峰岡は右手の女性に目を向けた。

「ご心配なく。ただちに処分しましたので」

ルージュを引いた口元に笑みを滲ませた。

女性は浜崎晶という。小顔で、長い前髪から覗く切れ長の瞳には妖艶な輝きが揺れる。しかし、その眼光は氷河のように冷たい。

浜崎はリブルで作業部長を務めている。表向きは機材の搬出入、検体や医療廃棄物の処理を行なっているが、裏ではパーティーを開いて参加者を強制感染させたり、現場や研究所内で死んだ罹患者の処理、ウィルスを保有した臓器や医療廃棄物の処理を担当している。

三浦智春のように、トラブルの種となる者を殺処分するのも作業部の役目だった。

作業部は、表業務を行なう処理班と裏業務を行なう実働班に分かれている。処理班には、正規の研究者や医療従事者が付いている。実働班は、自分が率いていた吉祥寺の準暴力団のメンバーで構成している。

実働班のメンバーは、研究所内では作業部所属の職員として通っているが、リブルの職員名簿には載っていなかった。実働班の実態を正確に把握しているのは、浜崎と一部の関係者だけだ。峰岡も正確な実態は把握していない。

峰岡は浜崎を高塚から紹介された。高塚は誰しもが認める田畑の側近。浜崎を作業部長に据えること、実働班については詮索しないことを申し渡された。浜崎が管理している業務については気になるが、田畑の命には逆らえない。

リブルの責任者でありながら、完全に把握し切れていないことは忸怩たる思いだが、峰岡は先を見据え、その状況に甘んじていた。

「本当に処分できたのか？」

浜崎の差し向かいにいる男が言った。トーンの高い嗄れた声は、聴く者を不快にさせる耳障りな声色だった。

浜崎の目が据わる。

「ここは私の領分。口を出さないでいただけますか、保坂先生」

言葉尻に怒気がこもる。

男は意に介さず、薄い唇の端を吊った。

白衣の男は保坂聡一という研究者だ。秘密裏の研究所の主任研究員を務めている。

保坂の存在は、リブルの裏研究に携わっている者しか知らないと峰岡は聞かされていた。しかし、峰岡はそれについても懐疑的だ。

保坂を連れて来たのも高塚だった。浜崎同様、田畑の命令でその経緯を深く詮索することはタブーとされている。

そうした隠蔽が峰岡の不安を煽る。

「僕は疑問に思ったことを訊いただけだ。尖るな」

「何か、不審な点でも？」

浜崎が見据える。

「現場を見てきたのか？」

保坂がかすかに顔を上げた。被さった前髪の隙間から晶を見る。藪の中に潜む蛇のような目だった。

「見てませんが――」

「だったら、確実とは言えないだろう。確証というのは、計画を立て、実行し、その目で確認して初めて得られるものだ。脳みそが筋肉の君らにはわからないだろうがね」

ほくそ笑む。

浜崎は奥歯を嚙(か)んだ。

「その筋肉で、あんたの心臓を止めることもできるんだよ」

眦(まなじり)が上がった。

「いい加減にしろ、二人とも」

峰岡がたしなめた。

浜崎は椅子に深くもたれ、腕組みをした。保坂は薄笑いを浮かべ、紅茶の入ったカップを取り、啜(すす)る。峰岡は小さく首を横に振った。

「君たちはリブルの根幹を担う仲間同士だ。もう少し、仲良くできんか？」

「その必要はありませんよ、峰岡さん。お互いが仕事を全(まっと)うすればいいだけの話。情というやつは実に厄介(やっかい)で、時に判断を狂わす。仲間だなんだと根拠のない言葉で関係性を縛り、馴(な)れ合う必要はない。我々は仕事をする立派な大人なんだから。そうだよな、浜崎さん？」

保坂は晶を見やった。

浜崎はそっぽを向いたままだ。

「まあいい。浜崎君。保坂君の言い方はともかく、一理ある。妙な動きの芽は小さいうちに摘(つ)んでおく必要がある。君の仲間を疑うわけではないが、電話やメール連絡だけでは心許(こころもと)ない。きちんと確かめておいてくれ」

「後ほど、部下に確かめさせます」

仏頂面で答えた。

保坂が肩を揺らす。

「保坂君。君のほうはどうなんだ？」

「順調ですよ」

目を伏せたまま、紅茶をすする。

「ＳＦＴＳウィルスについては、先日も報告した通り、耐性遺伝子のＤＮＡ解析も終わり、検体をロシアへ輸出する準備は整いました。エボラウィルスの検体はこれから精密な検査を行なわなければなりませんが、良質な素材のようです。いい結果を導けるでしょう。デング熱ウィルスの検体は昨夜のことですが、すべて死亡しました」

「耐性遺伝子を持っていなかったということか？」

「そう捉えて間違いないでしょう。おそらく免疫力が高かっただけです。免疫力が高いとウィルスの繁殖が抑えられ、なかなか発症しない、あるいは発症しても軽度で治まる。まあ、よくある事例です。耐性遺伝子の発動かと思われる事例の大半は自然治癒力の個体差に依存した免疫の話だったりしますから」

「デングに関しては一からということか？」

「そういうことになりますね」

保坂が言う。

「ふむ……」

峰岡が腕を組み、眉間に皺を立てた。

「デングの耐性遺伝子情報を求めている国は多い。特に東南アジア地域の国々からの要請が強い。できれば、一番に解析データと検体を揃えたかったが……」

「また新たに検体を探せば済むことです」

「簡単に言うな。各国機関からの要請で一年おきに検体探しをしているが、このスパンが限界だ。これ以上短いスパンで行なえば、捜査当局へのごまかしが利かなくなる」

「ホームレスや偽装死人を集めますか?」

晶が言う。

「できればしたくない。そうした手を使えば、必ず別の闇勢力が嗅ぎつける。当局も面倒だが、そっち側の連中も厄介だ。だから、まだ手垢の付いていなかった浜崎君たちを使っているんだ。ホームレスや偽装死人を使うつもりなら、初めからそうした組織に頼んでいる」

「私たちには荷が重すぎると?」

浜崎の眦がひくりと蠢いた。

「それぞれに役割がある。君たちでなければ、活きのいい若い検体は集められない。それでいいんだ。手は考える。君は処理の確認を。保坂君は引き続き、研究を続けてくれ」

「承知しました」

浜崎が立つ。すたすたとドアロに向かい、一礼して出て行った。

保坂はまだ座っていた。

「峰岡さん。ちょっとお話が」

「何だ？」

峰岡が保坂を見やる。保坂は顔を上げた。

「SFTS耐性遺伝子の研究は一区切り付きました。当初の約束通り、学会に論文を発表したいんですが」

前髪の隙間から峰岡を見つめる。

峰岡は渋い表情を覗かせた。

「もう少し待ってくれるか」

「なぜです？」

「まだエボラやデングの解析も残っている。今、表立った動きを見せれば、プロジェクト自体が潰されかねない」

「それは僕には関係のないことだ」

「まあ、そう言わず。君には田畑先生を通じて、然るべき時に然るべき場所を用意する。

君はそれまで研究に専念してくれ」

「然るべき時とはいつです？」

「現時点でいつとは答えられないが、悪いようにはしない。君に裏研究の全権を預けていることで信用してもらえないか」

「……わかりました」

保坂が席を立つ。ドア口とは反対の方向へ歩いて行く。

「保坂君。くれぐれも軽はずみな行動はしないように」

峰岡は念を押した。

保坂は肩口に振り返り、口元に笑みを浮かべた。そのまま部屋の反対側にあるドアから出て行く。

ここは理事長室の非常出口ということになっているが、実は西A棟管理棟内にある秘密研究施設への直通路となっている。秘密研究所で働く研究員たちが敷地内をうろつくのはかまわないが、保坂の存在だけは明るみに出せない。そのために講じた措置だった。

閉じた裏口のドアを見据える。

「保坂をどうするかな……」

峰岡は内ポケットから携帯を取りだした。

3

神馬は中野にある東京警察病院へ来ていた。ここは、警視庁警察学校跡地に建てられた病院で、二〇〇八年に千代田区から移転してきた。地上九階、地下二階の建物にはヘリポートもあり、特別救護体制も完備されている。

神馬は院内には入らず、屋外駐車場へ向かった。駐車スペースには職員や患者の車が停まっている。その片隅に加地の姿があった。目が合う。神馬は加地の下へ駆け寄った。

「ベンジャー。連中は？」

加地が言った。

「確保してるよ」

加地は、デリートのメンバーから〝ベンジャー〟と呼ばれている。ベンジャーとは〝スキャベンジャー〟の略で、ハイエナやハゲタカなど、腐肉を食らう清掃動物のことを指す。まさにアントの仕事そのものだ。

加地は、作業員の格好で手には工具箱を持っていた。周囲を見回し、駐車場の端にあるマンホールの蓋を開ける。地下に梯子が伸びている。加地と神馬は梯子を下っていった。端からは、工事関係者がマンホールに入っているようにしか見えない。

地下へ降りると、ほんのり明かりが灯った通路が現われた。高さ一八〇センチ程度のトンネルが続いている。幅も大人二人がゆうにすれ違えるほどある。

歩いて行くと鉄扉があった。加地が二箇所に鍵を差し込み、扉を引き開ける。その向こうに広がる地下空間が暗殺部処理課の本拠地、通称〝蟻の巣〟と呼ばれている場所だった。

名前の通り、小さなホール状の広場からいくつもの通路が地下を這っている。その先には部屋がある。暗殺部が執行した遺体の処理はもちろん、ターゲット以外の傷つけてしまった人々の治療や口外させないための洗脳、各処理に必要なデータの収集を行ない、即座に計画を立てるための情報ミーティングルームもある。

東京の警察病院の駐車場下にアントの本部があり、メンバーはそこを中心に活動しているが、各県に処理施設は置いてある。各府県の警察病院の地下だったり、廃校、廃院を利用したりと設置場所は様々で、詳しい場所は明かされていない。また、場所が発覚しそうになった場合は、すみやかに撤退し、場所を変える。

暗殺部が扱っている事件の情報はすべて、警視庁地下の空調室奥にある部屋に一元化される。そこから加地が人員や装備等を精査し、アント本部に指令を飛ばす。加地の命令を受けたアントメンバーは、迅速に各現場へ赴き、処理を行なう。加地がいない場合は、菊沢が代わって、指示を出すこともある。

アントは暗殺チームの動向を把握していて、暗殺計画が決まった時点で執行の際の問題点を整理し、それを処理する算段をいくつか考え、近隣で待機している。まさに火消しのプロフェッショナルだった。

「連中、どうですか?」

神馬が訊いた。

「一人一人はただの子供だね。洗脳処理は難しくないよ」

「荒川は?」

「手当てを済ませて、隔離してある」

加地が右手の曲がりくねった通路を進む。

「聴取は済ませたんですか?」

「一通りな」

「何か出てきましたか?」

「荒川を始め、みな、吉祥寺界隈(かいわい)で悪さをしていた連中だ。高校生もいれば、もう働いている者もいる。誰もが特定のグループに所属していたというわけではなく、つかず離れずでつるんでいたという感じだな」

「ではなぜ、おれを襲ってきたんですか?」

「おまえを襲ったのは荒川に命令されたからだ。荒川は連中の先輩で、彼らにとっては先輩の命令は絶対らしい。荒川が命令されたという浜崎晶というのも、やつの先輩なんだろうな。近頃の悪い連中は分散しているだけにタチが悪い」

最奥の扉の前で立ち止まる。扉の脇には狭小なブースがあり、監視員が座っていた。加地の姿を認め、立ち上がって敬礼する。加地は頷いた。

「ここに荒川を収監している。好きなだけ尋問しろ。ただし、これ以上傷つけないでくれよ。荒川の治療は大変だったんだからな」

「やつが素直にゲロすりゃあいいだけだ」

「処理する身にもなってくれ」

加地は苦笑し、監視員を見やった。

監視員が近づき、ディンプル錠を手にした。二箇所の鍵穴に鍵を差し込み、回す。

「終わったら、中のボタンで報せてくれ」

「わかってますよ」

神馬は重い鉄扉を引き開けた。蝶番が軋む。

入る。寝具とテーブルしかなく、左隅にトイレがあるだけの殺風景な部屋だった。すぐにドアが閉められた。

荒川は頭から布団を被っていた。音に気づき、顔を覗かせる。途端、端整な顔が引きつった。

神馬は笑みを浮かべ、マットレスの端に腰を下ろした。荒川は飛び起き、掛け布団を抱えて神馬と反対側の隅に後退りした。膝を抱えて丸まる。先日、神馬を睨みつけていた気概は見る影もない。頬は痩け、無精髭も生え、双眸に力はなくくぼんでいた。

「そんなにびびんなよ」

あきれて息を吐く。

「簡単なことを聞きに来ただけだ」

神馬はライダースジャケットのポケットに手を入れた。荒川の相貌が強ばる。神馬はプリントアウトしたL判の写真を取り出した。それを荒川の前に放った。

「おまえにおれを襲わせた浜崎晶ってのはそいつか?」

訊く。

荒川は布団から手を出し、写真を取った。ショートカットの麗人が写っていた。レンズを見つめる瞳は感情が希薄だった。

「そいつか?」

再度訊く。

「ずいぶんと雰囲気は変わったけど……間違いないです」

荒川は頷いた。

「もう一度、確認しておくぞ。おれを襲わせたのは、青砥でも東村でもなく、この写真の浜崎晶という女なんだな？」

「そうです」

「今、どこにいるんだ？」

「知りません」

「そりゃねえだろ」

神馬が少しだけにじり寄る。

「本当に知らねえんすよ！」

荒川は壁に背をつけ、ますます身を縮こまらせた。

「浜崎さんのグループは三年前に吉祥寺から姿を消したんです。それからどこにいるのかも知らねえし、何をやってるのかも知らねえ。オレらも詳しくは詮索しない」

「どうやっておまえと連絡付けてんだ」

「携帯に電話が来るだけです」

「それだけで動くのか？　何びびってんだよ」

「浜崎さんのグループにいた人間はうようよいます。オレに電話が来てるということは、他の連中にも来てる可能性があるし、オレが言うことを聞かないとわかりゃあ、そいつらに狙われる」

「グループごと締めちまえばいいだろ。青砥たちもいるんだ」

「青砥さんの強さは知ってます。助けを求めれば、助けてくれるかもしれないですけど、それは的がわかってたらの話でしょ」

「どういうことだ？」

「誰が仲間でどこに潜んでいるのか、全体を把握してるヤツはいないんですよ。見たことも聞いたこともねえヤツが仲間だったりするし。いくら青砥さんたちでも不意打ちを食らえば、ただじゃすまねえ。そいつを捕まえて吐かせたところで、他の仲間の名前なんて知れた程度しか出てこねえ。そのうち、誰が青砥さんに頼んだんだって話になりゃあ、関係がなくてもオレが狙われる。そういうグループなんですよ、浜崎さんのところは」

荒川はいつしか身を乗り出し、話していた。

嘘はなさそうだった。とりあえずは、浜崎晶を確認できただけで上出来だ。

神馬は立ち上がった
「あの、オレいつまでここにいるんですか？」

荒川が訊く。

「おまえの心がけ次第だよ」

神馬はそう言い、扉脇のボタンを押した。

神馬が表に出ると、加地が歩み寄ってきた。

「どうだった？」

「知らねえってよ。ベンジャーの言った通り、浜崎から命令があったとは言っていたけど、それ以外の関係性は見えてこねえ。面倒な連中だね」

神馬は首を振った。

「ベンジャー。ヤツの携帯は？」

「調査部に回している」

「無駄だと思うけど、非通知も含めて、発信元を調べてみたら何か出てくるかもしんないね」

「調査部に伝えておこう。君はどうする？」

「もう少し、浜崎のグループの実態を探ってみるよ。情報の伝手（つて）はあるから」

「気をつけろよ」

「アントの仕事は増やさないようにするよ」

神馬は笑い、蟻の巣をあとにした。

4

周藤は国立（くにたち）市の民間総合病院に来ていた。水谷（みずたに）という医師に会っている。

水谷は大学時代からの保坂の同期で、清州大学の新城研究室にも参加していた。保坂の臨床実験には加担していないが、栗島が調べてきた情報を精査した結果、水谷が最も当時の事情を知る者とみてコンタクトを取った。

初めは面会を渋った。が、警察であることを明かすと、仕方なく面会に応じた。

応接室で待っていると、ほどなくして水谷が姿を現わした。周藤は腰を浮かせた。

「お忙しいところ、申し訳ありません」

腰を折る。

「水谷です。どうぞ」

水谷は手でソファーを差した。

少し薄毛でぽっちゃりとして、温厚そうな、垂れ目が印象的な中年男性だ。差し向かいに座り、周藤を見やる。

「あまり時間がありませんので、さっそく本題に入らせていただきますが。新城研究室の件を聞きたいと？」

水谷が言った。

「はい」

周藤が頷く。

「何の捜査ですか？」

「それは捜査上の秘密で申し上げられませんが、水谷先生にご迷惑をおかけすることはありませんので、ご心配なく。早速ですが、当時、何があったのか、詳しく聞かせてもらえますか？　散々あちこちで訊かれ、不愉快かもしれませんが」

周藤が言った。

水谷は一つ息を吐き、顔を上げた。

「当時、我々はインフルエンザの耐性遺伝子を研究していました」

「新型ですか？」

「いえ。通常のＨ３Ｎ２亜型、一般ではＡ香港(ホンコン)型として知られるウィルスです。抗インフルエンザ薬はご存じかと思いますが、薬は対症療法薬で根本的治療薬ではありません。そこで耐性遺伝子を研究し、そのゲノム情報を元に創薬できないかを研究していたんです」

「新城先生は今もそのような研究を行なっていると聞きましたが」

「リブルのことですね。そこまでご存じでしたか。まあ、新城研究室のことを調べておれるなら、知っていて当然ですね。今もそうですが、ゲノム創薬は次世代の新薬の一翼を担うものです。研究成果次第では莫大(ばくだい)な利益を生むので、ひそかに投資する投資機関や個人投資家も多いのです。新城研究室もその潤沢な資金を元に研究を進めていました。ところがある日、経理を担当していた助手の大学院生から、使途不明の資金が数億円も流出していることが発覚しました。調べてみると、それが保坂の個人口座に流れていたのです」

「保坂医師は横領をしたということですか？」

「そうです。助手は新城先生へ伝える前に私に相談してきました。私が保坂と同期なのは周知でしたので。私は保坂を問い詰めました。彼は私的借金の返済に使ったと言い、必ず返すと私に約束しました。なので私は、新城先生にこの一件を報告しませんでした。今思えば、その甘さがあんな事件を引き起こしてしまうのですが……」

眉根を寄せ、苦い表情を覗かせる。

その後、水谷は事の顚末を語った。

流用した資金は借金返済に使われたわけではなく、実は個人研究室を運営するために使われていた。保坂は新城研究室の研究員で、保坂の臨床実験に同調する有志を集め、葛西の倉庫街に私的研究所を設け、そこで臨床実験を始めた。

臨床実験は非人道的なものだった。

ネットカフェやファストフード店で寝起きしていた若者に声をかけて人を集め、ブースに集団監禁し、そこにインフルエンザウイルスを飛散させ、耐性遺伝子を持つ者を見つけてはゲノム情報を調べ、創薬する。創った薬は感染者に投与し、その有効性を試し、さらなる改良を加える。

動物実験なしの新薬を投与されたことで、重篤な後遺症を抱えた者もいるという。

この件が発覚したのは、保坂が学会で論文を発表した時だった。それまでは完全秘密裏に事が進められていた。

新城は自分の名を記載された国際論文に驚き、すぐさま実態を調査し、保坂以下、加担した研究員をクビにした後、自らも清州大学の研究室を解散した。

「被害者の方に訴えられなかったのですか？」

周藤が訊いた。

「事件発覚後、新城先生はすぐさま被害者の補償にあたりました。また、刑事事件での立件にも動いていましたが、治験等審査委員会の承認を得ていなかったとはいえ、治験者が任意の意思で保坂の臨床実験に参加したこともあり、証拠不十分で不起訴となりました」

「一つよろしいですか？」

周藤が言った。水谷が頷く。

「個人の借金返済にしては、数億円というのは大きすぎます。水谷さんは資金の用途を調べられなかったのですか？」

「調べました。が、途中で彼が流用した資金を全額返済してきたのです」

「全額？」

「ええ。私も驚きました。またどこかで不正をしたのではないかとも危惧しましたが、どうやら、研究成果を売ることを条件に資金を引き出したようです」

「どこからですか？」

「私たちの調べでは、ロシアの投資機関でした」

「何という会社ですか？」

「ロシア貿易振興機構という民間投資機関ですね。ナノテクへの投資が主ですが、ゲノム創薬や医療機関への投資も行なっているようです。政府が絡んでいるという噂もありますが、実態がよくわからない会社です」

「その後、保坂医師はどうなりましたか？」

「詳しくは知りませんが、研究室を追い出された後は海外を転々としていたようです。困ったことに、彼の論文は国際的非難を浴びた一方、評価も高かったのです。医療や科学の分野では往々にして起こりがちなことですが、一つの狂気的な実験が新しい可能性の扉を開くということがあります。彼の研究成果は、形にこそならなかったものの、その手法や研究結果については医学的進歩をもたらす可能性の高いものです。医療の進歩に犠牲は付きものという考え方を持っている研究者はいまだ多いのが現実です」

　水谷はため息を吐いた。

「保坂医師に加担した研究者も追随しているのでしょうか？」

「そのあたりはわかりません。が、全員が現場に戻ったわけではないので、行動を共にしている者もいるのでしょうね。嘆かわしいことです」

「新城先生はその後、どうされたのですか？」

「清州大学の研究室を閉じた後は東経理化学大学に戻り、ご自分の研究に専念されていました」

「あれは封印したようです。医学倫理には厳しい方でしたので、いわくの付いた研究を続けるのはご自身で許しがたかったのでしょう」

「リブルでの研究について、何かご存じですか？」

「普通の風邪や肥満の遺伝子研究をしていると聞いています。先生は、どのような耐性遺伝子の研究もいずれ万病に活かせるとおっしゃってましたから。純粋な研究者ですね、先生は」

話していると、水谷の白衣に差したＰＨＳが鳴った。周藤に「失礼」と声をかけ、電話に出る。

「うん……ああ、わかった。すぐ行く」

手短に話して電話を切り、周藤に向き直った。

「申し訳ない。急患が入ったので、どうしても行かなければなりません」

「いえ。こちらこそ、お時間をいただきありがとうございました」

周藤が言う。

水谷は挨拶もそこそこに応接室から飛び出した。

周藤は携帯を取り、智恵理に連絡を入れた。

「もしもし、ファルコンだ。至急、ロシア貿易振興機構という会社を調べてくれ。振興機構と謳っているが民間の会社らしい。調べたデータは俺のアドレスに送ってくれ。頼んだぞ」

用件を伝え、電話を切った。

「データが上がってくるまで、保坂に加担した研究者の動向を調べてみるか」

周藤は席を立った。

5

伏木は長井結月と共にメイン研究棟一階のカフェで遅い昼食を摂っていた。

広々とした空間に三十卓ほどの白いテーブルが設えられている。手すりや通路を波形にすることで、やわらかい空間を演出している。一間ガラス窓の向こうにはフラワーガーデンが広がり、憩いの時に華を添えている。

食事はビュッフェ形式だが、従業員に頼めば、持ってきてくれる。伏木と結月は食事を終え、コーヒーを飲んでいた。

「一通りご案内しましたが、いかがでしたか？」

結月が訊く。

「施設の隅々まで充実していて、驚きです。このカフェも素晴らしい」

伏木は店内を見渡した。

「研究員はほとんどの時間をここで過ごしますから、できるだけストレスを感じないよう、空間を広めに使っているんです」

「いいですね。そうした配慮があって、初めていい仕事ができるというものです。それにあなたのような美しい方もいらっしゃるし」

「どなたにもそういうことをおっしゃっているんですか？」

瞳を細める。

「僕は心から思ったことしか口にしない主義ですので」

眼鏡を押し上げ、流し目を送る。

結月はさらりと流し、

「美しい検体もありますが、いかがですか？」

意地悪な笑みを浮かべた。

「それはご勘弁(かんべん)を」

伏木が苦笑する。

何気なく庭に目を向けると、人影があった。スレンダーなショートカットの美女がいる。

「あの方は？」

結月に訊く。

「作業部長の浜崎晶です」

「女性の方だったんですか。先ほど、東A棟の作業部でお名前を伺った時はてっきり男性だと思っていました」

「よく間違えられるそうです」

結月はそっけなく言った。伏木は浜崎を目で追った。浜崎は花壇を横切り、メイン研究棟へ入っていった。

「ご紹介しましょうか？」

結月が伏木の顔を覗き込む。

「いえいえ。またお会いする機会もあるでしょうから、その時にでも。今はあなたとの一時が惜しいですから」

伏木はじっと見つめ返した。

「本当にお上手ですね」

結月の瞳が深く潤む。

「ところで、やはり西A棟の管理棟を見せてもらいたいのですが、何とかなりませんか」

「管理棟はプロジェクトの許可が必要ですから難しいかと。どうして、管理棟を見学したいんですか？」

結月の双眸から潤みが引く。

「データを見たいわけではなく、どういうふうにデータ管理を行なっているのかをこの目で確認したいのです。実は、今回の視察はフェイザー本体からの要請なんですよ」

「そうだったんですか？」

「内密にして下さい」

伏木は身を乗り出し、声を潜めた。

「フェイザーは本格的にゲノム創薬を推進する方針を決めました。そこでパートナーとなる研究機関の査定に入っているんです」

「ということは、辻岡先生は査定委員ということですか？」

結月の問いに、伏木は頷いた。

「もちろん、他の研究機関には他の査定委員が出向いています。本体は、今年中にパートナーの選定を終え、来年度早々、ゲノム創薬部門の起ち上げを発表する予定です」

「つまり、選定は最終段階に来ているということですか？」

「そう思っていただいても結構です」

伏木は真顔で結月を見つめた。

結月も伏木を見つめ返す。

「なぜ、そのような話を私に？」

「あなただから話したんです」

伏木はなおも結月を見つめる。

結月はふっと目を伏せ、微笑んだ。

「かないませんね、辻岡先生には。わかりました。なんとか手配してみます」

「無理はなさらないでください。あくまでも〝お願い〟ですので」

「来訪者のご要望に応えるのが、私の仕事ですから」

「では、もう一つ」

伏木が言う。

結月は顔を上げて、伏木を見やった。

「今晩、モールのレストランでお酒を飲みながら食事でもいかがですか？」

「ご要望ならお応えします」

結月の目の潤みが濃くなった。

6

「松嶋さん。今日はもう上がっていいですよ」

私設第一秘書の森尾が言う。

「もう少し会計内容を整理したいのですが。残ってもかまいませんか？」

「熱心ですね。わかりました。事務所の戸締まりはよろしくお願いします」

「はい。お疲れ様でした」

凛子は立ち上がって、深々と頭を下げた。森尾が事務所を出る。ドアが閉まると、事務所内は凛子一人となった。

凛子は眼鏡を外して椅子の背にもたれ、目頭を指で揉んだ。

田畑と会った翌日、凛子はすぐさま履歴書を持参し、田畑の事務所を訪れた。田畑は簡単に凛子を受け入れ、会計担当秘書官としての席を設けた。

拍子抜けするほどあっさりとした潜入だが、想定通りの展開だった。

田畑には独特の性癖があった。

気に入った女性はまず秘書として雇い、三ヶ月ほど様子を見た後、自分の愛人にする。

この話は凛子が銀座のホステスをしていた時代から有名だった。

政治家としては脇が甘すぎる話だが、女性関係でトラブルを起こしたことはない。いや、表に出ることはないと言ったほうが正解か。

田畑は厚生官僚時代、医薬食品局の局長などを歴任している。同局には麻薬対策課がある。いわゆる麻薬Gメンが所属する麻薬取締部だ。交際中に騒ぎ立てたり、別れた後に脅迫しようとする女性は、かつての権力を利用し、容赦なく刑務所に送り込むという。一方、素直に言うことを聞く女性には多額の手当や慰謝料を出すという話だ。

真偽の程は定かでないが、こうしてすんなりと事務所へ潜り込めたところをみると、まんざらただの噂話でもなさそうだった。

しかし、それだけに凜子は神経を尖らせていた。

公権力と金だけですべてのトラブルを解決できるはずもない。その他の力も持っていると考えるのが妥当だ。万が一、危険の影が迫った時は、いつでも逃げ出す腹づもりだった。

事務所内には必ず、監視カメラがある。七十平米のマンションオフィスのあちこちにあからさまな監視カメラを設置しているが、それ以外にもマイクロカメラを仕込んでいるとみたほうがいい。

凜子は眼鏡をかけてパソコンの画面を見つめ、スクロールした。会計データやメールを次々と見ていく。傍目には、仕事の最終チェックをしているだけにしか見えない。が、実はモニター画面の情報を記録していた。

凜子の眼鏡にはカメラが仕込まれていた。フレームの右端に針の先ほどの穴が空いていて、そこにレンズが埋め込まれている。つるは送信機になっていて、凜子のバッグに入っているスマートフォンが電波を受信し、内蔵メモリーに画像や映像、音声データが残される。潜入用に栗島が工作したものだ。

凜子は記録したデータをD1オフィスへ持ち帰り、内蔵メモリーをからにして、また翌日、田畑のオフィスに出向くということを繰り返していた。

凜子が手に入れたデータは、智恵理を介して調査部の解析チームに分析を依頼しているが、今のところたいした情報は出てきていない。

共有メールのほとんどは後援会や与党同派閥議員とのやりとりばかり。凜子が扱っている会計情報も政治資金の寄付やパーティー券売上の整理といったものだった。根幹情報は、第一秘書の森尾か、第二秘書の高塚が握っているのだろう。

凜子は事務所内の人事に注目していた。私設事務所を統括しているのは森尾だが、田畑と接触している頻度は、第二秘書の高塚康広(やすひろ)のほうが多い。高塚は外に出ていることのほうが多く、あまり事務所に顔を出さない。

裏情報を握っている、あるいは裏関係を仕切っているのは高塚だろうと感じていた。

森尾と高塚のパソコンに眠るデータを引き出したいが、どこに監視の目があるかわからない状態ではうかつに調べられない。凜子はとりあえず、自分が回収できる情報を根こそぎかき集めていた。

玄関で物音が聞こえた。凜子はパソコンをシャットダウンした。

「松嶋さん、まだ仕事中でしたか?」

野太い声が響いた。

高塚だった。熊のような体格で浅黒く、ギョロリとした双眸は眼光が鋭い。

「今、帰るところです」

「そうですか。遅くまでご苦労様です」

「新人なので、少しでも早くみなさんの仕事を覚えて、足手まといにならないようにと思いまして」

「田畑先生も喜ばれますよ」

笑う。が、その両眼は決して微笑まない。

凜子はショルダーバッグを肩に掛けた。

「では、私はこれで失礼します。戸締まりは高塚さんにお願いしてよろしいですか？」

「ええ。お疲れ様でした」

高塚が言う。

凜子は会釈をして、オフィスを出た。

7

青砥は店の開店準備をしていた。焼き鳥の仕込みをしていると、東村が顔を覗かせた。

「おう、おはようさん。これからか？」

「はい」

「おまえのところは、今スタッフが準備してるんだろう？　串打ちを手伝ってくれ」

「いいですよ」

東村は上着を脱いで椅子にかけ、厨房に入った。ワイシャツの袖をまくり、肉を並べて串を刺していく。

「衰えてねえな」

青砥は横目で見て、にやりとした。

「何年もこればかりやりましたからね」

返しながら、手際よく刺していく。

「なあ、東村」

「何ですか？」

「あのショットバー、おまえに譲ろうと思ってるんだが」

青砥が言う。東村は手を止めて、青砥を見た。

「どうだ？」

「うれしい限りですが……」

「おまえならやれるよ。俺はこの焼き鳥屋がありゃあいい。あの店をちまちまとやっていこうと、あそこを拠点にデカくやろうとおまえ次第だ。ここまでついてきてくれた礼みたいなもんだ。受け取ってくれるか？」

「青砥さん……」

東村はうつむいた。目を閉じ、深く息を吐く。

「もっと早く聞きたかったな……」

そう呟き、顔を上げる。

「青砥さん。一つ聞かせてもらっていいですか？」

「なんだ。言ってみろ」

「うちの荒川が出てこないんですよ。家にもいねえし、携帯にも出ねえ。何か知らないですか？」

「さあな」

青砥は串打ちした肉をトレーに並べる。

「知らねえわけがねえでしょう。明け方、青砥さんに呼ばれてこの店に入っていく荒川を見たヤツがいるんです。その後、青砥さんだけ出てきて、さらにその後、神馬がこの店から出てきたことも」

東村は串を握った。

「それで？」

青砥が手を止めた。

瞬間、東村は串を握った右手を真横に突き出した。

青砥はとっさに仰け反った。先端が鼻先を掠める。

東村はそのまま右腕を振った。青砥は両腕を立て、東村の腕を防いだ。パワーに弾かれる。背中から棚にぶち当たった。並んでいた焼酎が落ち、床で砕ける。ガラス片が飛び散ると共にアルコール臭が店内に充満した。

「どういうことだ、東村」

両腕の隙間から睨み据える。

「神馬は何やってんですか？」

「知らねえな」

「荒川をどこへ連れて行ったんですか？」

「それも知らねえ」

「青砥さん。あんたとはやり合いたくねえ。正直に話してくださいよ」

「正直に言ったろ。知らねえもんは知らねえんだ。てめえこそ、なぜ神馬のことを探ってるんだ？」

「青砥さんには関係ねえことです」

「言ってやろうか？」

青砥は拳を固めた。

「てめえ、浜崎の手先だろ」

言うなり、右拳を突き出した。

東村がガードした。上腕に強烈な拳がめり込む。東村の巨体が揺らいだ。

青砥はその隙にカウンターを飛び越えた。ドアロへ歩く。

「逃げるとは青砥さんらしくねえな」

「逃げやしねえ」

肩越しに振り向き、東村を睨む。眦が吊り上がる。

「出ろ。ここでやり合えば、横丁のみんなに迷惑をかけちまう。てめえもそれは本意じゃねえだろ。それとも、それっぽっちの料簡も捨てちまったか?」

ドアに手をかける。

「ついてこい」

青砥は外へ出た。

路地には客があふれている。行き交う若者に混じり、青砥を睨め付けている連中がいた。青砥は睥睨し、路地を出る。

店から東村が出てきた。青砥を睨んでいた連中に目くばせをする。

東村が青砥の後を追う。その東村の後ろに、二人、三人と続いた。

青砥は井の頭自然文化園沿いの吉祥寺通りを南下した。

「どこまで行くんですか」

東村が苛立った口調で言う。

「金魚の糞みてえな連中もやんなきゃならねえだろう」

肩越しに背後を見やる。東村の後ろにはいつしか十数人の男が続いていた。距離を空けて付いてくるが、背中に殺気をひしひしと感じる。

さらに歩くと駐車場があった。文化園は午後五時に閉園となる。日中はほぼ満車だが、陽が暮れるにつれ車も人影もなくなり、ちょっとした都会の死角が生まれる。

青砥は駐車場のチェーンポールを跨ぎ、中へ入った。男たちがぞろぞろとついてくる。ゆっくりと奥へ歩き、立ち止まった。

男たちが小走りに駆けてきた。青砥をぐるりと取り囲む。それぞれの手には伸縮警棒やナイフが握られていた。青砥は一同を睥睨し、向き直った。

「懐かしいな、ヒガシよ。このあたりで囲まれる空気は。まさか、てめえに囲みを喰らうとは思ってもいなかったがな」

東村を見据える。静かだが、強烈な怒気が滲み出ていた。

「で、どうすんだ？　サシでやんのか。雑魚どもに助けてもらうのか」

片頬に笑みを浮かべる。

東村は上着を脱いだ。近くの仲間に渡し、輪の中から歩み出る。青砥を見据え、ワイシャツの袖をまくった。

「あんたとは一度きっちりカタつけなきゃならねえと思ってたんだ」

東村が言った。

「なんだい。そういうことなら、言ってくれりゃあよかったのに。わざわざこんな大仕掛けしなくてもよぉ」

鼻で笑う。

「ヒガシよ。何が不満だ？　てめえには店もくれてやった。生きる場所は与えてやった。まだ足りねえか？」

「あんたにはわかんねえよ。あんたはいつも頭を張ってきた。上から物を見てきた人間だ。その陰でどれほどの連中が潰れていったか、知ろうともしねえ」

「それがどうした。てめえの人生だろうが。指図されるのが嫌なら、戦えばいい。それで負けちまっても本望。違うか？」

「誰でもあんたみたいに勝ち続けられるわけじゃねえんだ。くれてやった？　与えてやった？　何様だ、あんた？」

「いらねえなら断わりゃいいだろ。てめえ、中学生か？」

「そうだな。中学生の頃、あんたにやられて以来、ずっとくすぶっていたのかもしれねえ」

「その思いを酌み取ってくれたのが浜崎か？」

青砥が言う。東村の眦がひくりと蠢いた。

「おまえの思いを利用してるだけだ、やつは。浜崎のやり口はよく知ってんだろうが。やつこそ、下の者が死のうが生きようが知ったこっちゃねえ。なぜ、あんなやつの口車に乗った？　何を餌にされたんだよ」

「オレの居場所をくれただけだ。頭という居場所をね」

「どこまで行っても、頭は浜崎だ。てめえ、御山の大将で満足か？　もうちょっと、骨のあるやつだと思ってたがな。俺の目も腐っちまったもんだ」

ため息を吐き、首を回す。

「何とでも言えよ。あんたがどう思おうと、オレは頭を張る。約束したのは、浜崎だけじゃねえんだ」

「あ？　どこのどいつに言いくるめられたんだ？」

「あんたじゃ、手の届かねえ人だよ。まあ、あんたには関係のねえ話だ」

「まったく……。つまらねえ野心につけ込まれやがって。てめえの性根、叩き直してやる。来い」

青砥が拳を握り、身構えた。

闇が張り詰めた。

東村も身構えた。靴底を擦らせ、じりじりとにじり寄る。青砥は東村の動きを目で追った。

東村が大きく左足を踏み出した。左フックを放つ。岩のような拳が迫る。

青砥は右腕を振りかぶった。拳に向け、ストレートを放つ。二人の拳がぶつかる。骨を打つ鈍い音が暗がりに響いた。拳を合わせたまま、青砥はにやりとした。

「効かねえな、カスの拳は」

挑発する。

「その余裕が半端なく嫌いだったんだよ、昔から」

右フックを浴びせた。

青砥はガードを上げた。東村の拳が上腕にめり込んだ。衝撃で青砥の身体が弾かれる。

東村は左右の拳を振り回した。

ガードの上から拳を受けた。筋肉と骨が軋む。青砥はガードを固めて背を丸めたまま、拳を受け続けた。ずるずると後退する。

東村の目が吊り上がる。鼻息を荒らげ、さらに拳に力を込めた。強烈な右ストレートがガードの真ん中にめり込む。

青砥は踏ん張った。後退していた身体が止まる。

「やっぱ、効かねえな」

ガードの隙間から東村を睨め付けた。

瞬間、後ろに引いていた右足を振り出した。踵(かかと)が東村の腹部にめり込んだ。

「うぐ……」

東村は腰を折り、目を剝(む)いた。

青砥が駆け寄った。地を蹴り、宙に浮く。そのまま右足を蹴り出した。

東村がガードを上げた。強烈な跳び蹴りが上腕にめり込んだ。東村の巨体が後方に吹き飛んだ。後ろで構えていた仲間に背中から突っ込む。東村は仲間を三人薙(な)ぎ倒し、仰向(あおむ)けに倒れた。

下敷きとなった仲間が呻(うめ)いている。東村が身体を起こす。と、牽制(けんせい)するように仲間の一人が東村と青砥の間に割り込んだ。

「もうしまいか、ヒガシ？」

青砥がほくそ笑む。

東村は唾を吐き、立ち上がった。青砥に歩み寄る。

「退(ど)け。邪魔するな！」

東村は立ちふさがる仲間に右の裏拳を振るった。仲間の頬に基節骨(きせつこつ)がめり込む。仲間の顔は歪み、弾け飛んだ。アスファルトに叩きつけられ、白目を剝く。

「おおおおっ！」

喊声を上げた。

青砥は後退せず、身構えた。東村は拳を振り回した。双眸が肉食獣のように剝き上がる。ガードも何も関係なく、ひたすら左右の腕をぶん回した。

青砥は身体を揺さぶり、紙一重で拳をかわした。同時に左右のフックを顔面に叩き込む。見る間に東村の顔が腫れ上がっていく。

東村が右フックを振り下ろした。青砥はステップを切り、東村の右手に回り込むや否や、東村のレバーに凄まじい右アッパーをねじ込んだ。

「ぐええ……」

東村は目を剝いた。膝を落とす。巨体が傾く。

「昔のてめえなら、もっとやれただろうにな。終わりだ」

右脚を振った。脛が東村の首筋を捉えた。

巨体は真横に叩きつけられた。たわんだ側頭部がアスファルトを打ち、跳ね上がる。東村は撃たれた象のように身を横たえ、動かなくなった。

駐車場は静寂に包まれた。無類の強さを見せつけられ、他の男たちは動けなかった。

「次は誰だ？」

睥睨する。男たちは後退った。

青砥は大きく息を吐き、拳を解いた。東村の脇に屈み、腹に腕を通し、抱え上げた。巨体を肩に乗せ、立ち上がる。

「お遊びは終わりだ。浜崎に言っとけ。これ以上、俺や東村に手を出したら、全力で潰すとな」

歩きだそうとする。

不意に空気を裂く音を感じた。東村を抱えたまま、振り向こうとする。左太腿に鋭い痛みが走った。片膝を突く。太腿に矢が刺さっていた。

「くそったれ……」

立ち上がろうとする。と、今度は右腿を射貫かれた。両膝を落とす。東村の巨体が肩から転がる。

「これだから、旧人類には付き合いきれねえ」

駐車場の植え込みの奥から、人影が現われた。鼻の左が潰れた坊主頭の男だった。手にはクロスボウを持っている。

「てめえ……吉城か」

「おやおや、天下の青砥様がオレなんぞのことを覚えてくれているとは光栄ですね」

クロスボウを向け、躊躇なくトリガーを引く。鋭い矢が右肩口に刺さった。

「どうだ。痛えだろ？　おまえを仕留めるのに、特注の返しが付いた矢を用意してやった。抜こうとしても抜けねえぞ。無理に抜きゃあ、肉と血管が裂けて大出血だ」

高笑いを放つ。

吉城昌人（まさと）は浜崎グループのナンバー2だ。小柄で細く、喧嘩は強くない。が、あらゆる武器を持ち出し、的にかけた敵を徹底的にいたぶるものだから、仲間内では恐れられ、いつしかナンバー2の座を得るまでに至った。特注クロスボウは吉城の代名詞だった。

ゆっくりと歩み寄る。東村の脇で立ち止まる。

「東村が無駄に熱い男だってのは知ってたからな。こんなことになるんじゃねえかと思って見張ってたんだが、正解だった。やっぱ、青砥流れの連中は使えねえな」

脇腹を蹴り上げる。

「てめえ！」

「動くな」

吉城は青砥の肩口に刺さった矢の筈（はず）を蹴った。矢じりが筋肉にめり込む。青砥は眉間を歪め、右手を突いた。肩を押さえる左手の指の間から、血が溢（あふ）れる。

青砥は吉城を睨み上げた。

「道具頼みでしか喧嘩できねえ糞虫（くそむし）が粋がってんじゃねえぞ」

「それがどうした？」

吉城が鼻で笑う。

「道具使おうが何しようが、勝ったモンが偉えに決まってんだろ」

「脳みそまで腐ってやがるな、てめえらは」

「焚きつけようとしたって無駄だ。おまえの挑発に乗るほど暇じゃねえんだ、こっちも。おい、てめえら。こいつ叩きのめして、縛り上げろ」

「できるのか、てめえらに」

青砥はぬらりと立ち上がった。傷口から血が噴く。が、身じろぎもしない。

「ここにいる全員……死刑だ」

口角を上げた。

吉城の顔から笑みが消えた。総毛立つ。クロスボウを構えた。

青砥が襲いかかってきた。トリガーを引いた。矢じりが頬を掠める。かまわず突っ込む。

吉城が逃げた。青砥は追った。走る度に血が飛沫く。

「てめえら、やれ！」

仲間に向けて、矢を放った。

パニック状態になった若い男が伸縮警棒を振り上げた。青砥の頭部に振り下ろす。青砥が止まった。頭皮がざっくりと割れ、血が流れ出す。顔の右半面がみるみる紅く染まる。

「何かしたか？」

青砥は目を剝いた。男に右拳を振り下ろした。拳が相手の頰骨を砕いた。地面に叩きつけられた男がバウンドする。

「やれ！　やるんだ！」

吉城がけしかけた。

男たちは四方から一斉に襲いかかってきた。伸縮警棒が上や真横から飛んでくる。ナイフの切っ先が正面や背後から同時に迫る。

わずかな間隙が覗く右手にステップを切った。が、両脚の動きが重い。普段なら軽々とかわせる警棒を頭部にくらった。上体が傾く。喉元に警棒の先端が飛んできた。手のひらで受ける。身体が後退した。そこに背後からのナイフがめり込んだ。

「ぐっ……」

膝を落とす。

すぐさま伸縮警棒で後頭部を殴られた。上体が前のめった。誰かが放った蹴りが顔面に迫っていた。避けきれない。爪先（つまさき）は左目を抉（えぐ）った。上体が半回転し、地に転がった。すぐさま横を向き、身を丸めた。蹴りや伸縮警棒が無数に降り注ぐ。興奮極まった若い連中の暴行は止まらない。

意識が朦朧（もうろう）としてきた。

吉城はプラスチック手錠を放った。

「やめろ！」

吉城が号令をかけた。男たちがようやく止まった。

「両手と両足首を縛り上げろ。拘束したら、オレのワゴンに――」

指示していると、携帯が鳴った。右手を挙げ、男たちの動きを制す。

「おう、オレだ。うむ……ほお、そうか。うまいこと言って連れてこい」

通話を切り、ニヤリとする。

「青砥。おもしれえもんを見せてやるからよ。もうちょっと起きてろ」

吉城はそう言い、右太腿に刺さった矢の筈を踏んだ。

拘束された青砥は歯を食いしばり、仰け反った。

8

神馬は青砥の店に来ていた。鍵が開いているのに、誰もいない。カウンターの中では酒瓶が割れていて、そのままになっている。

「何かあったな……」

店内の様子を探っていると、突然、引き戸が開いた。

神馬はとっさに身構えた。

「青砥さん！」

飛び込んできたのは、背の高い男だった。バーテンダーの制服を着ている。東村の店の者だ。男は神馬を見つけた。

「あ、あなたは確か、この間店に来てた方ですよね！」

「何だ、てめえは」

「東村さんがやられてるという連絡があって」

「ヒガシが？」

「はい。文化園の駐車場で囲まれてるそうです！　青砥さんがいればと思って来たんですが……」

「いねえよ」

「どこへ行ったか知りませんか！」

「知らねえな」

返事をしながら、男の様子を探る。

嘘を吐いているようには見えないが、泡を食っているようにも見えない。どことなく演技をしているようなニオイがする。

人間、不測の事態に見舞われた時は、状況を理路整然と語れないものだ。いかにも息を切らせているように肩を上下させる様も滑稽だった。

男が舌打ちし、出て行こうとした。

「おい、待て。文化園の駐車場ってのはどこだ?」

「吉祥寺通りを文化園沿いに南へ行ったところです」

「案内しろ」

「いや、でも……」

「いいから、案内しろ。おれが助けてやるよ」

「本当ですか!……お願いします!」

男は店を飛び出した。

神馬は厨房から三十六センチある柳刃包丁を取り、ベルトに差して男の後に続いた。

十分ほどで駐車場に着いた。人影はないが、気配はある。

男が駐車場に飛び込んでいく。

「おい。用心しろ」

神馬は男の後を追い、駐車場へ入った。

「東村さん!」

呼びかけながら、どんどん駐車場の中央へ進む。そして、足を止めた。

「これを!」

男が振り向く。

神馬は小走りで駆け寄った。屈んだ男の肩越しにアスファルトを見やる。街灯の薄明かりは赤黒い血溜まりを照らし出していた。

「どうしましょう……」

男は血溜まりを指でなぞった。その手が懐に消える。

瞬時に男の背中から殺気が湧いた。屈んだまま、右腕を振った。

神馬は後ろに飛び退いた。手にはナイフが握られている。立ち上がった男は、神馬の腹部をめがけ切っ先を突き出した。

神馬は柳刃包丁を抜いた。ナイフの切っ先が神馬の懐に飛び込む。キンと金属音が響いた。刃の平が切っ先を受け止めていた。男の眦が強ばる。

「おまえ、演技が下手すぎるわ」

左足を引いて、素早く半身を切る。支えを失ったナイフの先が神馬の前を通り過ぎ、男の上体が前のめる。

すれ違いざま、神馬は男の左頬に刃を当て、スッと引いた。

男の頬肉がスッパリと斬れた。傷口が開いた瞬間、おびただしい鮮血が噴き出した。男は頬を押さえ、地面に俯せた。

「本当なら首筋をかっさばいているところだ」

背中を踏みつけ、膝を落とす。男の右肩口を刺した。

男が短い悲鳴を放った。

「今、刃を肩の腱板に引っかけてる。こいつが断裂すると、おまえの右腕は一生動かない。誰に頼まれた」

包丁を少しだけ動かす。

「おれが青砥の店に入ってまもなく、おまえが入ってきた。見張ってたってことだろ？誰に頼まれ、何の目的でそんなことをしてたんだ。話さねえと、やっちまうぞ」

さらに動かそうとする。

その時、背後に殺気を感じた。弦の弾けるような音がする。とっさに男の肩から包丁を抜き、立ち上がった。気配に向け、刃を振る。峰が矢じりを跳ね上げた。宙に舞い上がって回転し、落下する。

男の悲鳴が上がった。舞い落ちた矢が背中に刺さった。

二の矢が飛んできた。胸元に迫る。神馬は矢じりを裏すきで防いだ。金属音が弾け、放たれた矢が神馬の足下に落ちる。神馬は矢を拾った。クロスボウの矢だ。シャフトは頑丈なステンレスを使っている。先端の矢じりは真鍮製で重みがあり、鋭く研磨され、返しまで付いていた。

「いやあ、見事だな。黒波の神馬さん」

植え込みから片鼻の潰れた小柄な痩せ男が出てきた。その両脇に十数名の男が居並ぶ。駆け出した男たちは神馬を取り囲んだ。

「てめえ、誰だ？」

「初めましてですね。浜崎グループのナンバー2、吉城と言います。伝説の黒波に会えるとは光栄。以後、よろしく」

「てめえと仲良くするつもりはねえけどな」

「あなたにはなくても、オレにはあるんですよ。一つ聞かせてもらえますか。荒川はどこへやったんです？」

「何のことだ？」

そらとぼける。と、吉城が笑った。

「お互い無駄なやりとりはやめましょう。あなたが青砥の店で荒川と会っていたことはわかっているんですよ。素直に答えていただければ、お返しします」

右手を挙げた。

植え込みから男が二人出てきた。肩に人間を抱えている。それを吉城の前に転がした。

青砥だった。両手足を縛られ、身動きが取れない。出血もひどく、ジーンズやTシャツを赤黒く染めていた。顔の血の気は失せ、唇にも色がない。

「オレらは人を殺したいわけじゃねえ。ただ、あんたがしゃべってくれねえと、こうせざるを得ないんだよね」

吉城はクロスボウを青砥に向けた。左肩を射貫く。呻きと共に、青砥の身体が跳ねた。

「青砥が死んだら、次は東村を痛めつけるだけだ。東村も死んじまうかもしれねえ。あんたのせいで二人も死ぬんだ。寝覚めもよくねえでしょう？」

片頰に笑みを浮かべる。

と、青砥が声を絞り出した。

「無駄だ。神馬は俺たちとは関係ねえ。誰が死のうと何一つ気にしねえヤツだ。神馬よ。俺らのことはいいから、こいつら全員殺（や）っちまってくれ」

青砥は顔を起こし、神馬を見つめた。左目は腫れ上がり、塞（ふさ）がっている。神馬はじっと青砥を見つめ返した。

「悪いな、青砥。そうするよ」

神馬が動いた。

取り囲んだ男たちが迫ってくる。正面の男に包丁を突き出した。サッとかわされる。真横から伸縮警棒が振り下ろされた。先端が神馬の手首を叩く。神馬の右手から包丁がこぼれた。

神馬は右横の男の腹部に足刀蹴りを放った。男の身体がくの字に折れ、弾け飛ぶ。左から別の男が拳を振り下ろした。神馬はガードを上げた。が、そのガードをすり抜け、右拳が神馬の顎を捉えた。

神馬が呻いた。膝が折れる。真後ろから廻し蹴りが飛んできた。足の甲が後頭部にめり込んだ。

「ぐっ！」

神馬は目を剝いて、俯せた。男たちは神馬を取り囲み、踏みつけた。警棒を振るう者もいた。神馬は頭を抱えて丸くなり、防戦一方となった。

暴行は数分続いた。神馬の頰は腫れ、切れた口唇から血が溢れた。

「もういい。やめろ」

吉城が止めた。男たちが離れる。吉城が歩み寄ってきた。プラスチック手錠を仲間に渡す。両手を後ろで縛られ、両足首も拘束された。

「伝説の黒波ってのは、こんなもんだったのか。やっぱ、伝説なんてのはあてにならねえってことだよな、神馬さんよ！」

顔面を踏みつける。奥歯が折れ、血塊と共にこぼれ出た。

「青砥と神馬をワゴンに積め。じっくりいたぶって吐かせてやる」

吉城は一足先に車へ戻っていった。

男たちが神馬と青砥を抱え、植え込みの奥に停めていたワゴンへ向かう。ハッチを開け、神馬と青砥を放り込む。東村も縛られ、寝かされていた。

男たちがハッチを閉めた。運転席にいた吉城の仲間がエンジンをかけた。ゆっくりとワゴンが滑り出す。

青砥は神馬にすり寄った。顔を近づけ、両眼を覗き込む。

「神馬、何考えてんだ。てめえなら、あんな連中、すぐに殺れただろう」

小声で訊く。

神馬は口角を上げた。

「虎穴に入らずんば虎児を得ず。心配するな。おまえらくらい、助けてやるよ」

「てめえに借りは作らねえ。後々面倒だ」

「好きにしろ。休める時に休んどいたほうがいいぞ」

神馬は言い、欠伸(あくび)をして目を閉じた。

「わかんねえヤツだ」

青砥は呆(あき)れ、自分も楽な態勢を取り、瞳を閉じた。

第四章　D1潜行

1

　D1オフィスのドアが開いた。

「おかえりなさい、リヴ。今日は遅かったですね」

　智恵理は壁掛け時計を見やった。午後九時を回ったところだった。

「秘書チームに付き合わされちゃってね。日頃、堅い仕事をしているからか、酔うと節操のない人たちばかり。第一秘書の森尾なんて、私の肩を抱いて〝もう一軒どう？〟なんて耳元で囁(ささや)きかけてくるし。百年早いっての」

　ソファーに腰を下ろし、ふうっと息を吐く。ほんのり酒の匂いが漂う。

　眼鏡を外し、バッグからスマートフォンを出した。記録専用のスマホだ。

「今日の分はこれね。飲み会での会話も録音しておいたわ。ほとんどが田畑の悪口だったけど」

智恵理のデスクに置く。そのままソファーに座り、深くもたれた。

智恵理はほうじ茶を淹れ、湯飲みを凜子の前に出した。凜子は、ありがとうと言って目を細め、両手で湯飲みを包み、お茶を啜った。

「これ、明日用のスマートフォンです」

智恵理は受信用のスマホを渡した。

凜子はショルダーバッグにスマホをしまった。

「これまで渡したデータから何か出てきた？」

「調査部の解析では、特に目立った情報は出てきていないようです。見てみますか？」

「お願い」

凜子は喉を潤した。

智恵理はタブレットを出し、凜子に渡した。様々なデータが収められている。〝田畑事務所〟という名のフォルダーを開く。中にはこれまでに集めてきた情報を関連項目と時系列で整理したPDFファイルが並んでいた。

凜子は赤いマニキュアの映える人差し指でファイル名をタップし、スクロールした。メールのほとんどは後援会や自派閥の与党議員とのものだった。女性からのメールもあったが、どれも飲み屋のママのものばかり。特に怪しいところは見当たらないと結論付けられている。

会計データについても、そのほとんどが個人献金に関するもので、政治資金規正法に則った正規の収支しか見当たらなかった。

凜子は長い髪を右手で梳き上げた。

「やっぱり、森尾と高塚のパソコンを調べなきゃダメか……。特に高塚のは調べてみないとね」

「高塚って？」

智恵理が訊く。

「第二秘書。今まで事務所内の人間関係を見てきた限りだと、第一秘書の森尾は対外的看板で、第二秘書の高塚が裏部分を引き受けているという感じなのよ。今日も懇親会には出てこなくて、一人事務所に残って何かしていたみたいだし。森尾も当然、第一秘書だから何かを知っているとは思うけど、肝は高塚が握っていそうね。ちょっと高塚の経歴を調べてもらえない？」

「わかりました」

智恵理が言う。

凜子は微笑み、資料に目を通した。

「この〝ロシア貿易振興機構〟というフォルダーは何なの？」

「ファルコンからの要請で調べたデータです。清州大学で新城博士が研究所を開いていた時、保坂という研究員が研究費を横領したそうなんですが、保坂が横領したお金を肩代わり返済したのがどうもその団体だったようです。調べてみると、完全な民間団体というよりは半官半民の団体のようですね」

「ふうん」

話を聞きながら、ＰＤＦファイルにざっと目を通す。

が、その指が止まった。ファイルに掲載されていた写真を指で引き伸ばす。

「あらあら」

「どうかしました？」

「噂をすれば、よ」

凜子はテーブルにタブレットを置いた。拡大した写真を見せる。智恵理は椅子ごとテーブルに近づき、タブレットを覗き込んだ。

表示されていたのは、ロシア貿易振興機構主催のパーティーの写真だった。壇上にはシャンパングラスを手にした三人の男が立っている。スタンドマイクの前には髭を蓄えた白人の老紳士がいた。左には黒縁眼鏡を掛けた中肉中背の日本人中年紳士がいる。右には巨漢でギョロ眼の浅黒い男がいた。

「こいつが高塚康広。田畑の第二秘書よ」

巨漢の男を指でつつく。

「裏の仕事をしている人がこんなに堂々と顔を出して大丈夫なんですか？」

智恵理は高塚の容姿を見つめた。

「田畑の名代で駆り出されたのかもしれないわね。政治家にはよくあることよ。そうなると、ますますターゲットは高塚ね。なんとか、高塚のパソコンデータを入手する方法はないかしら……」

話していると、ドアが開いた。

栗島と周藤が一緒に入ってきた。

「あ、リヴ。お疲れ様です」

栗島がドアロで腰を折る。

「ファルコンとポンが一緒だなんて珍しいわね」

「エレベーターホールで出くわしたんだ」

周藤は半円形ソファーの真ん中に座った。栗島がソファーの端に座る。リュックを下ろすとノートパソコンを取り出した。

「チェリー。サーバルは？」

「まだです。連絡もありません。どうせフラフラしているんだと思いますけど」

毒づく。

ソファーにいた三人は顔を見合わせ苦笑した。

「そうだ、ポン。特定のパソコンのデータを盗りたいんだけど、良い方法はないかしら?」

対面から凜子が訊いた。

「ターゲットのパソコンにメモリーを仕込むか、発信装置を付けて無線で飛ばすのが最も簡単ですけど」

「それは難しいなあ……」

「何か動いたのか?」

周藤が訊いた。

「動いたというわけではないんだけどね」

凜子は高塚の件を話した。

「ロシア貿易振興機構と田畑が繋がっていたとはな。ということは、保坂と繋がっている可能性もあるということか」

周藤は腕組みをした。

「リヴ。ウイルスを仕込みましょうか」

栗島が言った。

「どうするの?」

「リヴのパソコンをウイルスに感染させます。その後、僕が有名メーカーの名前を入れた駆除ソフトを用意しますので、それを各パソコンにインストールさせてください。つまり、最初のウイルスはダミーで、駆除ソフト自体がトラップということです」

「外部操作するということ？」

「いえ、根こそぎ盗ってしまいます。クラウドにデータをバックアップする方法と同じです」

「でも、バックアップ方式じゃあ、パソコン操作が重くなって気づかれない？」

智恵理が訊いた。

「一度に大量のデータ転送を始めるとそうなりますが、あらかじめ、一動作で転送するバイト数を抑えておけば、パソコンに負荷はかかりません。クラウド許可はウイルス駆除の許可をダミーとして実行させるので、インストールしたほうはまさかデータ転送許可をしたとは思わないでしょう」

「いけそうね。ポン、ソフトはいつまでに用意できる？」

「二、三日といったところです」

「よろしく」

凛子はにこりと微笑んだ。

「わかりました。ファルコン、保坂の線から何か出てきましたか？」

栗島が訊いた。周藤は栗島の方を向いた。

「清州大学の新城研究室にいた医師二人と会ってきた」

周藤はそう切り出し、まずは、水谷から聞いた話を他の三人に聞かせた。

「つまり、その保坂というのが暴走して、研究費を横領し、勝手に臨床試験を実施して論文を仕上げ、学会に発表した。それに怒った新城が研究室を閉じ、解散。横領した研究費はロシア貿易振興機構が肩代わり返済し、それが田畑と繋がっている。そういう理解で大丈夫ですか？」

栗島が言う。

「完璧だ」

周藤は微笑んだ。

「ところが、もう一人、中川原(なかがわら)という医師の話は若干違う」

「中川原というのは？」

凜子が訊く。

「同じく新城研究室にいた医師だが、保坂の側で働いていた加担者だ。彼の話では――」

周藤は話を続けた。

午後七時を回った頃、周藤は世田谷区にある中川原正治(まさはる)の自宅を訪れた。中川原は現在、新城の下は離れ、民間の病院で内科医を務めている。小柄でぽっちゃりとした男だった。

応接室へ通された周藤は〝鈴木一郎〟名義の警察手帳を見せ、話を切り出した。

「突然お伺いして申し訳ありません。早速ですが、清州大学の新城研究室での件を二、三お聞かせ願えますか」

「刑事さん。こちらから一つ伺いたいのですが、当時の件で何か法に引っかかることがあり、再調査されているということですか？」

「いえ、そういうわけではありません」

「当時の関係者が逮捕されるということはないわけですね？」

「はい。現在調べている捜査の内容についてはお話しできませんが、少なくとも中川原先生が逮捕されるといった事態にはなりませんので、ご安心下さい」

「そうですか……」

中川原は短い足を組んだ。腕組みし、逡巡する。ややあって組んだ腕と足を解き、太腿に両手を乗せ、顔を上げた。

「わかりました。で、何をお話しすればいいのでしょう？」

「水谷先生にお会いしました。水谷先生の話では、新城研究室が解散した理由は保坂さんの研究費の横領と強引な臨床実験の果ての論文提出にあると伺いましたが、間違いありませんか？」

周藤は努めて穏やかな口調で訊いた。

「間違ってはいません。表向きには」

「表向きとは？」

小首を傾げる。

「水谷は保坂主任と大学時代からの同期でそれなりに付き合いはあったようですが、研究室ではまったく別の作業をしていたので、保坂班の研究実態は知りません。保坂班は確かに健常体にウイルスを投与して人工感染させ、耐性遺伝子の研究をしていました。治験者と合意の上だったとはいえ、これは人道的に許されないものです。私個人としても、あの時主任を止められなかったことを反省しています」

「水谷先生が知らない実態とは？」

「保坂班の研究に関して、新城先生はご存じだったはずなんです」

「新城博士が？」

聞き返す周藤に、中川原は強く頷いた。

「保坂主任が横領したとされる資金は、新城先生の許可を得て承認された研究費のはずです。また、新城先生は保坂班の研究室にも時折足を運んでいたので、どういう実験を行なっていたかは知っていたはずなんです。先生ほどの見識があれば、機器やデータを見ればどういう研究が行なわれているか、わかったはずですから」

「失礼ですが、〝はず〟というのは？」

「保坂主任から聞いたことだからです。新城先生から引導を渡された後、私たち保坂班のメンバーは集まって会合をしました。その席で主任がそう言っていました。主任は論文提出の許可も新城先生に取っていたとも話していました。保坂班にいなかった者からすれば甚だしい虚言でしょうが、班にいた者からすればあながち作り話でもなかったんです。なので、保坂主任が引責辞任すると同時に、保坂班のほとんどは研究室を去りました」

「辞めさせられたわけではないのですか？」

「辞任です。新城先生は怒っていましたが、それは対外的パフォーマンスで裏では慰留に努めていたと主任からは聞かされています」

淀みなく話す。

周藤は中川原の一挙手一投足に注視していた。不自然な点は見当たらない。話の内容がまったくの作り話とは思えなかった。

「ロシア貿易振興機構という団体はご存じですか？」

訊いてみた。

中川原は頷いた。

「保坂主任の研究成果を高く評価していた団体ですね」

「保坂さんが使い込んだ研究費を肩代わり返済したのもその団体だと聞いていますが」

「返済というより、清算という意味合いの強い提供資金です」

「清算とは？」

「ロシア貿易振興機構は、保坂主任を引き抜いて新たな研究室を設立するつもりだったようです。そのためには新城先生と袂（たもと）を分かつ必要がある。当時、主任は新城先生に使い込んだ研究費を返すか、研究室に残るかの二択を迫られていたようです。そこでロシア貿易振興機構から提供された資金で、使用した研究費を全額返却したそうです」

「保坂さんはその後、どちらで研究室を開設されたんですか？」

「サンクトペテルブルクと聞いています。私も誘われたのですが、海外へ単身赴任するつもりはありませんでしたし、やはり、保坂主任のやり方には抵抗がありましたもので断わりました」

「他の方々は？」

「ついていった者もいれば、新城先生の下に残った者、私のように研究から離れた者もいます」

「保坂さんや行動を共にした人のその後の動向はご存じですか？」

「いえ。研究室を解散してからは、お互い、関わらないようにしていましたので。ただ一度だけ、保坂主任から電話連絡をもらったことがあります」

「いつですか？」

「ちょうど五年前くらいですか。日本に拠点を移すので参加しないかと。日本のどこで研究室を開くのかは聞いていませんが」

「保坂さんは日本へ戻ってきているということですか？」

「そのようですね。真偽を確かめたくて、新城研究室にいた仲間に訊いてみたんですが、主任と関係を断った者たちはロシアへ行ったことすら知りませんでした。ただ、一度だけサンクトペテルブルクに同行したかつての仲間とコンタクトが取れたことがありました。彼の話では、日本のどこに研究室を開くかは言えないが、みな元気でやっているとのことでした」

「保坂さんに同行した先生方にもご家族はいらっしゃったと思うのですが」

「五年前から連絡が取れなくなりました。同行したんだと思いますが」

「どちらに引っ越したかわかりませんか？」

「さあ……。あ、そういえば、三年前くらいに息子に、当時仲良くしていた研究者の息子さんから年賀状が届いたことがあります」

「見せていただけますか？」

「ちょっとお待ちください」

中川原は部屋を出た。

十分ほどして戻ってくる。

「これです」

絵はがきだった。消印は捺されていない。

裏面を見てみる。街道沿いに菜の花が咲き誇る写真だった。

「この写真、少々お借りしてもよろしいですか？」

「ええ、どうぞ」

中川原は頷いた。

周藤は、中川原から預かった絵はがきを智恵理や凜子、栗島に見せた。

「菜の花の脇に植えられてる樹は松ね」

凜子が言う。

「松と菜の花の取り合わせって珍しいですね」

智恵理が言った。

「そうでもないですよ」

栗島が言う。

「海岸沿いの道に菜の花が植えられていれば、こういう風景になります。たとえば、房総のフラワーラインなんかは、こんな感じの風景に――」

栗島が顔を上げる。他の三人も栗島を見やった。

「房総といえば、リブルのあるところですよね」

智恵理が言った。

「保坂が清州大学を追い出された後も耐性遺伝子の研究を続けているとすれば、リブルにいる可能性はあるな。リブルは遺伝子研究機関だ。それ相応の設備も整っている」

周藤は腕組みをした。

「マッドサイエンティストなら、生きた検体をほしがるでしょうね。でも、新城博士とその保坂という研究員は反目しているんですよね。同じ場所に研究室を構えるでしょうか？」

栗島が疑問を口にした。凜子が口を開く。

「清州大学での確執が中川原先生の言う通りだったとすれば、新城博士にとって保坂研究員は厄介の種でしかない存在ということになるわ。保坂研究員が知っているかどうかは別として、新城博士が彼を囲い込もうとするのは不自然じゃない」

「厄介だからこそ、手元に囲い、監視するということもある。チェリー。確か、リブルの敷地内には職員宿舎があったな」

周藤が訊いた。

「はい。リブルの職員すべてが居住できるほどの住宅スペースを設けています」

「清州大学の新城研究室にいた研究員の名簿とリブル内の住宅スペースに居住している研究員の住民票を突き合わせてくれ。何か出てくるかもしれない」

「わかりました」

智恵理はさっそくデスクに向かった。

「ポン。ｆａｃｅｌｉｎｋのほうからは何か出てきたか？」

周藤が訊いた。

「ｆａｃｅｌｉｎｋ上でやりとりされたパーティーログを持っていた人がいたので、データを譲ってもらい、当時の捜査記録と突き合わせてみました。結果、当時所轄では確認されていなかった新事実が出てきました」

栗島はデータを表示し、ノートパソコンのモニターを周藤に向けた。周藤と凜子がモニターを覗き込む。

「あきる野市の事案で一名、葛西の事案で一名の不明者が出ています。南房総市の事案では確認されませんでした」

「三年前と二年前の事件の不明者計二名と麻生菜々美が、ひょっとしたら検体としてさらわれたかもしれないということ？」

凜子が言う。

「これまでの話からすると、その可能性が高いと思います」

栗島が頷く。

「それと、ＳＮＳでパーティーを企画した主催者なんですが、個々人のつながりは特定できませんでしたが、ＩＰを解析してみるとすべてがエストニアのサーバー経由で発信されていました」

「バルト三国か」

「エストニアはＩＴ立国を表明しているようにＩＴ技術者も多く、残留ロシア人も多い地域です」

「ロシアとは密接な関わりがあるということだな」

「つまり、そう判断できます」

栗島が頷く。

「ポン。エストニアのサーバーの分析は調査部に回して、おまえは行方不明者二名の動向を調べてくれ」

「わかりました」

栗島はノートパソコンを取って、席を立った。空いたデスクに座り、専用回線で調査部とコンタクトを取り始める。

「リヴ。高塚を徹底マークしてくれ。何らかの鍵を握っている気がする」

周藤が命ずる。

「そういうことなら、高塚本人にも盗聴器を仕掛けますか?」

デスクから栗島が声を掛けた。

「どうするんだ?」

周藤が訊く。

「新作を作ってみたんです」

栗島はスマートフォンを取り出した。裏蓋を開け、バッテリーを取り出す。

「これです」

「それ、バッテリーでしょ?」

智恵理が訊いた。

「そうなんですけど、右側三センチ角の部分が盗聴装置になってます」

手渡す。智恵理は表に裏にひっくり返し、目を丸くした。

「これならスマホから電源が取れるのでターゲットが機種変更やバッテリー交換をしない限り半永久的に使えるし、会話内容も盗聴できます」

「いいわね、それ。でも、どうやって入れ替えるの?」

「ちょっと小芝居を打ちましょう」

栗島が言った。

「よし、それも試してみよう。俺は保坂以下、研究者の動向を調べてみる。情報収集の機器のセッティングに関しては、ポンに一任する。大丈夫だな？」

「任せて下さい」

栗島は小鼻を膨らませた。

「チェリー。ツーフェイスに連絡を入れて、調査部にロシア貿易振興機構を二十四時間張らせてくれ。出入りする人間の写真も撮ってもらいたい」

「わかりました」

2

午後十時を回った頃、来客用の宿泊施設にいた伏木に内線電話がかかってきた。長井結月からだった。結月は、これから管理棟を案内したいと言ってきた。

伏木は警戒した。明らかに不自然だ。長年、危険な場所に潜入してきた伏木の勘が疼く。しかし、この機を逃せば、管理棟へ入るチャンスがなくなるかもしれない。

多少ためらったが、伏木は意を決し、結月の提案に乗ることにした。

結月と研究所入口で待ち合わせた。指定場所に出向くと、結月は壁の陰からかげろうのように姿を現わした。まったく気配を感じなかった。そこまで気配を消せる彼女に薄ら寒さを覚える。服装も普段の愛らしいものではなく、黒いサテン地のミニドレスだ。大人びた占い師のような妖しい装(よそお)いが、伏木をさらに緊張させた。

「こんな夜に視察ですか？」

伏木は結月に訊いた。

「管理棟の視察はよほどのことがないと認められません。今回は特例として、プロジェクト委員会には通さず、内々で決定して、辻岡先生に管理棟を見ていただくことにしました。なので、私どもの職員に見られないよう、終業後にしたわけです。夜遅く、付き合わせてしまって申し訳ありません」

結月が深く頭を下げた。声のトーンも心なしか、昼間よりは低く聞こえる。

「いいえ。あなたといられるなら何時間でも」

伏木は無理に笑顔を向けた。

結月は愛想笑いを覗かせた。一見、普段と変わらない笑顔に映る。が、いつもは豊かな潤みを湛える大きな双眸は変化に乏しく、口角だけが笑顔を作っていた。

様々な人間の表情を窺(うかが)ってきた伏木の経験が囁いた。

結月は嘘を吐いている。

人が嘘を吐く時には、表情の変化が乏しくなる。顔の変化から感情を読み取られまいと、無意識のうちに緊張してしまうからだ。口角を上げれば笑顔は作れる。しかし、頬や目元の表情筋は感情と連動する。特に目の変化はコントロールするのが難しい。結月の作り笑顔は相当のクオリティーを保ってはいたが、伏木はごまかせなかった。

ここから先、何が飛び出すのかわからない。とはいえ、ここまで来た以上、引き下がるわけにはいかなかった。伏木はいつもと変わらぬ様子を見せつつも、神経を尖らせた。

ゲートを潜(くぐ)る。日中は人があふれている敷地内に人影はなく、各棟の明かりもほとんど消えていた。森閑とした研究所の敷地内には底知れない不気味さが漂う。

ほんのりとライトアップされた花壇の左手を回り込み、西A棟に近づく。結月はそのままロータリーを回り、正面のメイン研究棟に入った。

「あれ。管理棟はこちらでは？」

伏木は左手を差した。

「これからお見せするのは、当研究所の根幹です」

「根幹というのは？」

「心臓部です。左手の通路から入れるのは、通常のデータを処理する管理室です。それも根幹部分ではあるのですが、このプロジェクトのさらなる根幹はこの奥にあります」

話しながら、左手のカフェ脇の通路を奥へ進む。非常灯しか点(つ)いていない廊下を歩く。

結月のヒールの音と伏木の靴音だけが響く。伏木の背中が固くなる。

結月は通路最奥の非常口手前で立ち止まった。胸元に手を入れる。伏木は軽く拳を固めた。結月の一挙手一投足に全神経を傾ける。

キーだった。

銃か、ナイフか……。

結月が手を出した。伏木は、左足を引き身構えた。が、結月が手にしていたのはカードキーだった。

通常ゲートを潜る結月の職員証ではない。シルバーで無地のカードだ。カードリーダーにかざす。カチャッと音がしてロックが外れた。

伏木は緊張を解き、声をかけた。

「非常ドアにロックがあるんですか？」

「ここは表向き、非常ドアになっていますが、実は心臓部へ入るための出入口なんです。このことは職員でも限られた者しか知りません」

「そのカードは特別なものですか？」

「マスターキーです。これでしか、この扉は開けられませんので」

結月は重い扉を開き、外へ出た。さらに奥へ延びる通路が続く。白い壁に囲まれた通路には明かりが灯っている。辺りを見回していた伏木がふと足を止めた。白壁の一画に深い切れ込みがあった。そこにもICカードリーダーが設置されている。

「ここは扉ですか？」

「ええ。カフェの先にあるフラワーガーデンに繋がっています」

「庭から出入りするというわけですか」

伏木はカフェで結月と食事を摂っていた時、庭に浜崎がいたことを思い出した。どこから現われたのかと気になっていたが、どうやらこの秘密通路の出入口から出てきたようだ。ということは、浜崎もまたマスターキーを持つ者。特別な職員ということだ。

歩きながら、一つ一つの情報を頭の中で整理していく。

奥へ進むと、取っ手のない扉が現われた。カードをかざす。白い壁が右から左にスッと開いた。天井の高い廊下が現われた。白色灯が通路を照らす。伏木は目を細めた。

「ここが心臓部です」

結月が笑みを覗かせた。

通路の右手は壁になっている。左手にはドアやガラス窓が並んでいた。伏木は歩きつつ、ガラス戸の奥を覗いた。途端、顔をしかめる。

解剖台には切り刻まれた遺体が並んでいた。取り出した臓器がカウンターに並ぶ。分厚いガラスに仕切られているが、生臭い血のニオイが漂ってきそうなおぞましい光景だった。思わず目を背ける。

「辻岡先生には刺激が強すぎましたか？」

からかうように片頬を上げた。

「すみません……」

「苦手は誰にでもあります。上へ行きましょう」

結月は通路の最奥にあるホールに出た。エレベーターは二基あった。一基は通常のエレベーター。もう一基はストレッチャーが乗せられる大型エレベーターだった。

通常のエレベーターが到着する。扉が開く。心なしか、扉が分厚い。乗り込むと、結月は最上階のボタンを押した。エレベーターが静かに上昇する。

「ずいぶんと扉が厚い気がしますが。気のせいですか？」

冗談めかして訊いてみる。

「わかります？」

結月は白い歯をこぼした。

「まるで装甲みたいですね」

「そうなんですよ。ここで扱っているのは、風邪や肥満遺伝子ではなくて――」

結月が真顔になる。

「レベル4のウィルスですから」

伏木は結月の迫力に息を呑んだ。

「いや、それは……本当ですか？」

「冗談でこんなことは言えません。辻岡先生だからお話ししているのです」

エレベーターが最上階に着いた。

結月が先に降りる。伏木は後に続いた。ガラスで仕切られた個室を右手に見つつ、通路を奥へ進む。

計測器に囲まれた個室にはそれぞれ一人ずつ、女性が隔離されていた。どちらも顔は蒼白い。

「この方たちは?」

伏木が訊く。

「キャリアです」

「感染者、ということですか?」

「そうです。ただの感染者ではなく、レベル4ウイルスの耐性遺伝子を持っている可能性のあるキャリアたちです」

こともなげに言う。

監禁された感染者と目が合う。瞳に生気はなく、何かをあきらめているような表情を滲ませていた。黒縁の丸眼鏡の奥で伏木の眼光が鋭くなる。

「この方たちは日本人のようですが。どうやって耐性遺伝子を持つ人を特定し、集めたのですか?」

「簡単な話です。レベル4ウイルスを故意に感染させ、その中から生き残った検体を集めるだけ。何千、何万という数の人の遺伝子を調べて耐性を特定するより、効率の良い方法だと思いますが。どう思います、辻岡先生?」

結月が目を向けた。眦に表情が垣間見える。美しさの奥に背筋も凍るような無感情が漂っていた。

伏木は生唾を飲んだ。

「確かに効率的ですな」

笑みを作り、相づちを打った。

最奥の部屋に到達した。カードをリーダーにかざす。ドアが開く。滅菌ルームがあった。消毒液が散布され、紫外線が全身に当たる。そこを抜けると小さなホールの先にもう一枚のドアがあった。

カードをかざすと、扉がスッと横に開いた。

「どうぞ」

結月が室内を手で指し示す。

広い空間だった。三方を書棚に囲まれている。奥の書棚の前には大きなデスクがあり、その手前にL字型のソファーが置かれている。ソファーの端では、白衣を着た痩せぎすの男が横になっていた。物音に気づき、やおら上体を起こす。

「保坂先生。辻岡先生をお連れしました」

結月が言った。

腰かけた保坂は、くぼんだ双眸で伏木を見据えた。薄い唇にかすかな笑みを浮かべる。

「お待ちしていました。どうぞ、こちらへ」

節くれ立った右手でソファーを差した。

伏木はソファーに腰かけた。

「初めましてですね。管理棟研究室の代表を務めている保坂です。辻岡先生はフェイザー本体の調査員だとか」

「はい、そうなんです」

「我々の研究に興味を持っていただいて光栄です」

頬骨がかすかに上がる。表情変化の乏しい男だった。

結月がプラスチックカップにコーヒーを淹れて運んできた。

「辻岡先生はブラックでよかったんですよね？」

「ええ。ありがとうございます」

伏木は微笑んだ。普段どおりの〝辻岡〟を装い、コーヒーを口に含む。ほろ苦い香りが鼻腔(びこう)に抜ける。保坂もコーヒーを含み、喉を鳴らした。

「ところで、保坂先生。こちらでは危険性の高いウイルスの耐性遺伝子の研究をされているとか。どのようなウイルスを扱ってらっしゃるのですか？」

伏木が訊いた。

「今は、ＳＦＴＳ、デング熱、エボラです。いずれは新型インフルエンザも扱いたいと思っています。最も需要のある研究となるでしょうからね」

保坂は口辺を歪めた。狂気が滲む。

「レベル４のウイルスまで扱っているとは……。設備に問題はありませんか？」

「クリーンルームも設置していますし、排気口には高性能フィルターを取り付けています。オートクレーブなどの必要機材も最高峰のものを揃えています。おそらく、設備だけならドイツのコッホ研究所やアメリカのＣＤＣ（アメリカ疾病予防管理センター）にも匹敵するでしょう。パンデミックを引き起こしたいわけではありませんからね、我々も」

「なるほど、素晴らしい。研究のほうは進んでいますか？」

「ＳＦＴＳウイルス耐性遺伝子については解析が終了しました」

「その検体は発症しないのですか？」

「発症させない遺伝子を持っていました。さらにその遺伝子は、体内からウイルスの痕跡まで消してしまいました。特異な自然治癒力がウイルスの繁殖そのものを抑制したのですよ。実に興味深い結果です」

「検体はどちらに？」

「ここへ来る途中、個室に女性がいたと思いますが、そのうちの一人です。もう一人は、エボラウイルスに対する耐性を持っている可能性がある検体です。ザイール株の耐性遺伝子なので、発見されれば画期的なものとなるでしょう。ＳＦＴＳの耐性遺伝子を持つ検体については、近々ロシアの研究機関へ譲渡する予定です」

「譲渡とは？」

「まあ、簡単に言えば、検体の輸出です。もちろん、それなりのお代はいただきます」

「人身売買というわけですか……」

「辻岡先生。人聞きの悪い言い方はなさらないで下さい。我々は人間を売り買いするわけではなく、検体を提供しているだけです。研究における検体は人間ではない。研究者として常識だと思いますが？」

上目遣いにじとっと睨める。

「それはそうですね」

コーヒーカップを取った。表情を誤魔化すために、コーヒーを呷る。その時、ふっと目眩に似たぐらつきを覚えた。

「おや、どうしました、辻岡先生？」

保坂が訊く。

「いえ。このところ寝不足だったようで、眠気が不意に襲ってきまして」

顔を小さく振る。

「それはいけません。話を早めに切り上げましょう。ところで辻岡先生。私のほうからも一つ伺いたいことがあるのですが、よろしいですか？」

「何なりと」

笑顔を繕う。頬の筋肉が重い。

「先生のお名前は、辻岡守道と伺っていますが、間違いないですか？」

「ええ、辻岡守道です」

答える先から、目眩が酷くなる。呼吸も荒くなってきた。

しまった……。心の奥で臍を噛む。

「アドニス製薬なる製薬会社はどこにあるのですか？」

「それは……」

喉が締め付けられ、思うように声が出せない。

「アドニス製薬など存在しない。しかし、辻岡先生はフェイザー本体の調査員だということでしたので、徹底して〝辻岡守道〟なる人物を調べてみたんですが、在籍確認が取れなかったんですよ。どういうことでしょうか？」

「フェイザー本体の調査は極秘職務のため、在籍名簿からは外されているのです。私が無関係の人間なら、桧枝先生の紹介状などいただけるわけもないでしょう」

なんとか、声を出した。

瞼が重い。こじ開けようとするが、瞼は重くなるばかりだった。

「辻岡先生。我々を見くびってもらっては困る。ある伝手で桧枝先生と接触し、紹介状を出した経緯を調べました。桧枝先生は確かにファイザーの研究員に紹介状を出していましたが、その名前は榎戸俊一。榎戸先生なら私も知っている。しかし、榎戸先生は今もアメリカ本社で研究をされている。つまり、榎戸先生に出された紹介状がどこかで改ざんされ、あなたに渡ったということだ」

「それは……何かの……」

伏木の舌が回らなくなってきた。手元からカップが落ちる。足下にコーヒーが広がった。

こいつか……。

朦朧とする視界でコーヒーの波紋を見つめる。

保坂が下から覗き込んできた。

「辻岡先生」

「あなた、誰なんです？」

その声を聞いた瞬間、地球がぐるりと回り、伏木は気を失った。

保坂が息を吐いて、顔を起こした。

「殺しちゃったの？」

結月がソファーに近づいた。横たわっている伏木を見下ろし、冷ややかに睨める。

「まさか。こいつからはいろいろと聞き出さなきゃならない。さっき、浜崎が捕まえてきた連中はどこに入れた？」

「作業棟の隔離室に放り込んであるけど」

「浜崎を呼んで、そいつらと同じところに放り込め。こいつもネズミだ」

保坂は酷薄な視線を伏木に送った。

3

「うむ。わかった。ご苦労」

新城は携帯を切った。

「誰からだね？」

一人掛けソファーには、田畑がそっくり反(かえ)っていた。

「秘書の長井君からです。また一匹、ネズミを捕らえたと」

「またか。何匹いるんだ、ネズミどもは」

田畑は葉巻の端を嚙みしめた。

新城はリブルを離れ、田畑の私邸に来ていた。新城の隣には高塚もいる。

紺色のスーツに身を包んでいた。背筋をぴんと張った居住まいと口元に湛(たた)えた髭に風格が漂う。双眸は涼しげで一見好紳士に映る。が、奥に覗く眼光には、田畑や高塚と同じような澱みが滲んだ。

「高塚。浜崎が捕らえた者たちについて何かわかったのか？」

田畑が睨む。

高塚は膝を閉じて巨体を縮め、分厚いカバンの中からメモ帳を取りだした。親指に唾を塗りたくり、ページをめくる。

「青砥と東村という男は、吉祥寺で飲食店を営んでいる者です。昔はグループを組んで界隈で暴れていたようですが、今は地元商店会とも協力して、街の発展に貢献しているようです。問題があるとすれば、もう一人の男ですね」

「何者だ？」

新城が訊いた。

「神馬悠大。黒波と呼ばれている男です。十五歳の頃、傷害致死事件を起こし、少年院へ収容されています」

「退院後はどうしたんだ？」

田畑が訊く。

「ヤクザの用心棒をしていたようです」

「用心棒だと？」

田畑は片眉を上げた。高塚は頷いた。

「十七歳で出所し、二十歳になるまでの三年間、根城を持たず、暴力団事務所を点々としていたようです。彼は学生時代、全国大会に出場するほどの剣道の腕を持ち、居合にも通じていました。彼は竹刀を黒刀に持ち替え、腕を振るっていたそうです。黒い刀で揺れる波のような動きで相手を倒すことから〝黒波〟の異名を得たようですね。二十歳直前に暴力団同士の抗争の件で検挙され、刑務所に入っています」

「ヤクザの用心棒ねえ……」

田畑は咥えていた葉巻を指に挟んだ。天井を向いて、紫煙を吐く。

「二十歳以降は何をやっていたんだ?」

新城が訊く。

「刑務所内で用心棒の引退を表明しました。その後、仮釈放処分を受け、姿を消しています。リブルの作業部に所属する吉城という男から聞きましたが、神馬悠大が彼らの前に姿を現わしたのは実に五年ぶりだそうです」

「その神馬という小僧はネズミ確定だな」

田畑が言う。

「元用心棒を飼っている組織とはどういう組織なんだ。やはり、暴力団関係か。外国人マフィアだとすれば厄介だ。高塚君。目星も付いていないのか?」

新城が高塚を見やった。

「あらゆる伝手で調べてはいるのですが、まったく……」

　高塚が肩をすぼめる。

　新城は腕を組んで唸った。

　田畑が口を開いた。

「……裏のプロジェクトは凍結したほうがよさそうだな。高塚。例のＳＦＴＳウイルス抗体を持つ検体の出荷はいつだね？」

「五日後です。新潟港から出るウラジオストク行きのコンテナ船に積む予定です。ロシア貿易振興機構がチャーターしている極東汽船の商船ですから、問題ありません」

「もう少し早くならんか」

「これが最短です。あまり表立った動きをしても、かえって怪しまれますし」

　高塚はハンカチを取り出し、額の汗を拭った。

「仕方ないな。それまでに裏の研究所は閉鎖して、検体と関連事項をすべて処分しろ」

「わかりました」

　高塚が頷いた。

　田畑は新城を見やった。

「新城君。今後のことなんだが、耐性遺伝子の研究は一本化しようと思う。やはり、表裏が分離しているとどうしてもこうした事態が起こる。清州大学の件もしかり。どうしても君の目の届かないところで脇が甘くなる。そろそろ表に立ってくれんか」

「私にも対外的立場というものがあります。マッドサイエンティストと呼ばれるのは得策でないのですが……」

「承知している。そこでだ。リブルを国立感染症研究所、理化学研究所筑波研究所に続く第三のレベル4実験施設に昇格させようと思っている」

「それは素晴らしい」

新城の双眸が輝いた。

「現在、既存の研究所はレベル4の研究は可能ながら、住民の反対などで実質運用停止状態にある。しかし、グローバル化が進む中、日本人もレベル4クラスの感染症に対処しておく必要性に迫られている。今なら、かつてとは違い、話も通しやすい。現在、特殊遺伝子プロジェクトのメンバーに厚労省、文科省、外務省の役人を加えてバイオリスクの管理委員会設立に動いている。それがまとまれば、リブルの昇格は現実のものとなる。その際、君に一元的にリブルを仕切ってもらおうと思っているのだが」

「それでしたら問題はありません。しかし、峰岡はどうするんですか？」

「やつには責任を取ってもらうよ。今回の不祥事のな」

田畑の眼光が鋭くなった。

新城もほくそ笑む。

「そのためにも、今回の件はきっちりとカタを付けておく必要がある。高塚。現在の裏研究所の処分はもちろんだが、何としてもネズミどもには口を割らせろ。ネズミの組織は今後のためにも全容を把握しておく必要がある。この五日間ですべて完了しろ」

田畑は命じ、葉巻を灰皿に押しつけた。

4

伏木は目を覚ました。まだ頭が重い。首を振った。

「生きてたか……」

安堵の息を漏らし、身体を起こそうとする。自由が利かない。後ろ手を動かしてみる。どうやらプラスチック手錠で拘束されているようだ。両足首も同じくプラスチック手錠で縛られていた。

「まいったな……」

身体を横にする。と、薄暗い部屋の中に人の気配を感じた。目を凝らす。途端、双眸が開いた。

「冴えねえな、色男」

ティアドロップのピアスをつけた若い男がニヤリとした。

神馬だった。

「何やってんだ?」

伏木が訊く。

「何って、この通りだよ」

両脚を上げてみせる。伏木と同様、拘束されていた。

「おまえこそどうしたんだよ。潜入失敗か?」

「どうやらそのようだね」

伏木はため息を吐いて、小さく首を振った。

「女にうつつを抜かしてたんじゃねえのか?」

「だったら本望だけどな。表で何か動いているのか?」

「わからねえが対処は早い。さっさと片づけねえと面倒なことになりそうだ」

「それでか」

伏木は微笑んだ。

神馬ほどの腕があれば、暴漢に捕まることはあり得ない。

「君も無茶するねえ」

「無茶はお互い様だ。何かわかったか?」

「管理棟にある裏研究所にお邪魔してきたよ。そこが本丸。親玉にも会ってきたが、その見返りがこいつだ」

　両脚に目を向けた。

「だったら、おまえだけは先に出さなきゃならねえな」

　話していると、神馬の奥にある影が身を起こした。

「神馬。仲間か？」

「おまえは寝てろ」

　神馬は青砥に目を向けた。

「あまり動くな。血が止まんなくなっちまうぞ」

「何が起きてるんだ？」

　青砥は壁にもたれかかり、神馬と伏木を見やった。

　伏木は青砥に目を向けた。その向こうに青砥より一回り大きい巨漢が横たわっている。

　男はぐったりとして動かない。

「そっちのヤツは死んでるのか？」

　伏木が訊く。

「気を失っているだけだ」

　神馬が言った。青砥を見やる。

「青砥。詳しいことは何も話せねえ。が、おまえはおれたちの仲間面してろ。そうすりや、殺られねえ」

「どういうことだ？」

「ああ、そりゃグッドアイデアだ。青砥君だっけ？　サーバルの言う通り、連中は僕たちが何者か知りたいだろうから、仲間と思えば殺さないよ」

伏木が微笑んだ。

「サーバル？　神馬のことか？」

「気にするな」

神馬はさらりと流した。

「おまえら、本当に何者なんだ。この状況で平然と笑って話をしてるとは」

「まあ、いいじゃねえか。連中、おまえには荒川のことを訊いてくると思う。その時、おれの方を見て訳知り顔をしろ。連中はおれらが何者かわかっていないだけに、それだけで疑心暗鬼になる」

「仕方ねえ。付き合うよ」

青砥は笑みを覗かせた。

扉が横にスライドした。室内に明かりの筋が飛び込んでくる。

伏木の目に部屋全体の様子が映った。何もないがらんどうの部屋だった。四方はステンレスの壁に囲まれている。

白い防護服を着た連中が五人入ってきた。最後尾の二人は硝子ケースを運んできた。縦二メートル強、幅、高さ一メートル弱の分厚いガラス箱だ。まるでガラスの棺桶だった。扉が閉じると、先頭を歩いていた防護服の者が神馬たちの前まで来て立ち止まった。

「久しぶりだね、青砥」

女の声だった。ゴーグルを外し、マスクを下げる。真っ赤なルージュが印象的なショートカットの女性が顔をあらわにした。

「おー、美形だね」

伏木が呟く。女は切れ長の目で伏木を睨んだ。伏木は肩を竦めてみせた。

「浜崎か。相変わらず、かわいくねえ面してんな」

「あんたにかわいいなんて言われる筋合いはないよ。そっちが黒波だね。初めて見たが、ひょろいガキだったんだねえ」

片頬を吊る。

「ガキ相手に大げさだな、てめえら。びびりはこれだから、始末に負えねえ」

「粋がってんじゃねえぞ、神馬」

右横の男がマスクを外した。吉城だった。

「オレらの仲間に手も足も出なかったくせによ。てめえの実力はもうわかってんだ。ナメた口きいてると、この場で殺っちまうぞ」

「やってみろよ。まあ、てめえじゃタイマンも張れねえだろうがな」

鼻で笑う。

「なんだと……」

吉城は歯ぎしりをして、ポーチからナイフを出した。

「よしな！」

浜崎の声が響いた。吉城は神馬を見据えたまま、ナイフをしまった。

「さすが、黒波だねえ。そうして相手を焚きつけて、自分の有利な状況に持ち込もうとするあたり。だけど、私には通じないよ。その手のやり口は肌身に染みて知ってる。お遊びは時間が無駄なだけ。単刀直入に訊くけど、あんたら何者？」

浜崎は神馬と伏木を見た。

「吐かせてみろよ」

神馬が笑みを浮かべる。

「一晩付き合ってくれたら、寝物語に語らなくもないんだけどねえ」

伏木は目で浜崎の容姿を舐めた。

浜崎はふっと笑みを滲ませ、顔をうつむけた。

「やっぱり、口を割らないね。青砥。荒川はどこへやったの？」

浜崎が言う。

青砥は神馬に視線を向けた。神馬は小さく首を横に振った。かすかな動きだが、浜崎はそれを認め、さらに微笑んだ。

「そういうことか。だったら、しょうがない」

「殴って吐かせるか？」

青砥は浜崎を睨み上げた。

「そんなことはしないよ。あんたらに拷問をしても効かないことくらいわかってる。用意しな」

浜崎が言った。

最後尾の二人が硝子ケースを運んできた。東村の手前で止める。吉城ともう一人も手伝い、東村を抱え上げるとケースの中に入れた。東村の巨体がケースにすっぽりと収まった。吉城は東村を仰向けにし、ケースの底に取り付けられたベルトで巨体を拘束した。

衝撃で東村が目を覚ました。ケースに入れられていることに気づき、怒鳴った。

「何すんだ、こら！」

もがき暴れる。が、びくともしない。

浜崎が高笑いを放った。

「無駄だよ。厚さ五十センチの特注強化ガラスだ。ランチャーでも持ってこないと壊れやしない。それに――」

浜崎はポーチのファスナーを開けた。中から注射箱を取り出し、注射器を出す。赤黒い液体が入っていた。硝子ケースに近づく。

仲間が二人、東村の身体を上から押さえつけた。足をばたつかせる。が、上半身が動かせない。浜崎はワイシャツの上から注射針を通した。二の腕に深く刺さる。シリンダーを押し、注射器内の液体を東村の身体に注入した。針を抜き取り、箱にしまう。わずか十秒足らずの出来事だった。

「さあ、ここから先、あまりジタバタしないほうがいいよ。今打ったのは、エボラウイルス。東村。あんたは今この時から、エボラ出血熱の感染者となったんだよ」

浜崎の言葉に、東村の顔が引きつった。

「エボラウイルスの潜伏期間は七日程度。けど、いつ発症するかはその人次第。ザイール株だからね。発症すれば死は免れない。一応、効果があると言われているｓｉＲＮＡ（遺伝子発現抑制）剤は用意している。特効薬ではないけど、早めに打てば、もしくは助かるかもしれないね」

「なぜ、こんなことを……」

「理由は単純。しくじったからだよ。私の部下にクズはいらない。まあ、こうして神馬と青砥を確保できた功績は認めてやった。だから、七日間の猶予を与えてやったんだ。それまでもたないかもしれないけどね」

「部下だと……。ふざけるな！　オレはてめえの部下になった覚えはねえぞ。高塚さんに連絡をしろ。今すぐ！」

　声を張る。が、浜崎は笑い声を響かせた。

「その高塚さんからの命令なんだよ。使えない者は処分しろとのことだ。あんたがもう少しうまく立ち回って、青砥や神馬からネズミの正体を聞き出していれば、あるいは私と肩を並べたかもしれないけどね。そもそも器じゃなかったということ。所詮、あんたは図体と同じく、筋肉バカだったってことだね」

　浜崎は硝子ケースから離れた。

　仲間二人がキャスターの付いた硝子ケースを押し、部屋の右隅へ運ぶ。

　浜崎は残った三人を見回した。

「エボラは接触感染だ。東村が垂れ流す体液に触れれば、あんたらにも感染する。助け出そうなんてしないことだ。東村もジタバタしないほうがいい。万が一、横向きになれば自分の体液で溺れ死ぬなんてことにもなりかねないからね。東村を助けたきゃ、さっさと白状すること。もっとも、エボラの症状は強烈だから、訊かれなくても言いたくなるでしょうけど。じゃあね、お三方」

　浜崎はゴーグルを手に持ったまま、部屋を出た。吉城と他の仲間も含み笑いを残し、去って行く。

　扉が閉じた。天井の明かりは煌々と灯っていた。

「明るくしたままで、彼の苦しむ様を見せつける気か。趣味の悪い女だな」

伏木がぼやいた。

「おい、神馬。東村は大丈夫なのか？」

「大丈夫じゃないね。エボラなら七日以内に逝っちまう」

「ブラフじゃねえのか？」

「本物だ」

神馬に言われ、青砥は歯噛みした。

青砥は身体をくねらせ、硝子ケースに近づこうとする。

「やめときな、青砥君。彼には申し訳ないが、僕らは対角に離れたほうがいい」

伏木が言う。

「色男の言う通りだ。おれらが相手にしているのはそういう連中なんだよ、青砥」

「くそったれが……」

青砥はフロアに額を叩きつけた。額が割れ、血が滴る。

「ヤケになるなよ。チャンスはある」

神馬が諭した。

と、硝子ケースの方から声が聞こえた。

「青砥さん、神馬さん。すまない……」

「てめえは静かにしてろ。体力を使うな」

神馬が言う。

「俺が頭を張りてえなんてくだらない野望を抱いちまったせいで、つけ込まれた。青砥さんを欺いていることでいい気になってた。いつの間にか、自分が天下を取ってる気になっちまった」

「いいから黙ってろ、ヒガシ。浜崎ってのはそういうヤツだ」

「東村君だったね。ちょっとだけ教えてもらってもいいかな？」

伏木が言った。東村が静かに応じた。

「高塚というのは誰だ？」

「よくは知らねえんですけど、国会議員の秘書だと聞いています。三年前、浜崎が高塚さんからここの作業部長に誘われた時、オレにも声がかかったんですよ。作業部で働いてくれと。でも、その当時は吉祥寺の店を任されたばかりだったし、浜崎の下に付くのも嫌だったので断わりました。すると、高塚さんが外部協力ということで参画してくれと言ってきまして」

「外部協力とは？」

「作業部の実働班が動くまでもない事柄について、委託された時に手伝うという感じです。研究者でごねているヤツがいたら黙らせるとか、フリーのジャーナリストなどが嗅ぎ回っていたら話を付けに行くとか」

「殺すということか？」

「まさか。浜崎たちが殺しにまで手を出していたのは薄々感じていましたが、オレや荒川は痛めつけるだけです。殺しをしろと言われたら、手を引いてました」

「その高塚ってのに、どんな条件を出されたんだ？」

青砥が訊く。

「いずれ時が来たら、ハーモニカ横丁を整備する。その時にはオレを新しいショッピングモールの社長に迎えると」

「そんな戯れ言を信じたってえのか……」

神馬があきれて首を振る。

「確かに戯れ言だった。でも、浜崎や高塚さんから焚きつけられているうちに、ひょっとしたら青砥さんを超えられるんじゃねえかと思ってしまったんだ。他人のフンドシで青砥さんに勝とうとしちまった。情けねえよ、本当に」

東村が自嘲する。ガラスの壁を通して、青砥を見つめた。

「青砥さん。助かったら、もう一度、青砥さんの下で働かせてもらえますか？」

「上も下もねえ。一緒にやろう。だからおまえは、エボラに勝つことだけ考えてろ。そいつは今までのどの相手よりも強えぞ」

「ですね」

東村は微笑み、目を閉じた。

「なるほど。ということは、高塚の上司にあたる国会議員が、今回の件を主導しているというわけか」

伏木は壁にもたれた。

「誰が関与している？」

神馬が訊く。

「今のところ判明しているのは、研究所所長の秘書、長井結月。作業部長の浜崎晶。裏研究所を取り仕切っている保坂という研究員だな」

「所長の新城は？」

「確認できていないんで何とも言えないが、秘書が知っていて所長が知らないということは考えにくい。同じくリブルの理事長、峰岡も関与しているだろうね」

「神馬。リブルとか議員とかって話は何なんだ？」

青砥が訊いた。

「知らなくていいよ」

神馬は言った。

「色男。ｓｉＲＮＡ剤のある場所はわかるか？」

「たぶん、管理棟の裏研究所だな」

「どうすれば入れる？」

「専用のマスターキーがいる。今のところ、持っているのを確認しているのは新城の秘書の長井結月だけだが、カフェテラスの庭から通じている出入口もある。そこに浜崎晶がいた。裏の仕事をしているところからも、彼女もまたマスターキーを持つ者と考えていいだろう。あとは、裏研究所で働いている研究員たちだろうが、顔も所在もわからない」

「ということは、浜崎をやっちまえばいいってことか」

神馬がニヤリとした。

「青砥。次に連中が入ってきた時、ここを出るぞ」

「できるのか？」

「何のことはねえ。それでだ――」

神馬は青砥と伏木に顔を寄せ、小声で話し始めた。

5

「すみません。お呼び立てして」

凜子は静々と頭を垂れた。

「いえ、かまいません。ちょうど早めの昼食を摂ろうと思っていたところですから」

高塚が言った。

午前十一時を回った頃、凜子は高塚を呼び出して、事務所近くの喫茶店に来ていた。昔ながらの造りで、手狭な空間にボックス席がひしめいている。

四人掛けテーブルの壁際に凜子と高塚が向かい合って座っていた。高塚のカバンが通路側にある。その後ろの席には智恵理が高塚と背中合わせに座り、本を読んでいる。その奥の席には栗島がいた。

「それで、話というのは？」

高塚がギョロ眼を剝いて、笑みを覗かせる。

「森尾さんのことなんですが……」

言いかけて、口を噤(つぐ)んだ。ウエイターが来る。

「ご注文はお決まりですか？」

「私はミックスサンドとホットコーヒーを。松嶋さんは何にしますか？」

「オレンジジュースで」

「かしこまりました」

ウエイターが下がる。

智恵理と栗島はさりげなく目を合わせてうなずいた。

凜子とサインを決めていた。高塚のスマートフォンがカバンの中にある時はコーヒーを、上着の内ポケットにある時はオレンジジュースを、スラックスの後ろポケットにある時は紅茶を頼むよう、伝えていた。

オレンジジュースということは、上着の内ポケットだ。

「すみません。お水を下さい」

智恵理はウエイターに声を掛けた。脇に置いたバッグから何かを出すふりをして、上体を屈める。

「森尾さんがどうかしましたか？」

高塚が話を続けた。

「実は……先日の懇親会以来、何かと誘ってくるんです」

「どういうふうに？」

「残業で残っているとしつこく食事に誘ってきたり、履歴書でメールアドレスも見たらしく、業務連絡という名目でデートに誘ってきたり……」

凜子はうつむき加減で神妙に話す。

「それは困りましたね」

高塚はため息を吐いた。

ウエイターが換えのグラスを持って近づいてきた。栗島は立ち上がり、トイレに向かう。ウエイターがトレーを持って立ち止まった。栗島はウエイターの真後ろにいた。

「私も入ったばかりなので、無下には断われなくて、どうしたものかと……」

凜子が話していた時、栗島はウエイターの背中にぶつかった。

右手のひらに乗せたトレーが傾く。滑ったグラスがひっくり返った。高塚の右半身に水がかかる。

「あ、すみません！」

栗島はあわててテーブルに詰め寄った。ウエイターごとテーブルに倒れ込む。高塚の身体が壁際に押しつけられた。上着の合わせ目が開く。瞬間、栗島は右手を差し込み、高塚のスマートフォンを抜き取った。

「すみません、すみません！」

すぐさま身体を起こし、逃げるようにトイレへ走る。

「申し訳ありません。すぐにおしぼりを持ってきますので」

ウエイターが退く。

「大丈夫ですか、高塚さん」

凜子は席を立って近づいた。

「ひどい。上着を貸してください」

「ああ……」

高塚は上着を脱いだ。内ポケットをまさぐろうとする。

その時、智恵理が小さく悲鳴を上げた。ハンカチを取り出そうとして、バッグの中身をぶちまけたのだ。高塚と智恵理の周りに化粧品や本や筆記用具が散乱した。

「ああ、もう！」

智恵理はふくれっ面で椅子から降り、散らばった物を拾い集める。

高塚は上着を握ったまま、智恵理の様子に気を取られている。

「高塚さん、上着を」

「ああ、そうだね」

高塚はそのまま上着を凜子に渡した。

凜子は高塚の上着を拭った。高塚は巨体を傾け、自分の足下に散らばった智恵理のバッグの中身を拾った。

「すみません。ありがとうございます」

智恵理は笑顔で高塚を見た。カットのきついVネックのTシャツには胸の谷間が覗く。ミニスカートの奥にはピンク色のパンティーが覗いている。高塚は拾うのを手伝いながら、ちらちらと智恵理の胸元や太腿に目を向けていた。

栗島が戻ってきた。凜子たちのテーブルに近づき、そっと凜子にスマートフォンを渡す。凜子はすばやく内ポケットにスマートフォンを戻した。

栗島は立ち止まって、高塚に声をかけた。

「本当にすみませんでした」

深々と頭を下げる。

ウエイターが戻ってきて、智恵理の片付けを手伝う。

「いやいや、たいしたことはないから」

高塚は笑顔を作った。ウエイターに新しいおしぼりをもらい、濡れたスラックスを拭う。

「高塚さん。上着はこっちの椅子に掛けておきますね」

「ありがとう。すまんが、内ポケットのスマホを出してくれないか？」

「はい」

凜子はスマートフォンを取り出し、高塚に渡した。高塚はスマホが濡れていないのを確認し、安堵の表情を浮かべた。ようやく、席も落ち着いた。

「で、森尾さんの話だったね――」

高塚が話を再開した。凜子が話を続ける。

智恵理が席を立った。高塚に会釈し、店を出る。その三分後、栗島が店から出た。右手の路地の先にある駐車場へ向かう。ソニックブルーのワゴンタイプの軽自動車に乗り込む。運転席には智恵理がいた。

「お疲れ様。交換はうまくいった？」

「ばっちりです」

栗島はリュックからマルチレシーバーを取り出した。アンテナを伸ばし、周波数を合わせる。

——森尾さんも奥さんと別れて久しいから、淋しいのでしょう。無理のない範囲で付き合っていただければと思いますが。

——そうですか……。

——もし面倒なことになりかけたら、私に言ってくれれば、田畑先生に伝えて何らかの注意なり、処分なりを下してもらいますので。

——すみません。ご面倒をおかけして。

——いえいえ。人の集まるところではいろいろとありますからね。これからも何かあれば、いつでもおっしゃってください。

二人の会話がクリアに聞こえてくる。

「すごいわね、この盗聴器」

「性能に自信はありましたが、ここまでクリアだとは僕も驚きです」

「でも、あっさりうまくいったわね。こんなに簡単に片づくとは思わなかった」

「人間の習性みたいなものです。一つのことに気を取られている時は他のことに気が回らない。あれだけの騒ぎが起きると妙だと感じるものですが、あまりに突拍子もない出来事は逆に思考を停止させてしまうのです。つまり、人間の心理と習性を巧みに利用した絶妙な作戦ということですね」

小鼻を膨らませる。

「すごいわ、ホントに。ポン、心理学か何かを勉強していたの？」

「そうです。と言いたいところですが、実はテレビ番組でこのようなドッキリをやっていて、それを応用してみただけなんです」

栗島が坊主頭を掻いた。

智恵理は笑った。

「なんだ、受け売りかあ。でも、うまくいけば結果オーライ。あとは、何かひっかかれば大成功ね。これからの予定は？」

「あきる野市のパーティーに参加して行方不明となっている西崎奈央さんという女性の自宅に行ってこようと思っています」

「場所はどこ？」

「和光市なんで、電車で行こうかと」

「なら、駅まで送るわ」

そう言い、智恵理は車を出した。

6

二日が経った。周藤は研究者の動向を調査して、午後五時過ぎに〈D1〉オフィスへ戻っていた。智恵理も出払い、オフィス内には一人しかいない。

保坂に追随した研究者の家族の動向はつかめた。睨んだ通り、南房総市に転居していた。リブル敷地内にある住居スペースだ。研究者自身はみな、リブルの情報管理室職員として登録されていた。

研究員、およびその家族が転居先を伝えられなかったのは、リブルからの通達が出ていたせいだった。

リブルは彼らだけでなく、全職員に居住地の詳細な住所を外部に漏らすことを禁じていた。極秘研究も多いため、職員およびその家族の安全を守るためという名目だった。

保坂と行動を共にしていた研究者たちがみな、情報管理室職員として在籍しているのは疑わしいが、ともかく研究者とその家族の消息がつかめてひと安心だ。

一方、保坂の行方は知れなかった。

七年前、出国するまでは江東区大島に居を構えていた。保坂がサンクトペテルブルクの研究室に所属していたことも調査員の報告でわかっている。保坂が帰国したのはその二年後、中川原が言っていた五年前の四月だった。が、そこから先、保坂の行方はわからない。

住民票は江東区大島に残されたままだった。しかし、登録されているマンションからは退去していて、すでに住民票の住所に居住実態はない。区役所では住民票の職権削除も検討しているという。

保坂に身内はなく、友人知人宅を転々としていたという情報もない。五年前、中川原たちに電話連絡したのを最後にぷつりと消息を絶っていた。

「保坂がいるとすれば、研究員が集まっているリブルが最有力か……」

周藤は調べた資料を睨み、呟く。

ロシア貿易振興機構の情報も届いている。オフィスは渋谷区松濤のマンション六階にある。近隣には鍋島松濤公園や松濤美術館もある閑静な場所だ。

ファイルは音声データをテキスト化したものと写真データが入っていた。関連性のあるものはＰＤＦでまとめられている。

事務所に出入りしているのは、ロシアとの貿易を行なっている商社や個人事業主、コンテナ船を運航している船舶会社、旅行代理店の社員などが主だった。その中に、高塚の顔もあった。

高塚は時間はまちまちだが連日訪れている。そこでの会話が記録されている。話しているのは、振興機構役員のヤン・コルニレワと極東汽船の飯室礼司だった。

内容は主に、三日後に新潟港から出港するウラジオストク行きのコンテナ船のことだった。積み荷状況と値段交渉が主だ。

ヤンは積み荷が一本増えるごとに一万ユーロを請求している。高塚はそれを半分の五千ユーロに値切ろうとしていた。

一万ユーロといえば、現在のレートで一二〇万円強だ。積み荷の種類は語られないが、一つの荷物が一二〇万円というのは高い。高級車でも出荷価格はそこまで高くない。

テキストの中には〝リスク〟という言葉が頻出する。何のリスクかはわからないが、それが値下げ交渉の足枷になっているのは明らかだった。

調査部は、税関の商品配送書類を入手していた。それによると、三日後、極東汽船からロシアに向けて運ばれるのは、中古自動車とタイヤやチューブといった自動車関連部品だった。

書類通りだとすれば、積載重量を超えない限り、特別な危険はないし、一本一二〇万円というのはやはり高額すぎる。

「何を運ぼうとしているんだ？」

タブレットを睨む。

高塚康広についての情報も上がっていた。高塚が田畑の秘書となったのは、リブルが創設された五年前からのことだ。入った早々、第二秘書のポストを与えられている。それ以前はブローカーをしていた。ロシア貿易振興機構や極東汽船との関係も、その頃に築いたものらしい。田畑の秘書となってからも、欧州やロシアへ頻繁に渡航している。

付加情報もあった。

新城の秘書を務めている長井結月は、高塚の元で働いていた。総務担当という肩書だったが、高塚と共に欧州などへ頻繁に渡航している。しかし、リブルが設立された後は、互いの接触を断っていた。

「田畑の秘書と新城の秘書であれば、繫がっていないはずがない。双方の裏の窓口はこの二人ということか……」

熟考していると、電話が鳴った。

ソファーにいた周藤は立ち上がり、智恵理のデスクにある固定電話の受話器を取った。

「D1オフィスです」

――ファルコンか？

菊沢の声だった。

「お疲れさんです。チェリーへの定期報告ですか？」

――それもあるが、サーバルの件だ。

菊沢が切り出した。

神馬は二日前の夜から戻っていなかった。周藤は昨日、智恵理を通じて神馬の件を菊沢に報告していた。

――二日前の夜、吉祥寺の自然文化園駐車場で若者たちの乱闘が目撃されている。その中の一人の容姿がサーバルに似ている。

「吉祥寺ですか……。その日のサーバルの動向は？」

――昼過ぎにアントの地下本部を訪れ、荒川に接見している。これはベンジャーが立ち会っているので間違いない。その後の行動は不明だが、荒川が吉祥寺の店で働いていたところから考えて、サーバルがその後吉祥寺に出向いたことは充分に考えられる。また二点、気になる情報がある。

菊沢は話を続けた。

――荒川が働いていた店の店長とその店のオーナーが行方不明だ。

「青砥という男ですか？」

――オーナーがそういう名前だ。店長は東村という男らしい。もう一つ、乱闘現場でリブルのロゴが入ったワゴンが目撃されている。

「間違いないですか？」

――確証はないが、ほぼ間違いないだろう。さらにもう一つ、気になることがある。

「何ですか？」

──クラウンから連絡がない。

菊沢が言う。

周藤の眉間に鋭い皺が立つ。

「探してみます」

──目星は付いているのか?

「クラウンにはリブルの西A棟管理棟の調査を指示していました。トラブルが起こったとすれば、それに関連する事象でしょう」

──バックアップは?

「大丈夫です。今、大がかりに動くのは得策ではありません。我々だけで行ないます」

──わかった。気をつけろよ。

菊沢が電話を切った。

周藤は受話器を戻した。

午後八時を回った頃、出払っていた智恵理や栗島、凜子が戻って来た。

智恵理は調査部と接触して、凜子が仕込んだウィルスで抜き取った田畑事務所のパソコンのデータや高塚の携帯盗聴から得られた情報、写真の解析などについて、捜査している調査員自身から詳細な説明を聞いてきた。栗島はあきる野市での事案で行方不明の西崎奈央の動向を追っていた。凜子は田畑事務所に詰め、情報収集にあたっている。

　周藤はみなをソファーに集め、報告を聞いた。智恵理が口火を切る。

「調査部からの報告ですが、ここ二日で頻繁に出入りしているのは田畑の第二秘書・高塚と極東汽船の飯室です」

「やはり何かが動くな。積み荷が何かわかったか？」

「極東汽船の申請データなどを解析していますが、今のところ申請通りの中古車とタイヤやチューブなどの自動車関連用品しか確認されていません。けれど、極東汽船については面白い情報が上がってきています」

　智恵理は全員に視線を巡らせた。

「四年前のことですが、境港から韓国の釜山を経由してウラジオストクへ入る極東汽船チャーターの就航便のコンテナから、北朝鮮からの脱北者がロシアへ密入国しようとして捕まったという事案がありました」

「密入国？」

「はい。ロシア当局の調べで、韓国の業者が虚偽申請をしてコンテナの中身をすり替え、極東汽船のコンテナ船に積み込んだということで事件は収束しています。密入国を手引きした韓国人とロシア人も拘束されています。首謀者とみられる両名は、二年前、刑期を終えて出所し、現在は行方が知れません」

「たまたま、極東汽船の船が使われたということではないの？」

凛子が訊く。

「現時点ではその可能性も高いのですが、もう一つ興味深い点は、ロシア側に許可申請を行なったのがロシア貿易振興機構だったということです」

「つまり、図式は今回と同じということですね」

栗島が言う。智恵理は頷いた。

「今回はウラジオストクの直通便ですが、似たような図式である点に調査部も注目しています」

「密入国か……」

周藤は腕を組んだ。

「リヴ。事務所のほうでの動きは？」

凛子を見やる。

「特別、変わったことはないわね。思うんだけど、高塚は事務所では表立った動きを見せないんじゃないかしら」

「どういうことだ？」

「高塚は完全に裏の仕事を引き受ける役目で、その実態は事務所の人間にも明かさない。カバン持ちをしている秘書には多いタイプよ」

凜子が言う。

ここで言う〝カバン持ち〟とは、政治家に入る裏金を一括管理している人間のことだ。

「高塚が情報を握っているということだな」

「おそらく」

凜子は頷いた。

「調べは付くか?」

「高塚のノートパソコンか手帳に情報があると思う。カバン持ちは表に出せない情報は肌身離さず持ち歩くものだから」

「日にちがない。調べてみてくれ。ただし、危険を察知したらすぐに退くこと」

「了解」

凜子はにこりと微笑んだ。

「ポン。行方不明者の件はどうなっている?」

「西崎奈央の動向を調べました。和光市の実家に出向いて話を聞きましたが、三年前、パーティーに出かけると言ったきり行方知れずです」

「パーティーと言ったんだな?」

「はい。どういうパーティーかは聞かされていなかったようです。自室に残されてたパソコンを解析した結果、ロッジで行なう懇親パーティーの案内があり、パーティー会場があきる野市の事件現場の山小屋になっていました。主催者の詳細な連絡先が載っていたので出向いてみましたが、住所や固定、携帯の電話番号は架空でした。連絡はメールのみでやりとりしていたようです。そのメールアドレスもフリーメールのアドレスで削除されています」

「エストニアのサーバーの件は？」

「調査部から上がってきた報告では、モールニャという会社が運営しているようですね。現在、さらなる調査をエストニアのＣＥＲＴ（インターネットポリス）に依頼しています。一両日中には新たな情報が上がってくると思います」

「そうか。そっちは調査部に任せよう。さて、本題だ」

周藤は三人の顔を見回した。

「サーバルとクラウンが拉致（らち）された」

その言葉に三人の表情が強ばった。

「本当ですか？」

智恵理が訊く。

「ツーフェイスは拉致という言葉は使っていないが、状況からみて、拘束されたと考えるのが妥当だろう」

周藤は菊沢から聞いた話を掻（か）い摘（つま）んで聞かせた。

「クラウンはともかく、サーバルまで拉致されたの？」

凜子は驚きを隠せない。

「サーバルは何か意図があって、わざと捕まったのだと思う。それよりもクラウンのことが気になる。本丸に潜入しているからな」

「どうするんですか？」

智恵理が訊く。

「俺が潜入する」

周藤が言う。

「危険です」

「危険はもとより承知のこと。高塚が何をロシアへ運びだそうとしているのかも気に掛かる。あと三日しかない。そこでこれより二班に分かれて行動する。リヴは高塚に接触し、彼らが運びだそうとしている荷物の特定を急ぐこと。サポートはチェリー、おまえがやってくれ。大事にはしたくないが、場合によってはツーフェイスにヘルプを要請しろ」

「わかりました」

智恵理と凜子が頷く。

「ポンは俺とリブルに潜入する。目的は情報収集とクラウンたちの救出。サーバルたちが何かをつかんでいる可能性もある」

「ｆａｃｅｌｉｎｋの解析や行方不明者の捜索はどうします？」

「調査部に預けろ」

「つまり、丸投げということですね？」

「そういうことだ」

周藤が言う。

「さっそく、動いてくれ」

周藤の命に三人が頷いた。

7

午後十時過ぎ、リブルの理事長室に四人の男が集まっていた。理事長の峰岡、裏研究所の責任者保坂、田畑の第二秘書高塚、メイン研究所の所長新城だ。峰岡は壁を背にしたソファーに座っていた。その右手には保坂、左手には高塚が座っている。峰岡の対面には新城が腰かけていた。その後ろに秘書の長井結月が立っている。結月はずっと後ろ手を組んでいた。

「新城先生に会うとは思いませんでしたよ」

保坂は垂らした前髪から覗く左眼で新城を睨まえた。

「僕がここにいることをご存じだったというわけですか？」

「私はこの研究所の責任者だ。知らないわけがないだろう」

笑みを浮かべる。

「さらに言えば、君を裏研究所の責任者に指名したのは私だ。君には借りもあるし、君の腕は買っている」

「それは光栄です」

「SFTSウィルスの耐性遺伝子解析とそれに基づく創薬アプローチの論文は拝見させてもらった。実に素晴らしい。さすが、私が目をかけた研究者だけはある」

新城は褒めそやした。

保坂は鼻で笑い、峰岡に目を向けた。

「峰岡さんもひどいな。新城先生が僕の存在を知っているのなら、そう言ってくれればよかったのに。だったら、こんな研究所には来なかった」

「だから言わなかったんだ。君と新城君の確執は漏れ聞こえていたからね。まあ遺恨はこの際水に流してくれ」

「それはできません。七年前、僕をそそのかして人体実験をさせ、論文を書かせ、発表許可を出していながら、国際問題になった途端、手のひらを返して僕を切り捨てた。僕に反証の機会も与えずに。僕は国内に居場所をなくして海外に出るしかなかったんだ。海外でも、どこの研究機関も僕を雇ってくれなかった。高塚さんの尽力で、唯一、サンクトペテルブルクの研究所だけが僕を受け入れてくれた。それまでどんな思いをしたか。裏切られた人間の思いなど、わからないでしょう。御高名な大先生には」

新城を睨める。

「だから、こうして研究の場を与えてやっただろう」

新城はため息を吐いた。

「与えてやった？」

保坂は身を乗り出した。前髪が割れる。充血した双眸を見開き、新城を見据えた。

「僕は峰岡さんに言われたから来たんだ。あんたに何かを与えられた覚えはない！」

声を荒らげる。

「なら、初めから来なければよかっただろう。私が責任者としてここにいることは、承知だったはずだ」

「知った時にはすでにサンクトペテルブルクの研究所は閉鎖していた。戻るところがなかったから、ここにいてやっただけだ。あんたに会わなけりゃいいやと思ってね。しかし、僕の前にまで出張ってきた。これはもう、堪えられない事態だ。論文を発表すれば、僕も復権する。そうなれば、すぐにでも出て行ってやる」

保坂は新城を見据えた。新城は涼しい顔で口髭を撫でた。

高塚が割って入った。

「まあまあ、恨み節はあとにして。こうして集まってもらったのは他でもない。リブルに関して重大な決定が下された」

「何ですか、高塚さん」

峰岡が訊いた。

「リブルの裏研究所は一旦閉鎖する」

「ちょっと待て。どういうことだよ」

保坂が気色ばむ。

「得体の知れない連中がリブルの裏研究について探っている節がある。特定には時間がかかりそうだ。そこで裏研究所の痕跡は一旦消して、リブルを日本で三ヶ所目のレベル4を扱える研究施設に昇格させることにした」

「そういうことか。ということは、僕もようやく表舞台に復帰できるということだな」

保坂の片頬が吊り上がる。

高塚は保坂を見つめた。

「いや。新施設の長は新城先生に受けてもらう」

「どういうことだ！」

テーブルに両手のひらを叩きつけた。腰を浮かせる。

「ふざけんなよ、あんたら！　また僕を捨て駒にする気か！」

「そうは言っていない。今後は新城先生の下でだな──」

「冗談じゃねえ！」

　高塚を睨みつける。

「やっぱり、こういうことになるんだな。汚え連中だ。しかし、僕を侮ってもらっちゃ困る。こう見えても、海外の研究機関でしのぎを削ってきた身だからな」

　ほくそ笑む。

「何を言いたいんだ、保坂？」

　峰岡が訊いた。

「こんなこともあろうかと、ＳＦＴＳウィルスの解析論文は肝の部分を抜いておいた。本当に学会に提出させてもらえるならその部分を加筆するつもりだったが、欺くつもりならその肝は永久に封印だ」

「保坂君。君がいくら隠そうと、我々も研究者だ。君の論文を基に研究をすれば、隠した部分は解明できる」

　新城が呆れ顔で首を振る。

「それはどうかな、新城先生。あんた、論文に仕込んだパズルに気づかなかっただろう」

「何のことだ？」

「そこに記してある耐性遺伝子のDNA配列には、他のウィルスの耐性遺伝子のDNA配列も混ぜてある。もちろん、元データにもね。ある法則を用いれば正しい塩基配列を表示できるが、一つでも間違えば、その論文を基にして創った薬は人間の細胞を破壊する。デジタルデータも一瞬で吹き飛ぶよう、プログラムしてある。つまり、この三年かけて調べたデータはすべてパーになるということだ。さらに、ロシアへ出荷する検体には爆弾を仕込んである」

「爆弾とは？」

「今度、ＳＦＴＳウィルスに感染すれば、アナフィラキシーショックを起こすよう、遺伝子を操作した。対処用の治療薬を用いても同様の反応を引き起こす」

「保坂君。そんなことが人工的にできるはずがないだろう。与太話はやめろ」

「与太かどうか、試してみろよ。ＩｇＥ抗体濃度には個体差があるが、アレルギー反応の仕組みは同じだ。ある物質に対して過剰な免疫反応を起こさせればいいだけ。不可能だと思うか？」

にやりとする。

新城は奥歯を嚙んだ。

「高塚。僕を新施設の研究主任にしろ。所長は新城で構わない。そうすれば、パズルは解いてやる。言ってる意味がわかるな。このままパズル入りのデータと検体をロシアの研究機関に渡せば、あんたらは詐欺を行なうことになる。外国の裏機関は怖いぞ。あんたらだけでなく、田畑も潰されるだろうよ」

「そうか……。忠告ありがとう。座ってくれ」

高塚が言う。

保坂は勝ち誇ったように顎を上げ、背もたれに仰け反った。

「要するに、データはパズルを解かなければ使い物にならないし、検体は再びSFTSウイルスに感染すれば死ぬということだね？」

「そういうことだ」

「それは裏を返せば、検体に再度ウイルスを感染させなければ死なないし、パズルを解けばデータも使えるということだね？」

「そうだ。それをできるのは僕だけだ」

「いや、それだけわかれば充分」

高塚は微笑んだ。結月を見やる。結月が頷いた。

「じゃあね、保坂先生。あなた、気持ち悪くて嫌いだった」

左腕を上げた。手にはルガーSP－101が握られていた。

保坂の表情が固まった。

ためらいなく、トリガーを絞る。

保坂の双眸が見開く。

撃鉄が雷管を叩いた。螺旋を刻んだ銃身を357マグナム弾が抜ける。銃口から煙が噴き上がる。瞬間、銃声が轟いた。

回転する弾丸が保坂の眉間を撃ち抜いた。

保坂の顎が跳ね上がった。頭骨にめり込んだ銃弾は頭部を弾き飛ばした。脳みそが血の塊と共に飛び散る。

保坂は宙を見据え、絶命した。砕けた頭部から垂れ落ちる血が、カーペットに溜まりを作る。

結月は鼻を膨ませて血の臭いを吸い込み、薄笑いを浮かべた。

「新城先生。解析チームの再編、よろしくお願いします」

高塚が新城に目を向けた。

新城は静かに頷いた。死んだ保坂に一瞥をくれるが、表情は変わらない。

峰岡は突然の発砲と平然としている新城たちの様を目にし、色を失った。

「高塚君……何も殺すことは……」

「峰岡理事長。先ほども申しましたが、今回は裏研究所の痕跡をリブル内から抹消することが目的です。その上で新体制を作ることになりましたので」

高塚は峰岡を見て白い歯を覗かせた。が、その目は冷淡だった。

新城と結月も不敵に微笑む。

「ま……待ってくれ！　私は何も知らない。口外はしない。新体制下では新城先生の下で身を粉にして働く」

「すべての痕跡を抹消しなければなりませんので」

高塚が言う。結月のルガーＳＰ－101が新しい獲物をとらえた。

「ふざけるな！　リブルは私が田畑先生と二人三脚で創り上げた機関だぞ！」

「それは違う」

新城が脚を組み替えた。

「リブルは初めから、私と田畑先生がグランドデザインを描いた研究機関だ。ハニートラップに引っかかるような一厚生官僚に世界に通用する機関を構築できるわけがあるまい」

「何を言っているんですか、新城先生……」

峰岡が新城を見据える。

「この際だから、冥土の土産に教えてやろう。君をハニートラップにかけて失脚させたのも、私と田畑先生の共同案なんだよ」

「なんですって……？」

「リブルの構想を立てたとき、どうしても私以外に裏研究所の顔として立たせる人間が必要だった。そこで君に白羽の矢を立てた。君は見事なくらいシナリオ通りにひっかかり、失脚してくれた。そうして、君はリブル裏機関の責任者に就いた。裏研究が順調であれば、君の地位は安泰だったのだが、裏研究所の存在自体が私や田畑先生の存在を脅かそうとしている。だから、君に全責任を背負って死んでもらう。初めから、君の役割はそういうものだったのだよ」

「何かの間違いだ……」

峰岡は蒼白になり、唇を震わせた。

「現実を直視しなさい」

「そうだ。田畑先生に連絡を！　先生に連絡を取るまで、少し待ってくれ！」

あわてて内ポケットからスマートフォンを取り出す。震える指で画面を操作しようとする。

新城はゆっくりと右腕を起こした。中指と親指の腹を合わせる。狼狽する峰岡を眺めて薄笑いを浮かべ、指を鳴らした。

銃声が響いた。銃弾はスマートフォンを貫通し、峰岡の手のひらを貫いた。砕けたスマートフォンがこぼれ落ちる。

峰岡は左手を押さえた。蒼白になり、身震いする。

「待ってくれ……頼む」

顔を上げ、結月に懇願する。

「君も私たちの歯車の一つ。潔く処分されるのが、君の宿命だ」

新城が言う。

「頼む！」

峰岡が声を上げた。

瞬間、立て続けに銃声が轟いた。二発、三発と飛び出した銃弾は、峰岡の頭蓋骨(ずがいこつ)を吹き飛ばし、心臓を抉った。被弾した身体がソファーで跳ねる。硝煙の臭いが室内に充満した。

静寂が訪れる。峰岡は前のめり、テーブルに突っ伏した。白い大理石の天板に血溜まりがじわりと広がった。

「高塚君。これらの処理はどうするんだね？」

「焼却処分で大丈夫でしょう」

「長井君。頼んだよ」

「はい」

結月はソファーの縁に腰かけ、脚を組んだ。銃口で峰岡の屍(しかばね)を突いて微笑み、携帯を耳に当てた。

「もしもし、長井です。理事長室に廃棄物が二体あるので、即座に焼却処理をお願いします」

結月が話すのを耳にしつつ、新城は高塚を見た。

「裏研究所の処理はどうするんだ？」

「検体と裏研究チームの研究員は生きたままロシアへ輸出します。研究員付きだと、それなりの資金を得られますので。裏研究を一旦停止するからには、できるだけ多くの回収が必要ですから。その他は作業部も含めて、焼却処分でかまわないでしょう」

「家族はどうする？」

「ここで暮らしてもらいます。研究員たちも家族を押さえられていれば、滅多なことはできないでしょう」

高塚が含み笑いを滲ませる。

「作業部の処分は誰にさせる？」

「専門の掃除屋を手配しました。明日の夜には片づくでしょう」

「これでリブルもスッキリするな。私と田畑先生の下、世界に誇れる研究機関が誕生する。君たちにはまだまだ働いてもらわなければならない。よろしく頼むよ」

「お任せ下さい」

高塚と結月は静かにうなずいた。

第五章　反撃の死闘

1

周藤と栗島は翌日の夕刻、リブルの研究棟に潜り込んだ。

二人とも共に眼鏡をかけ、白衣を着ていた。周藤の後ろについて歩く栗島は臓器搬送用のクーラーボックスを二つ、両肩に担いでいる。

マリーゴールドを植えた花壇のロータリーを回り、メイン研究棟に歩いて行く。研究棟や管理棟、作業棟からは仕事を終えた職員が帰宅の途についている。周藤たちはすれ違う職員に会釈をし、メイン研究棟に進んだ。

白衣の胸元には職員証が下がっていた。昨晩、徹夜して栗島が作ったものだ。

メイン研究棟のゲートを抜ける。周藤と栗島は目で合図をし、二手に分かれた。周藤はそのまままっすぐ受付に進む。栗島は少し遅れて中へ入り、左手のカフェの食材を置いている倉庫へと向かった。

周藤はゆっくりと受付に進んだ。目の端で栗島が食材置き場へのドアを抜けたことを確認する。

カウンターへ歩み寄り、周藤は受付嬢に微笑みかけた。

「アドニス製薬の辻岡先生にお会いしたいんだが、今どこにいるかわかるかな?」

遡ること、十八時間前。周藤と栗島は〈D1〉オフィスで研究棟の敷地図、各棟の施工図を広げ、潜入工作を検討していた。

「西A棟の北側が秘密の研究所らしいと言っていたな。このダクトから侵入することはできないか?」

周藤は、管理棟北側にあるダクトを指差した。

「それはやめたほうがいいです。もしレベル4のウイルスを扱っている場所だとすれば、高性能フィルターが二重に仕込まれているので突破は難しい。それにそのフィルターを外せば、近隣で思わぬパンデミックを引き起こす場合もあり得ます。エボラは言うにおよばずデングウイルスを持った蚊がいるかもしれませんし、新型インフルエンザウイルスの研究をしていたとすれば、飛沫感染しますから」

「他の侵入経路は?」

「ダクト以外だと、正面ゲートしかないでしょうね。壁は七メートル以上あり、強固です。地下からの侵入も考えましたが、やはり、廃棄体液などのリスクを考えると、現状の基盤を崩さないほうがいいでしょう」

「正面ゲートの突破策は？」

「中央に職員の抜けるゲートと車が出入りするゲートがあります。どちらにもクリーンルームが設置されていて、そこを抜けなければ入れないようになっています。職員証を偽造するしかないですね」

「できるか？」

「職員証の偽造自体は簡単です」

栗島はタブレットを取り、リブル研究施設のゲートの写真を拡大した。

「非接触型ＩＣカードなので、チップの中身を書き換えればいいだけです。職員証の外観サンプルはこの中に入っていますので」

タブレットをつつく。

「ただ、問題はクラウンたちがどこに隔離されているのかわからない点です」

「見当は？」

「各棟の施工図からみて、西Ａ棟管理棟の北側。東Ｂ棟の処理棟。正面メイン研究所の七階から上のフロアだと思われますが、的が絞れません。どの部屋に隔離監禁されているかもわかりませんし。それ以前に、ここにいる確証もないことですし」

「時間がかかりすぎるな……」

周藤は腕組みをした。脚を組んでソファーに背をもたせかける。

しばし、目をつむり思考する。腕を解いた周藤が瞳を開いた。

「ひっかけるか」

「どうするんです？」

「俺が辻岡守道を訪ねる。辻岡守道が研究棟にいることは周知なので、誰かに通さなければならない。拉致監禁したとすれば、その〝誰か〟だ。その誰かに接触すれば、そいつがクラウンのところまで連れて行ってくれるだろう」

「つまり、囮（おとり）になるということですか？」

栗島に周藤が頷く。

「危険ですよ。敵がどのくらいの規模か、こっちにはつかめていないんですから」

「高塚たちが動くまであと二日しかない。場合によっては、すべての証拠を消される可能性もある。緊急措置だ」

「仕方ないですね。で、作戦は？」

栗島は坊主頭を掻いた。

「俺と一緒に潜入し、おまえはここで待機」

周藤はカフェの食材倉庫を指差した。

「俺は受付でターゲットを呼び出す。その後必ず移動することになるだろうから、おまえは追跡装置で俺とターゲットを尾行。場所を特定次第、頃合いを見計らって突入しろ」

「ということは、追尾装置一式と盗聴マイクが必要ですね。武器はどうします？」

「俺はいい。ポンの護身用だけ持っていけ」

「わかりました。では、道具を準備します——」


受付嬢は「少々お待ちください」と伝え、内線電話を取った。

「もしもし、受付です。辻岡先生にお会いしたいという方がお見えですが。名前ですか？ ええと……」

受付嬢が周藤を見る。

周藤は職員証を見せた。芹澤尚之（せりざわなおゆき）と書いてある。

「芹澤先生です。はい。承知しました」

手短に会話を済ませ、受話器を置いた。

「まもなく、担当の者がまいりますので、もう少々お待ちください」

「ありがとう」

周藤は白衣のポケットに手を入れ、担当者が来るのを待った。

三分ほどして、エレベーターホールのゲートからグレーのスカートスーツの女性が現われた。受付に歩み寄る。二言三言言葉を交わすと、背後から周藤に声を掛けた。

「芹澤先生ですか？」

周藤が振り向く。女性の目はすぐに職員証へ移った。

「辻岡先生の滞在中の案内を担当しております長井です」

周藤も女性の胸元を見た。所長秘書・長井結月と記されている。

「解析班の芹澤先生が、辻岡先生にどのようなご用件でしょう？」

結月は、周藤の職員証に書かれていた肩書をそのまま口にし、そらとぼけて訊いた。

「辻岡先生は創薬学がご専門だと伺っています。私の解析チームで創薬に繋がりそうな塩基配列を見つけたので、創薬学の専門家である辻岡先生のご意見を拝聴したいと思いまして」

「そうですか」

笑顔を覗かせる。が、その瞳は探るように周藤の顔を舐めていた。

周藤は何も言わず、笑顔を返した。

「辻岡先生は今別室で打ち合わせをされています」

「打ち合わせ中ですか。でしたら、また後ほどお伺いを」

「いえ、大丈夫ですよ。もう間もなく終わると思いますので。ご案内しましょう」

「お忙しいところ、すみません」

結月は笑みを覗かせ、歩きだした。周藤は受付嬢に会釈し、結月に続いた。

2

高塚は業務を終え、午後七時に事務所を出た。近隣にある地下駐車場に向かう。

このところ、残業続きで疲れていた。しかし、すべてを終えるまであと二日の猶予しかない。失敗すれば、自分の身も危うい。長年、田畑の秘書をつとめてきた。何度となくこうした修羅場はくぐり抜けてきたが、今回の業務は骨が折れた。

ただ単に証拠を処分するだけなら難しくない。が、妙なネズミがうろちょろしている。得体が知れないというところが厄介だ。

政治家の周りには、何かときな臭い連中が暗躍する。ほとんどは田畑の伝手を通じて調べは付くが、今回ばかりは相手の正体がさっぱり見えない。

浜崎たちが捕らえた神馬悠大という男は、その昔、ヤクザの用心棒を務めていた。その関係から国内外の裏組織が動いているかもしれないと思い、暴力団関係者を通じて調べてみたが、そうした情報は得られなかった。青砥や東村の関係からも見えてこない。

残り日数で特定するのは厳しい。その前にすべてを処分してしまうことが急務となっている。

ここで、しくじるわけにはいかない。

五年前。高塚は、これまで続けてきたブローカーと議員秘書という二足のわらじを解消し、田畑の秘書一本に自分の人生を賭けた。

仕方のない側面もあった。ブローカーは人脈が命だが、旧東欧諸国や発展途上国の勢力図は激しく入れ替わる。うまくその流れをつかめる者もいれば、頼りにしていた肝の人物が失脚すると共に人脈を絶たれる者もいる。

高塚は後者だった。ロシアで頼りにしていた政府関係者が失脚し、一気に旧東欧、ユーロ圏での人脈を失った。ブローカー一本でも生きていけると自負していただけに、そのダメージは計り知れなかった。

そこに救いの手を差し伸べてくれたのが、田畑だった。田畑は専属第二秘書として裏方の仕事を引き受けるなら、自分のルートを高塚に預けると申し出た。

選択の余地はなかった。迷い、出遅れれば、ブローカーとしての道は完全に断たれる。

高塚は田畑からロシア貿易振興機構と極東汽船ルートを受け継ぎ、田畑に命じられるまま、裏方の仕事に徹した。

早速任されたのは、リブルの裏研究に関わる雑務全般だった。

ロシア貿易振興機構のヤンや極東汽船の飯室たちとの調整はもちろんだが、裏研究に関わる雑務を担う人物の選定から人集め、管理までをも任された。

まず、何より、自分の右腕となって動いてくれる人物を探した。人伝に裏の仕事もいとわない人間を探していたが、なかなかこれと思う者が見つからない。人選は難航していた。

そんな時、突如高塚の前に現われたのが、長井結月だった。

信頼できる筋の紹介でもない。特別な伝手があったわけでもない。高塚がそういう人材を探しているという〝噂〟を耳にして、訪ねてきたのだという。

もっとも信用してはいけない類の人間だった。名前すら、本当に長井結月なのかもわからない。

が、結月は高塚が求めている人材そのものだった。

外国語も堪能で、交渉術や人心掌握術にも長けている。武器にも精通していて、ナイフから小銃に至るまで、細かい扱い方を知っている。

何より、高塚が結月に惹きつけられたのは、結月が見せる二つの顔だった。

普段は清楚なスーツやブラウスに身を包み、時折あどけなさを覗かせる屈託のない若い女性そのものだ。が、ドレスを身につけると、その容貌は一変し、腹の奥底に一物も二物も潜ませている妖艶な美女となる。大人の顔を垣間見せた時の結月の双眸は氷のように冷たく、相手にそこはかとない戦慄を抱かせる。その本能的恐怖がさらに結月の艶を濃くさせ、男の心を惹きつける。

どちらも演じているのだろうが、どちらも演じているようには見えない。長年、ブローカーとして様々な癖のある人間に接してきたが、結月ほど得体の知れない魅力を帯びている女性に出会ったことはなかった。

想像を遥かに超える彼女の蠱惑に高塚は魅入られ、疑いつつも、結月を自分の右腕として選んだ。結月を参謀として抱えれば、再びブローカーとして返り咲けるかもしれない。そんな目論みも胸をよぎった。

しかし、結月の資質はすぐさま田畑に見抜かれた。田畑は高塚の仕事も手伝わせるという条件で結月を高塚の手元から奪い、新城の秘書に付けた。

結月は手元に置きたかった。が、田畑の命とあらば、従わざるを得ない。断腸の思いで結月を手放した。

右腕を盗られたとはいえ、失意にくれている間もなかった。

裏研究所の人選で最も苦労したのが、作業部の実働班のメンバー選定だった。

田畑からは、暴力団やマフィアの手垢が付いていない、それでいて殺しもいとわない集団を創り上げろと言われた。

様々な角度から情報を検討し、現在の準暴力団に目を付けた。そこで浮上したのが浜崎晶だった。浜崎のグループは、都内西部では知られた存在だった。その怜悧狡猾なやり口は、まさに高塚が求めている人材そのものだった。

高塚は直接浜崎に接触し、口説いた。浜崎が高塚の言葉を信用するに至るまで、実に二年の歳月を要した。その間、浜崎は徹底して高塚のことを調べ上げ、一方でリブルに参画することになった際、引き連れていくメンバーの選定と精査をしていた。

リブルに移ると決めた浜崎は、わずか一晩で吉祥寺から痕跡を消し、仲間を引き連れ、研究施設の門を叩いた。

その後、浜崎率いる実働班は実にいい働きをしてくれた。

ＳＮＳでの人材集めは、実働班でもネットに詳しい者を何人か抽出し、ナンバー２の吉城の下、確実に機能した。パーティーを主催して、検体を集め、不要になった感染者の遺体をパンデミックの可能性を限りなく低くしながら焼却処理する手順と速度は、目を瞠るものがあった。彼女たちがいなければ、この短期間にレベル４の検体を集め、研究を進めることはできなかっただろう。

それだけに手放すのは惜しい。特に、浜崎晶という女は、生かしておけばいくらでも使い道はある。

しかし、田畑の命令は〝すべてを処分〟することだ。

一つの駒に執着して、これまで築き上げてきたものを捨て去るわけにはいかない。田畑は、自分の利にならないと思ったものは容赦なく切り捨てる。今は高塚が裏の仕事を引き受けているが、田畑のことだ。第二、第三の手駒は用意しているはず。

自分が的になるのは御免だった。

いずれにせよ、研究所の処理は一両日中に終わる。今後の動きは、その結果を受けて考えるしかない。

高塚は車に近づいた。スマートキーが反応し、ピピッと音を立て、ロックが外れた。ドアハンドルに手を掛ける。と、車の陰から気配が現われた。顔を上げる。

リアバンパーの方から黒い革のつなぎを着て、フルフェイスのヘルメットを被った者が現われた。フロントバンパーの方からも同じ格好の何者かが現われる。高塚は、黒ずくめの二人に挟み撃ちにされた。

「こんなところにも現われたのか、ネズミども」

高塚はゆっくりと上体を起こした。ギョロ眼を剥いて黒目を動かし、左右を睥睨する。甘い香りが漂ってきた。くびれがあり、胸元から尻にかけて、丸みを帯びている。

「……おまえら、女か」

フロントにいる者に目を向けた。

「ネズミの仲間には女もいるというわけか。おまえら、何者なんだ?」

訊いた。女たちは押し黙っている。

「不意を突いたつもりか? 悪いが、こういう事態も想定して、護衛を付けていた。プリ

クローイ　ミニャ！（援護しろ！）」

　高塚は声を張った。

　しかし、その声は地下駐車場の壁に反響し、薄闇の奥へと消えていく。

「プリクローイ　ミニャ！」

　再び怒鳴る。が、何の返事も返ってこない。

「ひょっとして、こいつを呼んでるの？」

　フロントにいた女が車の陰に腕を伸ばした。襟首をつかみ、ずるずると引きずり出す。

　高塚の全身が震えた。スーツを着た白人の大男が白目を剝いていた。

「もう一人」

　リアの女が言う。同じく、白人男がぐったりとうなだれている。

「殺したのか……」

　頬が強ばる。フロント側の女が言う。

「眠らせているだけ。もっとも、殺すこともできるけど」

　バイザーの奥は見えない。が、黒いフェイスの向こうからそこはかとない殺気が漂ってくる。

「な……何なんだ、おまえらは！」

　高塚の声がひっくり返った。

「私たちは闇。いつもあなたを見つめている」

フロントにいた女がやおら右腕を上げた。その手には銃が握られていた。

「ちょっと待て……殺すのか！」

高塚は後退った。

「待て！　なぜ、俺を殺すんだ！　俺は何もしていない。おまえらに恨みを買ういわれはない。やめろ。やめ――」

その時、後ろ首の付け根に何かが食い込んだ。電気の衝撃が走る。スタンガンだ。

高塚はギョロ眼をさらに見開いた。背後にいた女がスッと離れる。

「俺は……何も……」

声が掠れる。まもなく、高塚の巨体は膝から頽れた。

フロントにいた女がヘルメットを外し、ボンネットに置いた。頭を振る。ショートボブの黒髪が揺らぎ、乱れが収まった。

「私のセリフ、どうでした、リヴ？」

智恵理だった。

リアにいた凜子はヘルメットを取り、手櫛で前髪を跳ね上げた。

「ちょっと格好良すぎじゃない？」

「一度、決めてみたかったんですよ」

　智恵理は屈託のない笑みをこぼし、スマートフォンを取り出した。

「Ｄ１のチェリーです。駐車場に処理物があるので回収をお願いします。白人二体。場所は恵比寿の――」

　智恵理が話している最中に、凜子は運転席のドアを開けた。隣の車のサイドボディーにもたれている高塚の脇に両腕を通す。自分の爪先を高塚の両爪先に合わせ、両膝も密着させ、引き起こす。高塚の巨体はすんなりと起き上がった。

　爪先を起点に反転し、高塚の臀部を運転席のシートに落とす。両脚を持ち上げてステアリングの下に置く。膝を使ってずれた臀部を押し込み、シートに背をもたせかけた。

　智恵理が電話を切った。

「いつ見ても、リヴの大男の動かし方は見事ですね」

「この仕事に就く前、介護の勉強もしてたからね。どんな人間もボディメカニクスに従えば簡単に動くものよ」

「私はこれしかできないな」

　智恵理は倒れた白人男の襟首をつかみ、車の陰にずるずると引きずり込んだ。

「動けば問題なし」

　凜子は微笑んだ。車の脇に落ちた高塚のバッグを拾う。後部ドアを開け、乗り込んだ。

　智恵理も凜子の隣に座る。

凛子は智恵理にノートパソコンを手渡した。智恵理は腰に付けたポシェットから1TBのUSBメモリーを取り出し、ポートに差し込んだ。中のファイルをシステムごとコピーしていく。

凛子は腰に下げた棒状のものを取った。ハンディスキャナーだ。カバンの中を漁（あさ）り、手帳を取り出した。ページをめくり、素早くスキャンしていく。カバンを受け取った智恵理は、高塚のスマートフォンを出し、別のメモリーを繋いだ。スマホの中のデータを根こそぎコピーする。

「あらあら。サーバル、調べられてるわね」

「本当ですか」

智恵理が凛子の手元を覗き込む。

「昔の話をね。D1へ来てからのことはさっぱりつかめていないみたい」

「あいつ、ちょっと派手に動きすぎ。今度、ビシッと言っときます」

「喧嘩しないでね」

凛子は微笑み、作業を進めていく。

高塚の車の前に黒いワゴンが滑り込んできた。車内に影が差す。

「アントかな？」

智恵理が顔を上げた。凛子も顔を起こす。

スライドドアがゆっくりと開く。その隙間に銃口が覗く。

「伏せて！」

凛子は智恵理の頭を押さえた。シートの後ろに蹲る。

空気を切り裂く音が響いた。フロントガラスが砕け散る。高塚の呻きが聞こえた。背もたれを貫いた銃弾が後部シートに突き刺さる。

掃射が止まない。凛子も智恵理も身動きができなかった。

「リヴ、大丈夫？」

智恵理が声を上げた。

「大丈夫よ！　頭上げないで！」

凛子が怒鳴る。

スライドドアの開く音がする。銃声の中に足音が混じる。足音が近づいてくる。

「やりますよ、リヴ！」

「仕方ないわね」

凛子と智恵理は頭をセンターに寄せた。ドアに靴底を当てる。

銃声の合間の足音に神経を集中する。足音は両サイドから聞こえてくる。重い靴を履いているようだ。

一瞬、銃声が止んだ。靴音が大きくなった。前列の席に人影が被る。凛子と智恵理はタイミングを計っていた。人影が全部シートの背もたれにかかった。

智恵理は後部ドアを蹴ろうと、右脚に力を込めた。

その時だった。

「オーシェットプレーニェ！（戻れ！）」

声が響いた。ロシア語だ。

遠くで銃声が轟いた。

迫っていた人影が消える。スライドドアの閉まる音がする。まもなくタイヤが唸りを上げた。ゴムの焼け焦げた臭いが漂う。ワゴンはスキール音を響かせ、去って行った。入れ替わりに、車の停まる音がした。スライドドアが開き、複数の足音が下りてくる。

「チェリー！　大丈夫ですか！」

アント課員の声が聞こえた。

智恵理は後部ドアを開き、外へ出た。銃口が向けられる。両手を挙げた。まもなく、後ろからねずみ色の作業着を着た男が駆け寄り、課員にＤ１のチェリーだと告げる。銃を構えた課員は腕を下ろした。

男が身分証を見せた。紅い蟻が描かれている。処理課の紋章だった。名前は〝スイーパー〟と記されているだけ。掃除人の英語表記だ。アントのメンバーの名称はすべて〝スイーパー〟で統一されている。

「よかった。怪我はありませんか？」

「大丈夫」

左の後部ドアが開いた。ヘルメットを被った凜子が出てきた。課員が銃を向ける。

「うちの課員です。私以外の者は緊急時及び執行時の必要な時以外、素性を明かせないことになっていますので、失礼の程、ご勘弁下さい」

「存じてます」

男が言う。

「敵の姿は？」

「わかりませんでしたが、ロシア語を話していました」

「ということは、こいつらと関係があるんですかね？」

男は足下に目を向けた。二人の白人は被弾し、血を流して絶命していた。

「わからないけど、おそらく」

「運転席にいる男も死亡しています」

他のスイーパーが告げる。

「裏情報を知る高塚も始末するつもりだったのね……」

凜子が呟いた。

「現場の処理はどうしますか？」

「白人の身元がわかるものを採取して、このまま放置。敵の処理班がいるかもしれないから、迅速に行動して」

「わかりました」

智恵理は凜子の方を向いた。凜子は頷き、ハンディスキャナーを振る。智恵理はノートパソコンからメモリーを抜き、カバンの中に戻した。

課員がワゴンの周りに立っていた。大丈夫という意味で頷く。凜子と智恵理は近くに停めてあったバイクに跨(また)がり、その場を去った。

3

神馬は機会を待っていた。

次に吉城らが入ってきた時、彼らを倒し、持っていたナイフを奪うつもりだ。が、丸二日、吉城たちは姿を現わさなかった。

硝子ケースに入れられた東村の具合は時間を追うごとに悪くなっていく。顔の色は蒼白から土気色に変わってきた。呼吸も苦しそうで、時折ひゅうひゅうと喉を鳴らす。垂れ流された汚物が異臭を放っていた。

「神馬。どうにかなんねえのか?」

青砥は対角の部屋の隅で心配そうに東村を見つめた。

「どうにもならないな。連中が姿を見せなきゃ、何もできねえ」

神馬は息を吐き、壁にもたれた。

「このまま放置するつもりじゃないだろうね」

伏木が呟く。

「それはねえと思うよ。あいつら、おれらの正体を知りたがってるから。まあ、あわてなくてもうすぐ姿見せるだろう」

神馬が横になろうとした時だった。

カチッとロックの外れる音がした。

神馬はドアに目を向けた。青砥と伏木の眦にも緊張が走る。

「いいな。近づいてきた時が勝負。ドジったらそれまでだ」

神馬の言葉に、青砥と伏木が頷く。

スライドドアが開いた。吉城たちが姿を現わすもの……と思っていた。が、神馬たちの目に映ったのは、周藤の姿だった。

「あらあら……」

伏木は目を丸くした。

周藤は両手を挙げていた。その後ろに結月の姿があった。ルガーを握っている。結月の後ろから、吉城と二名の仲間が入ってきた。

青砥は神馬を見た。神馬は小さく首を横に振った。

「辻岡先生。また、あなたのお仲間が湧いてきたみたい」

周藤の背中を銃口で突く。

周藤が前へ歩み出る。と、吉城の仲間の一人が前に回り込み、周藤の腹部に膝蹴りを見舞った。

「ぐっ！」

呻き、腰を折る。

後ろからもう一人の仲間が迫ってきた。周藤の首筋に裏拳を落とす。周藤はたまらずフロアに伏せた。男たちは周藤の両手首と両足首にプラスチック手錠を掛けた。周藤は神馬たちと同じく、芋虫状態にされ、転がされた。

吉城が防護マスクとゴーグルを外した。結月の脇に並ぶ。

「こいつら、どうします？」

一同を睥睨する。

「おい、吉城。いちいちお嬢さんの機嫌を伺わねえと何もできねえのかよ。てめえ、女王様の趣味でもあんのか？」

神馬がけしかけた。

「うるせえ、黙ってろ！　てめえくらい、いつでも——」

吉城がポーチに手を掛けた。

結月がその手をそっと押さえた。微笑みを浮かべ、じっと吉城を見据える。凍りつくような冷たさが滲む。吉城は眦を引きつらせ、手を引っ込めた。

結月は、周藤たちに向き直った。

「丸二日閉じ込めておいたのに、みんな涼しい顔をしてるわね。それだけ性根が据わっているということか。こういう人たちが一番厄介。犠牲が必要ね」

銃口を起こし、一人一人を舐めるように腕を動かす。青砥に銃口を向け、止まった。

「傷ついてるから、この人からいこうかな」

言うなり、引き金を引いた。

銃声が室内に響く。銃弾は青砥の脇腹に食い込んだ。

青砥が倒れた。横になって呻く。Tシャツに新たな血が滲む。青砥の額に脂汗が浮かぶ。

微塵の躊躇もなく引き金を引いた結月を見て、吉城の顔が引きつった。

「結月さん。殺すのはまずいですよ。まだ、何も聞き出せてないんだし」

「いいじゃない。誰か一人に口を割らせればいいんだから、四人も五人も生かす必要はないでしょう？」

結月はにこりと微笑んだ。伏木や神馬を見やる。

「彼を助けたいでしょう？　あなたたちの正体を教えてくれれば、助けてあげないこともないわよ」

「うるせえ、クソアマ」

神馬が睨みつけた。

「あら、口の悪いガキだこと。教育的指導よ」

再び、引き金を引く。銃弾は、青砥の左上腕を抉った。青砥の身体が跳ねる。

「くそったれ。おれを撃ってみろよ！」

「その手には乗らないわよ。あなたたちのような人は、自分が痛めつけられても平気。誰かを助けるためなら、口を開くことがあるかもしれない。もっとも、誰が死のうと関係ないという人たちなら、これも無駄だけど」

「そんなに銃を撃って大丈夫なのか？　研究所には裏研究を知らない職員もいるはずだ」

伏木が言う。結月は微笑んだ。

「電源設備とコンピュータシステムのメンテナンスを行なうということで、今晩から明日の一両日中は閉鎖しているの」

「受付嬢はいたが？」

周藤が言った。

「彼女も私たちの仲間。あなたのような虫が飛び込んできたら追い払うためのセンサーみたいなもの。残念だったわね。だから、何発撃とうと平気なの」

トリガーを絞る。

その時、着信音が響いた。結月はポケットからスマートフォンを取り出した。

「もしもし、長井です。はい……そうですか。わかりました。すぐに引き継ぎます」

手短に話し、通話を切る。

「これもあなたたちの運かしら？　ちょっと急ぎの用事ができたので失礼するわ。次に私たちが覗くまで生きているといいわね、彼」

結月は青砥を一瞥（いちべつ）し、踵（きびす）を返した。部屋をあとにする。

吉城とその仲間も急ぎ足で部屋を出た。スライドドアが閉まる。

「青砥。大丈夫か？」

神馬が声をかけた。

「大丈夫……と言いてえが、ちょっと厳しいな」

青砥が笑みを浮かべる。力がない。

伏木が壁伝いに周藤にすり寄った。

「驚きました。ファルコンがこんなにもあっさり捕まるなんて」

「サーバルと同じ意図だよ」

「わざわざ場所特定のために捕まったというわけですか？」

「この広い研究施設内のどこにおまえたちがいるか、わからなかったからな。相手に連れて来てもらうのが最も効率がいい。青砥君かな。もう少しがんばってくれ」

周藤は涼しい目で白い歯を覗かせた。

「誰か来てるんですか？」

伏木が訊く。

「ポンが一緒だ。まもなくここへ来るだろう。クラウン、管理棟の状況は？」

「わかりましたよ。睨んだ通り、管理棟北側に秘密の研究室がありました」

「侵入経路は？」

「メイン研究棟の最奥の非常階段、カフェテリアの庭からの出入口は確認できています。その他にも出入口はあると思いますが、特定には至りません。秘密研究所へ入るにはマスターキーが必要です」

「マスターキーを持っているのは？」

「ファルコンを捕まえた長井結月。確認はできていませんが、作業部長の浜崎晶も持っているものと思われます」

「そうか――」

話していると、スライドドアが開いた。

ずんぐりとした坊主頭の白衣の男が現われる。

「いやいや、迷路みたいですね、ここは」

栗島だった。

神馬に歩み寄り、ナイフを出してプラスチック手錠を切る。神馬はナイフを受け取り、他の者たちのプラスチック手錠を切っていった。

「ここはどこだ？」

周藤が訊く。

「東Ｂ棟。作業部処理棟の南端です」

栗島は手元の検知器を見ながら言った。

「彼は？」

栗島が部屋の隅に目を向ける。

「エボラに感染させられている。丸二日経ったところだ」

神馬が言った。

「そうですか。動かさないほうが良さそうですね。体液をまき散らすのは危険です」

「ポン。ツーフェイスに連絡を取り、専門チームと処理班を派遣させてくれ。秘密研究所にもキャリアがいるはずだ。一刻も早く、隔離治療させたほうがいい」

「わかりました」

栗島はGPS携帯をポケットから出し、連絡を取り始めた。

「クラウン。おまえはここで青砥君ともう一人の彼と待機していてくれ」

「了解。任せてください」

伏木は親指を立てた。

栗島が携帯を切る。

「三十分程度で到着するそうです」

「わかった。ポンはその頃に、処理班を研究棟のゲートまで迎えに出てくれ。それと、作業部本体の居所はわかるか？」

「それは調べてきました」

栗島が検知器を差し出した。

東B棟の見取り図がモニターに映し出されている。周藤の発信器の信号がモニター内で点滅している。

「ここが隔離部屋。この部屋を出て通路を左へ三百メートルほど行ったところです。ここへ入る前に確認してきましたが、入室は通常IDで大丈夫です。その検知器はGPS携帯機能も付いています。緊急時はそれで連絡を下さい」

「武器は？」

「これだけ持ってきました」

栗島がポケットから銃を取り出した。

「グロック19です。銃弾はフル装塡(そうてん)しています。予備のマガジンはありませんが」

「充分だ」

周藤は銃を受け取り、スライドを引いた。

「おれのは？」

神馬が言う。

「これでいいですか？」

栗島は腰に付けていた革のケースを外した。神馬に手渡す。

神馬はバンドを外し、ナイフを取り出した。

「カーボン製のクリップポイントブレードです。刃渡りは十九センチ弱。ハンドル部分にはドライバーピットも入ってます」

「まあ、こんなもんか」

握って、手の中でくるくると回す。

「処理班到着までの三十分ですべてを終わらせる。サーバル、行くぞ」

周藤が言う。

神馬はナイフをケースに収め、先に部屋を飛び出した。周藤が続く。

「クラウンとかサーバルとか。あんたら、本当に何者なんだ……？」

青砥は、神馬たちの背を見送りつつ、呟いた。

伏木が顔を寄せた。

「知らないほうがいいこともある。聞かないほうがいいこともある。僕は君がいつまでもサーバルと友人でいられることを願うよ」

伏木の言葉に、青砥は息を呑んだ。

4

リブルの裏作業部員たちは東A棟作業棟の物品管理倉庫に呼び出されていた。物品管理倉庫には各種血清や治験試薬、治験に関わる備品などが貯蔵されている。柱のないワンフロアの室内の三方には段ボールが堆(うずたか)く積まれている。

浜崎晶以下、裏の仕事を請け負う作業部員二十数名は中央に固まり、ざわついていた。

「浜崎さん。何か始まるんですか?」

「知らないね……」

浜崎は腕組みをし、周囲を見回した。

十分前、長井結月から峰岡の命で呼び出された。至急ということだった。浜崎は何も聞かされていない。ただ、いつもとは違う雰囲気は感じていた。

「吉城は？」

浜崎が仲間に訊いた。

「処理棟のネズミの処置に行っていると思いますが」

「……あんたら、もし不測の事態が起こった場合は、かまわないから逃げな」

「逃げる？　何が起こるというんですか？」

「わからない。ただ、嫌な予感がする。私の勘は当たるんだよ。特に嫌な予感はね」

話していると、スライドドアが開いた。

長井結月が姿を見せた。脇には吉城と吉城が連れて行った仲間二人がいる。仲間二人は浜崎たちに合流した。吉城だけが結月の隣に付いている。

結月はゆっくりと歩み出て、一同を見回した。

「全員揃ってるわね」

「結月、何の話だ？」

浜崎が結月を見据えた。結月はにこりと微笑んだ。

「裏研究所を閉鎖することになりました」

「閉鎖？　どういうことだよ」

「ネズミがチョロチョロしていて、裏研究所の実態が表沙汰になる可能性が出てきたからです」

「青砥たちの話か?」

浜崎が訊く。

「それだけならこちらで処分できましたけどね。このネズミ、得体が知れないの」

「私らが正体を暴いてやるよ」

浜崎が言う。

結月はあからさまに嘲笑した。

「むりむり。田畑先生が調べても正体がつかめなかったのよ。あなたたちに調べが付くはずないじゃない」

「なんだと?」

浜崎が気色ばんだ。柳眉が吊り上がる。

「そこで一度、すべてを処分する決定が下りました」

さらりと言う。

作業部員たちがざわめいた。

結月はルガーを出した。室内に緊張が走る。銃口を上に向けた。発砲する。銃声が壁に反響した。

「やる気か?」

浜崎は腕を解き、自然体で身構えた。結月を見据える。結月は涼しい表情のままだ。

まもなく、段ボールの裏から数名の白人が現われた。自動小銃を手にしている。作業部員たちは浜崎に駆け寄り、背を向けて円を作った。浜崎たちは誰も武器を持っていない。丸腰で、背後の白人や結月たちと対峙した。

「私たちまで処分するってのはどういうことだい？」

浜崎は結月を睨まえた。

「言ったでしょ？〝すべてを処分〟する決定が下ったと」

「そうかい」

浜崎が爪先を動かした。

瞬間、背後の自動小銃が火を噴いた。乾いた銃声が立て続けに轟く。悲鳴が上がり、フロアが鮮血で染まる。沸き立つ硝煙の中に銃弾を浴び、躍る男たちの姿が揺れた。

浜崎の眦が引きつった。こめかみに脂汗が滲む。

視線を背後に向けた。複数の部員が被弾し、倒れた。絶命している者もいれば、傷つき、伏せ、瀕死で呻いている者もいた。

一瞬の出来事だった。素手と自動小銃では相手にならない。

「ふざけんなよ！」

男の一人が声を張った。白人に殴りかかろうとする。

「動くな！」

浜崎は結月を見据えたまま、怒鳴った。男の動きが止まる。

「ヤダヤダ。嫌な予感ってのは当たっちまうね。もっと周りに気を配ればよかったよ」

「あなたたち程度では気づかないでしょう。彼らは戦地で本物の戦闘を経験している人たちですから。日本の狭い町で息巻いていた人たちとは違う」

「おまえみたいなクソ女にそこまで言われるとは思いもしなかったよ。しかも、ここまで追い詰められるとはね。おまえ、何者だ？　ちょっとかわいい秘書を気取ってるが、おまえのそのどす黒い眼には気づいてたんだ」

「何者と言われると、困るんだけど。しいて言うなら、ブローカーのブローカーかな」

結月は瞳を細めた。

浜崎の背筋がぞくりとした。これまで、一度も見たことのない酷薄な表情が双眸の奥に覗く。浜崎自身、いろいろな裏社会の人間に触れてきたが、ひと睨みされた途端、鳥肌が立つほどの殺伐さを感じさせた者はいない。

「私は元々世界各地の組織を渡って裏交渉を担当していたの。色仕掛けで落とすこともあれば、殺すこともあった。あなたたちが日本の片隅で御山の大将を気取っていた頃、私は外国人相手にしのぎを削っていた。それこそ命を懸けてね。あなたたちの暴力とは次元が違う。あなたはもうそれに気づいていると思うけど」

結月は静かに笑みを湛えた。

浜崎は目を逸らした。指先が震える。

「今後、田畑先生の下で裏の仕事を一手に引き受けるのは私だけになる」

「私だけ？　高塚さんはどうしたんだよ」

「死んじゃった」

結月が屈託のない笑みを覗かせた。

浜崎の背筋が冷たくなった。

「おまえが……殺したのか？」

「まさか。私は矢面（やおもて）に立ちたくないからナンバー2でよかったんだけど、田畑先生が念には念をということで、裏事情に精通している高塚を処分したみたい」

「おまえも殺られるぞ」

浜崎が言う。

結月が鼻で笑った。

「だから、言ったでしょ？　私が相手をしてきた人間は次元が違うと。その気になれば、田畑先生くらい敵じゃない」

言い放ち、静かに浜崎を見据える。

透けて見えた冷酷さの奥に、さらに得体の知れない闇が覗く。浜崎のこめかみに脂汗が伝った。

「……おまえに敵わないのはわかったよ。なあ、結月。最後に一つ頼みを聞いちゃくれないか？」

「命乞いかしら？」

片頰に笑みを浮かべる。

「私は殺せ。でも、仲間たちは助けてやってほしい。すべてを口外しない条件付きだ。念書を取ろうが脅そうがかまわない。生きて、街に戻してやってほしい。こいつらも命を狙われていれば、軽率なことはしないはずだ」

「あら、案外温情派なのね。冷血で売っていた浜崎晶が意外だわ」

「頼む」

浜崎が頭を下げた。浜崎と行動を共にしてきた部下たちは、その行為に驚いていた。

「ふうん。女だてらにグループを仕切ってきただけの器はあるのね」

話していると、小銃を抱えた白人が入ってきた。

「ユヅキ」

声をかけ、結月に歩み寄る。顔を近づけ、耳元で何やら囁いた。

「あら。まだネズミが潜り込んでいたの？ホントに得体がしれない。困ったものね」

「ドウスル？」

男が訊く。

結月は腕組みをして、宙を見つめた。

「そうだ」

やおら、浜崎に目を向ける。

「浜崎さん。あなたに免じて、一度だけチャンスをあげるわ」

「何をすればいいんだ？」

「ネズミが監禁場所から逃げ出したそうなの。いろいろ調べ回っているみたいだから、いずれここに顔を出すと思うわ。そこで――」

結月が微笑む。

「そのネズミたちをここで捕まえて、正体を吐かせた後、見事に処分できれば、あなたの勝ち。望み通り、あなたも含めて、街へ戻してあげる。どうかしら？」

「信用できるのか？」

「信じる信じないは、あなた次第。とりあえず、このままでは掃射されて死ぬだけなんだから、このチャンスに賭けてみたらいいんじゃない？　私ならそうするけど」

結月は右手を挙げた。手首を振る。と、脇にいた白人が自動小銃を二挺、足元に置き、浜崎の方に蹴った。

滑ってきた自動小銃を靴底で受け止め、拾い上げる。

「ネズミさんたち、結構強いから、それを使うといいわ」

結月が言う。

浜崎の脇にいた男が小銃を拾い上げた。銃口を結月に向ける。浜崎は、銃身をつかんだ。

「やめろ！」

部下の男を睨む。

結月が微笑んだ。

「ふふ。あなたは優秀ね。もし生き残ったら、私の下で働かない？　本物に鍛え上げてあげるわよ」

「遠慮するよ。おまえのような悪魔とは付き合いきれない」

「あら、残念。まあ、がんばってね。あなた方が自由になれることを祈ってるわ」

結月は背を向け、物品管理倉庫を出た。白人たちが続く。吉城も倉庫を出ようとした。

「どこに行くんだい、吉城」

浜崎が呼び止める。

「悪いが、俺は……」

視線を逸らす。

浜崎は口角を歪めた。

「結月に寝返ったということか。てめえらしいな。行くなら行け。ただしな――」

吉城を見据える。

「あの女、私なんかより何百倍も怖えぞ。せいぜい嬲り殺されないことだ」

浜崎が微笑んだ。

吉城は苦渋の色を浮かべた。そのまま浜崎と目を合わさず、倉庫を出る。

吉城を見送り、浜崎は仲間たちを見渡した。

「てめえら！　そういうことだ！　ネズミをぶち殺して、ここを出るぞ！」

「おー！」

倉庫内に喊声が轟いた。

吉城が表に出ると、結月が待っていた。

「君は、ネズミ狩りに参加しないの？」

「俺は……結月さんについていくと決めましたんで」

「そう。じゃあ、さっそく仕事をしてもらおうかな」

結月は吉城に、自動小銃と予備のマガジンを渡した。

驚き、目を見開く。

「これは……？」

「あなたはここで待機。ネズミが潜り込んできたら、適当なところでネズミも浜崎たちも一掃してしまいなさい」

「全員殺せと言うんですか！」

吉城は手に持った小銃を握りしめた。

「私についてくるのよね？」

「はい……」

吉城が顔を伏せる。

結月は上体を傾け、下から吉城を覗き込んだ。

「だったら、殺しくらいで怖がらないことね。もっと怖い目に遭っちゃうわよ」

うっすらと微笑む。

脳みそが眩（くら）むほど血の気が引いた。

「じゃあ、よろしく」

結月は吉城の肩を叩き、その場を去った。

白人の男が駆け寄ってきた。

「ユヅキ。あの日本人に任せて、大丈夫か？」

「いいの。少なくとも足止めにはなるでしょう？　あとは、他の処理班に任せて、私たちは研究員と検体の移送準備にかかります。今は、資金となる材料を確保するのが最優先。高塚が死んだ今、いつネズミが動きだすかわからない。急いで下さい」

「わかりました」

脇にいた白人が走り、他の仲間に伝達する。

結月はスマートフォンを取り出した。

5

周藤と神馬は、東B棟の作業部本体のオフィスに潜入した。が、もぬけの殻だった。

「全員出動というわけか？」

神馬が気配を探る。しかし、物音一つない。

周藤はデスクの上を見て回った。スマートフォンや携帯が置きっぱなしになっている。

パソコンのモニターも点いたままだ。

「緊急。それも遠くへは行っていないな」

状況を見て、周藤が言った。

周藤は手前のデスクにあるスマートフォンを起動させた。メールアプリを起ち上げる。

と、最後のメッセージ欄に〝五分後、作業棟物品管理倉庫に集合〟という短いメッセージが残っていた。

他のスマートフォンや携帯を見てみる。同様にそのメッセージが入っていた。時間は今から十分前のことだ。

周藤は検知器に表示した館内図を頼りに作業棟物品管理倉庫を探した。

「サーバル。どうやら、ここの連中は隣の東A棟にいるようだ」

「おれたちの抹殺計画でも立ててんのか？」

「さあな。行こう」

周藤と神馬は部屋を出た。

通路をさらに奥へと進む。ドアがあった。周藤はIDカードをかざした。スライドドアが開く。その先に連絡通路が延びていた。

足早に通路を進む。二人の靴音だけが響く。真向かいのドアに着く。神馬と周藤は壁に背を寄せた。目を合わせ、頷く。

周藤がリーダーにカードをかざした。すうっとドアが開く。壁際から廊下を覗いた。非常灯だけが灯っている薄暗い廊下だった。

物音に注意を払いつつ、徐々に奥へと進んでいく。

「場所は？」

神馬が小声で訊いた。

「このフロアの最奥だ」

「本部から直接行けるようになっているのか。何かに使ってるってことだね」

神馬は先へ進んだ。

周藤と交互に進み、物品管理倉庫の入口にたどり着く。両サイドに分かれた。

カードをかざす。スライドドアが開く。

中は薄暗かった。人の姿はない。が、殺気はひしひしと感じる。

周藤は神馬に目配せをした。神馬がうなずく。

神馬に指を立て、カウントをとった。
三、二、一……。
指がすべて下りた瞬間、二人は同時に踏み込んだ。

突然、小銃が火を噴いた。薄暗かった倉庫内に火花が爆ぜる。

周藤は引き金に指を掛けた。左壁沿いに転がり、銃口を上げる。神馬は右壁沿いに転がった。ナイフケースのバンドを外し、グリップを握る。

段ボールの端から銃声が響いた。周藤は音のした方に銃口を向け、発砲した。

悲鳴が上がる。

その奥に銃口が覗く。周藤は銃身の位置から敵の上半身の位置を判断し、引き金を引いた。炸裂音が轟いた。段ボールを貫いた銃弾が敵の腕を射貫いた。

グロックはストロークがシングルアクションのように短い。引き金を少し戻すだけで次の弾丸が装填され、発射可能となる。速射には向いている銃だ。周藤は二発三発と連射した。撃ち抜かれた敵が段ボールを薙ぎ倒し、フロアに倒れた。

その陰に十数名の敵が潜んでいた。一人の男が小銃を拾おうとした。

周藤がその手元に銃弾を放った。同時に神馬が駆け寄った。

男が手を引っ込め、上体を起こす。神馬は素早く駆け寄り、ナイフを振り上げた。男の胸元が割れ、肉を切り裂いた。

男の絶叫が轟く。

神馬はそのまま、人の群れに突っ込んだ。

突然、攻め入ってきた神馬の姿に敵は右往左往していた。その間隙を縫い、ナイフを8の字に振り回し、敵の胸や腕、腹や太腿を切り裂いていく。ゆらりと揺れ、人々の合間を滑る神馬の姿はまさに〝波〟だった。

神馬が進んだ道には、たちまち呻きもがく男たちが転がった。

周藤は銃を撃ちつくした。

弾切れを見て、三人の男が向かってきた。手にはナイフを握っている。真ん中の男が一気に間を詰め、周藤に突っ込んできた。切っ先を突き出す。

周藤は左手のひらで、ナイフを握る男の右二の腕を弾いた。切っ先が脇腹を掠める。同時に、右手で喉輪を男に突き入れた。

「ぐえっ！」

男は奇妙な嗚咽を漏らし、その場に両膝を落とした。

右から来た男がナイフを振り上げた。周藤は自ら懐に飛び込んだ。振り下ろされる相手の腕を二の腕で受けた。と同時に今度は左喉輪を叩き込む。男は相貌を歪め、真後ろに吹き飛んだ。

左から攻め入ってきた男が、一瞬怯み、脚を止めた。周藤は左足を大きく踏み出した。その勢いで、上半身を思いきりひねり、左裏拳を叩き込んだ。基節骨が男の頬にめり込む。男は折れた歯と血糊を口から吐き出し、真横にぶっ倒れた。

積んでいた段ボールの壁が一気に崩れた。中に入っていたアンプルの瓶が砕け、薬液が飛び散る。倉庫内はたちまち薬品臭に包まれた。

男が転がり出てきた。後転した男はすっくと起き上がり、身構えた。

神馬だった。真正面を見据えている。

その先に、ショートカットの女性がいた。右の踵をかすかに浮かせ、キックボクサースタイルのファイティングポーズを取っている。

「やられてるのか、サーバル?」

周藤が言う。

「サービスしてやっただけだ」

神馬は唾を吐いた。

段ボールの裏には、複数の男たちが斬られ、傷つき、のたうっていた。立っていたのは、ショートカットの女性の他、四人だけだった。

四人の男は左右に散り、ショートカットの女性の脇に並んだ。誰もが双眸を剝き、周藤や神馬と対峙した。

「あの女が浜崎だな？」

前を見据えたまま、周藤が訊く。

「そういうこと。残りは雑魚だ」

「吉城というやつの姿が見えないな」

「逃げたんだろうよ。昔からチキンで有名だ」

「まあいい。あの女が浜崎なら、あいつがマスターキーを持っているということだな」

「そういうことだね」

「どうする？」

「あいつは、おれに任せろ」

「わかった。他は俺が片づけよう」

周藤は自然体で構えた。顎を引き、目の前の敵を静かに恫喝する。

纏う空気が変わった。浜崎の両脇にいた男たちがたちまち色を変えた。

神馬はナイフを革のホルダーにしまった。同じく自然体で浜崎を見据える。浜崎の柳眉がひくりと蠢く。両の拳を握り返した。

「神馬。てめえら、何者だ？」

浜崎が訊いた。

「知りたかったら、倒してみろよ。おれら、強えぞ」

神馬が口角を上げた。

向かって右端の男が動いた。拳を振り上げ、神馬に迫る。右ストレートを伸ばした。拳の影が神馬の顔面に被さった。

その時、周藤が半歩左足を踏み出した。足刀蹴りを放つ。右足の外側が男の脇腹にめり込んだ。

男の身体がくの字に折れた。真横に吹っ飛ぶ。浮き上がった男はフロアに落下し、強か(したた)に全身を打ちつけた。周藤は男の脇に素早くにじり寄り、右脚を上げた。そのまま脚を落とす。靴底が腹部を抉った。

「ぐえっ……」

男は目を剝き、胃液を吐き出して気を失った。

やおら、浜崎たちに双眸を向ける。

「浜崎以外は、俺が相手だ」

「ふざけんじゃねえぞ！」

浜崎以外の三人が一斉に襲いかかってきた。たちまち周藤を取り囲む。

背後の男が、周藤に斬りかかってきた。周藤は後ろにかまわず、正面の男に的を絞った。地を蹴り、一気に間合いを詰める。

不意を突かれた男がナイフを持ち上げようとしたとき、周藤の掌底が男の顎を下からかち上げた。男の顎が縮んだ。舌を噛み、歯が砕ける。男の踵が浮き上がる。血反吐をまき散らしながら宙を舞った男は、背中からフロアに落ちた。砕けたアンプルのガラス片が突き刺さり、仰け反る。

周藤は鳩尾に右膝を落とした。男は両眼を剝いて悶絶した。

手からナイフがこぼれた。周藤はナイフを拾い、上体を反転させ、ナイフを投げた。

「はう！」

背後から迫っていた男の腹部を切っ先が抉った。

低い体勢のまま男の懐に飛び込む。男がナイフを突き出した。眼前に刃が迫る。

周藤は左手のひらで男の腕を弾いた。同時に腹部に刺さったナイフの柄に掌底を叩き込んだ。

刃が腹にめり込んだ。

男は両膝を落とし、喀血した。

そのまま前に回り、立ち上がって振り返る。拳を固め、残った一人の男と対峙した。男は青ざめていた。ナイフを持つ手も膝も震えている。

二人の男がやられるのに、一分もかからなかった。周藤は汗一つ掻いていない。あまりに俊敏な動きと的確な攻撃を目の当たりにし、男の戦意は喪失していた。

周藤はステップを切って、間合いを詰めた。左拳を振り上げる。男は「ひっ！」と短い悲鳴を漏らし、両腕で顔面をカバーした。懐がガラ空きだ。周藤は腹に前蹴りを叩き込んだ。踵が横隔膜を抉る。

男は息を詰め、身体をくの字に折った。上体が沈む。そこに右回し蹴りを放った。右足の甲が男の頸動脈を捉えた。男の上体が真横に倒れた。フロアに叩きつけられた男はバウンドし、そのまま失神した。

「終わったぞ」

周藤は息を吐き、前髪を掻き上げた。

「本当に強くなったね。初めて会ったときが嘘みたいだ」

「おまえが強すぎるんだ。さっさと済ませろ」

言うと、周藤は段ボールの壁があった場所に近づいた。落ちている自動小銃を拾い上げる。

「ＡＫか。なるほどね」

一挺の小銃のマガジンを外し、中を確認する。まだ銃弾が残っている。マガジンをポケットに突っ込み、もう一挺の小銃の弾丸も確認して、一挺だけ腕に抱えた。

「最後は銃か」

浜崎が強がる。

「心配するな。手は出さない」

周藤は壁にもたれた。

「そういうこと。おまえの相手はおれだ。散々痛めつけてくれた礼に、素手で相手をしてやるよ」

「ナメるなよ、黒波」

浜崎がすすっと間を詰めた。右のハイキックを放つ。

神馬は腕をクロスさせて脚を受け止め、右へ身体を流した。衝撃が吸収される。

右足を着いた浜崎は、すぐさま後ろ回し蹴りを放ってきた。神馬は上体を沈め、飛び込んだ。右肩で股間を突き上げる。浜崎の身体が浮き上がった。浜崎は宙で身体を丸め、前に転がった。

神馬が素早く間を詰めた。立ち上がりざまを狙い、頭部へ右の蹴りを放つ。浜崎は腕を立てて避け、右横に転がった。回転する勢いでスッと立ち上がり、バックステップを切って距離を取る。

「サーバル。時間がない。遊ぶな」

周藤が言う。

「遊ぶなだと？」

浜崎が気色ばんだ。周藤を睨み据える。周藤は涼しい顔で流した。

「待ってろ。神馬の次はてめえを殺ってやる」

浜崎は柳眉を吊り上げ、神馬に猛進した。

左右の脚を振り回し、拳を突き出す。理性を失った狂牛が暴れているようだ。

しかし、神馬には当たらない。バックステップですいすいと蹴りと拳をかわす。

浜崎は苛立ち、紅潮した。さらに勢いを付け、脚を振り回す。口が半分開き、息を継いでいる。息切れしているのは明らかだった。

「そんなはずはない。部下にやられるようなヤッに、一発も当てられないわけがない」

双眸を剝いた。

渾身の左ストレートを放つ。神馬が止まった。前傾姿勢となり、上腕を直角に立て、左腕を受け流す。

瞬間、神馬の身体が浮いた。神馬は右膝を突き上げた。膝頭が浜崎の顎に突き刺さった。顎が鈍い音を立てた。

神馬と浜崎の身体が同時に宙に浮いた。海老反りに浮いた浜崎の身体は宙で反転した。

神馬は右膝を上げたまま、ゆっくりと降りてくる。神馬の左足が着いたとき、浜崎は胸元からフロアに叩きつけられた。口からおびただしい血塊と折れた歯が飛び出す。

神馬は浜崎の背中を踏みつけた。浜崎は再び喀血し、目を剝いた。

「スピードはあるが、おれには及ばねえな」

唾を吐きかける。

浜崎は身を起こそうとした。神馬はさらに背を踏みつけた。浜崎の身体が力なく沈む。

周藤が近づいてきた。銃口をこめかみに押しつける。

「裏研究所へ入るマスターキーはどこだ?」

「探せばいいだろ」

口元に笑みを浮かべ、虚勢を張る。

周藤は浜崎の両腕を背に回し、空になった小銃を肘裏に通して肩紐で結び、上半身の動きを封じた。立たせようとする。

「おっと待った。こいつは脚使いだからな」

神馬がナイフを抜いた。右膝の裏に刃を突き立てる。

「こいつはヒガシの分だ」

切っ先を突き入れた。躊躇なく、半腱様筋の筋を切る。ぶつりと太い音がした。

浜崎は歯を食いしばった。こめかみから脂汗が噴き出す。

「声を上げねえとはたいしたもんだな」

神馬がナイフを抜いた。

周藤が立たせる。右脚は言うことを聞かない。上体は支えを失い、傾いた。

神馬は浜崎の身体をまさぐった。胸元に押し込んだカードケースを抜き出す。紐を切り、中のカードを探った。浜崎の顔写真が入った職員証と無地のシルバーのカードがある。

「こっちがマスターか？」

目の前でシルバーのカードを揺らす。

「さあ、どうかな？」

浜崎は色を失っていく唇になおも笑みを作った。

「確定だな」

周藤がシルバーのカードを取る。手を離した。浜崎はその場に頽れた。顔を捩り、神馬と周藤を見やる。

「てめえら、何者なんだ……」

「それを聞いたら、死ぬぞ」

周藤は静かに答えた。

浜崎の眦が引きつる。

「おまえもバカだな。吉祥寺で御山の大将をやってりゃあ、こんな目に遭わなくて済んだのに。おまえも高塚ってのにそそのかされたのか？　ヒガシみてえに」

神馬が鼻で笑う。

「私は私の意志で来たんだよ、ここに」

「なぜだ？」

周藤が訊く。

「あの街で半グレやってても先はない。だったら、もう一つ上の本物になってやろうと思ったんだよ。政治家絡みのヤバい仕事だってのはわかってたけど、私にはやるしかなかった」

「青砥たちみてえにまっとうな道に戻るって手もあっただろうよ」

「青砥がいたからだよ。あいつがいる限り、あの街でトップは獲れない。おまえと青砥が手を打ってからは、ますます青砥の存在が足枷になった。あいつはいいよ。ずっと頭を張ってたからね。けど、あいつのおかげで二番手に甘んじた連中は腐るほどいるんだ。東村もそうだ。おまえらには、トップに立てなかった連中のくすぶりなんてわからねえだろ」

「くだらねえ」

一笑に付す。

「なんだと？」

「自分の足で立ってりゃあ、トップもクソもねえだろう。他人と比べるからおかしくなっちまうんだ」

「利いた風な口叩くんじゃねえよ。おまえだって、つるんでるじゃねえか？」

浜崎が周藤を一瞥した。

周藤は静かに浜崎を見据えた。

「君は勘違いしてるな」

「何がだ！」

「俺たちはつるんでいるわけじゃない。力を持つ一人一人が集まっているだけだ。そこにあるのは上下関係でなく、受容のみ。年齢も性別もなく、互いが互いを認め合っている。いつも対等だ」

「きれい事言うなよ」

「きれい事かどうか、罪を償いながら考えてみればいい」

周藤は言った。

浜崎は目を伏せ、奥歯を嚙んだ。

「なあ、あんた」

顔を上げ、周藤を見る。周藤は見つめ返した。

「結月はすべてを処分すると言っていた。こいつらもこのままじゃ、処分されちまう」

浜崎はフロアに視線を巡らせた。

「私はともかく、仲間は助けてやってくれないか。私が無理やり、トップ獲りに付き合わせちまった連中だ。せめて、こいつらだけでもまっとうな道に戻してやりたい」

「おまえも戻ればいい」

周藤は微笑んだ。

「サーバル、行くぞ」

振り返る。

その時、入口の陰に光るものが見えた。

「伏せろ！」

周藤が叫んだ。周藤と神馬は左右に飛び転がった。

「わあああ！」

奇声と共に銃声が炸裂した。

銃弾がフロアを抉る。コンクリート片を巻き上げた銃弾が、倒れた浜崎の身体を縦断した。浜崎は双眸を見開き、絶命した。

乱射が続いた。浜崎以外の倒れている男たちも被弾し、次々と朽ち果てていく。フロアにおびただしい紅血が飛散した。

神馬は巧みに転がり、段ボールの裏に身を隠した。

周藤は息絶えた男の後ろに隠れた。男を盾にし、銃口を起こしてサイトを覗く。

ドアロに男が立っていた。吉城だった。吉城はＡＫ47を脇に抱え、狂ったように銃身を振り回している。

周藤は吉城の眉間を狙った。セレクターを押し込み、半自動に切り替える。

銃声が止んだ。マガジンの弾が切れたようだ。吉城が弾倉をリリースした。ポケットに差した弾倉を取り、差し込もうとする。

その時、銃声が轟いた。

周藤の持つ銃の先端で煙が揺れた。

吉城は仁王立ちで目を見開いた。すべての動きが止まる。眉間に空いた穴から血煙が噴き出す。そのままゆっくりと仰向けに倒れていく。

周藤が立ち上がった。神馬も段ボールの陰から出てきて、駆け寄る。

宙を見据え、息絶えている浜崎に視線をくれた。

「助けようとした仲間に殺られてりゃ、世話ねえな」

周藤はまだ息のある男の脇に屈み、訊いた。

「俺たちが入ってきたとき、すでに死体があった。誰にやられた？」

「な……長井結月……」

「一人か？」

「白人が何人かいた。そいつらが……その銃で……」

男は周藤の手にある自動小銃に目を向けると意識を失った。

「サーバル。長井結月は、この一両日、研究所を閉鎖していると言っていたな?」

「ああ、そんなことを言っていたね。何か気になるのか?」

神馬が訊く。

周藤は立ち上がり、検知器を取り出した。携帯機能を使い、栗島に連絡を入れる。

「ファルコンだ。ツーフェイスに連絡を入れて、処理班と共にSATの出動を要請しろ。外国人の武装勢力が介在している。人数は不明。首謀者はすべてを処分しろとの命令を下している。研究者の家族も処分されるおそれがある。住居エリアの掃討も頼む」

歯切れ良く指示をする。

「サーバル、裏研究所へ行くぞ」

周藤が倉庫を出る。神馬も続いた。

6

結月は秘密研究所の研究員たちを通路に集めた。研究員たちは、結月の背後にいる自動小銃を持った五人の白人を見やり、誰もが頬を強ばらせていた。

「これより検体を含めて、あなた方にはロシアへ移動してもらいます」

結月の言葉に全員がざわついた。

「どういうことですか？」

先頭中央にいた西野という研究員が訊いた。

「言葉通り。あなた方にはロシアの研究機関へ移籍してもらいます。たった今から」

「横暴だ！」

塊の中央から声が上がった。結月は西野の後ろに立つ男を見た。

「あなた、名前は？」

「稲村だ！」

「こちらへどうぞ」

手で指し示す。稲村は西野を押しのけ、前に出た。

稲村は目を剝いて結月を睨んだ。が、結月は澄ました顔で笑みを覗かせた。

「私たちの決定に不満があれば、どうぞ」

「我々がサンクトペテルブルクから引き揚げる時、今後二度と日本から出ないという約束だったはずだ。またロシアへ行けとはどういうことだ！」

「情勢は日々変化しています。それに伴って予定の変更を余儀なくされるのはこうした先進的研究をしている者の常。違いますか？」

「それはできません」

「では、私は研究から抜ける」

「なんだと！」

「あなた方の身柄はすでに検体と共にロシアの研究機関に売却されています。私たちは品物を出荷するだけです」

「品物だと……ふざけるな！」

稲村は唇を震わせた。

「保坂先生がそんなことを認めるはずがない。日本で研究し、日本から学会に論文を発表して復権を果たす。我々は保坂先生の汚名を晴らすためにここまで努力してきたんだ。保坂先生に繋いでくれ。保坂先生に！」

「あー、うるさい」

結月は腰から銃を抜いた。稲村の眉間に銃口を当てる。間髪を入れず、引き金を引いた。

稲村の頭骨は砕け、弾け飛んだ。身体が浮き上がり、背中から落ちる。仰向けになった稲村は目を見開き、口を開けたまま、痙攣(けいれん)して息絶えた。

西野以下、他の研究員たちは色を失った。

「殺すとは……」

西野が呟く。

「殺したわけではありません。欠陥品を処分しただけです。ちなみに、保坂先生も欠陥品だと判明したので処分しました」

結月がこともなげに言う。西野が結月を見やった。

「先生まで、殺したというのか……」

「だから、処分です。あなた方は欠陥品でないと信じていますが、いかがですか？　西野先生」

手元で銃を揺らす。

「他のみなさまもいかがですか？」

結月は頭上に拳銃を掲げた。

その時、銃声が轟いた。結月の手からルガーが弾け飛んだ。

白人たちが一斉に自動小銃を構えた。銃口を銃声のした方に向ける。が、引き金を引く前に、相手の小銃が火を噴いた。銃声が連なる。放たれた弾幕が白人男たちを次々と薙ぎ倒していく。

研究員たちは頭を抱え、床に伏せた。

銃声が止む。結月は転がった自動小銃に手を伸ばした。そこにナイフが飛んできた。尖端が結月の右手の甲を貫いた。

結月は右手を押さえ、相貌を歪めた。

「はい、そこまで」

壁の陰から神馬が姿を現わした。傍らには小銃を握った周藤がいた。周藤は歩きながらマガジンを抜き取り、新しいマガジンを差した。コッキングレバーを引き、弾を装塡する。

倒れた白人の一人が、息も絶え絶えに自動小銃を取ろうとした。周藤は男の胸に銃弾を撃ち込んだ。複数の銃弾が男を射貫いた。巨体が躍り、動かなくなった。

結月はナイフを抜いた。左手でナイフを握り、下から周藤と神馬を睨みつける。数名の武装白人が抵抗すらできず殺され、結月の顔から余裕が消えた。

「それ、返してくれよ」

神馬が結月に手を伸ばした。結月は神馬にナイフを突きつけた。

神馬は上から結月の手首を押さえるように握った。手首を折る。結月が短い悲鳴を放った。手からナイフがこぼれた。神馬はナイフを拾い、結月の手首を離した。

「こんな場所でこんなものをぶっ放されたら危なくて仕方がない」

周藤は落ちた自動小銃を拾い集めた。床に座り込む。

マガジンを抜くと、リリースレバーや引き金近くのピンを引き、銃床部と銃身部を折るように取り外した。あっという間に小銃が二つに分かれる。周藤はボルトを取り外し、ポケットに入れた。同じ作業を残りの小銃にも行なう。

自動小銃はたちまちただのガラクタと化した。

結月は目を瞠った。

「あなたたち……本当に何者なの？」

「知った瞬間に命はないぜ」

神馬はうっすらと笑みを浮かべた。

周藤は立ち上がって、声を掛けた。

「研究員のみなさんにお願いがあります。東B棟の作業部処理棟内にボーガンと銃で撃たれ、失血している重傷者が一人、エボラに感染させられた者が一人います。また、物品管理倉庫に多数の負傷者がいます。すぐさま応急処置に向かってもらいたいのですが。誰かお願いできますか？」

一同を見やる。

「私が行きましょう」

西野が立ち上がった。「私も」と他三名の研究員が立ち上がる。

「ありがとうございます。急いで下さい」

「わかりました」

西野は賛同した研究員を連れ、応急処置に向かう準備をするため、医療室へ駆け込んだ。

「残りのみなさんは、ここで罹患者の管理をして待機しておいて下さい。まもなく、専門家チームが来ますので」

「君たちは……」

研究員の一人が不安そうな表情を覗かせる。周藤は笑顔を見せた。

「心配しないで下さい。あなた方やあなた方のご家族の安全は保障します」

家族という言葉を聞き、研究員たちが動揺の色を見せる。

西野が戻ってきた。研究員たちの穏やかならぬ表情を見て、困惑の色を浮かべる。

「どうしました？」

「今、ここで起こっていることはお話しできません。私たちを信じていただくしかありませんが」

周藤が言う。西野は目を伏せた。逡巡する。が、やおら顔を上げた。

「……私は君たちを信じよう」

「ありがとうございます。応急処置をお願いします」

周藤の言葉に西野は頷き、仲間と共に裏研究所をあとにした。

西野の返事を耳にした研究員たちも、それぞれの持ち場に戻っていく。通路は白人男性の遺体と神馬たちだけとなった。

神馬は結月の襟首をつかんだ。力任せに立たせる。周藤は結月に歩み寄った。

「峰岡と保坂はどこだ？」

「死んだ。私が殺してやった」

結月は薄笑いを浮かべた。

「新城は？」

「さあ。私はここの後処理を任されただけ。あなたたちのせいで高塚が死んじゃったからね。まさか、ネズミごときにここまでひっかき回されると思わなかったわ」

結月がため息を吐く。

神馬は耳元に顔を寄せた。

「ひっかき回すんじゃない。跡形もなく消し去るんだ」

囁く。

結月の顔から血の気が失せた。

第六章　デリート

1

翌日、D1オフィスには一課のメンバーが顔を揃えていた。菊沢の姿もある。全員がホワイトボードの周りに集まっていた。

「君たちの調査と迅速な処理のおかげで、パンデミックには至らずに済んだ。礼を言う」

菊沢が言った。

「リブルの処理はどうなっていますか？」

周藤が訊いた。

「現在、研究施設一帯、住居スペースまで封鎖して、専門家チームに遺体の焼却処理からキャリアの隔離、住民や周辺環境の検査を実施している。むろん、一般には情報を伏せているがね。今のところ、パンデミックの兆候もなく、粛々(しゅくしゅく)と処理は進んでいる」

「青砥たちは？」

神馬が訊いた。

「青砥君は重傷だが命に別状はない。東村君は現在隔離され、ｓｉＲＮＡ（遺伝子発現抑制）剤での治療を継続しているが予断を許さない状況だ。他の罹患者も同様だが、三年前から行方不明だったパーティー参加者の西崎奈央さんはウィルスの痕跡も残していなかったそうだ。今、国内の研究機関で精密検査を受けている。吉祥寺の火災現場から姿を消していた麻生菜々美さんも見つかった。彼女もまたエボラに感染していたが発症はしていない」

「特殊耐性遺伝子は本当に存在していたんですね」

伏木が目を丸くした。

「驚きだがな。もちろん、この事実も伏せられている。すべては秘密裏に進んでいるよ。裏研究所で何が行なわれていたのかは、研究員たちと浜崎晶率いる作業部の残党への事情聴取で解明しているところだ。さて、ここからが本題だが。リヴとチェリーが入手した高塚のＰＣやメモのデータを解析した結果、様々なことがわかった」

菊沢が一同を見回した。

高塚は田畑と新城の計画を詳細に記録していた。

清州大学の新城研究室で起こった非人道的論文提出事件は、新城が保坂にさせていたことだった。新城は、保坂の論文を人身御供（ひとみごくう）としたようだ。批難がなければ、そのまま特殊遺伝子の研究を続け、第一人者として上り詰めるつもりだった。が、あまりに国際的批判が激しく、新城は保坂にすべての責任を負わせ、追放した。

一方で、ひそかに田畑と結託し、特殊遺伝子研究を進める算段をつけていた。それがリブルの設立だ。新城と田畑は、万が一の場合、矢面に立たないよう、峰岡と保坂を責任者に据えた。

すべての計画は田畑と新城が話し合って決め、それを高塚を通じて峰岡に下ろし、保坂や浜崎たちが実行するというスタイルを取っていた。

ｆａｃｅｌｉｎｋへアクセスし、パーティーのスレッドを作っていたのは、浜崎の部下だった。企画は高塚が立てていた。

新城が研究ターゲットのウイルスを選定し、高塚に話を下ろす。高塚は集団感染させるためのパーティー企画を立て、それを浜崎に下ろし、浜崎が自分の部下に実行させるという図式だった。

エストニアのサイバー捜査機関ＣＥＲＴからの報告も入っていた。

モールニヤに設置されたｆａｃｅｌｉｎｋのサーバーを管理していたのは、現地エストニアのロシア人だったが、当局の調べで、そのロシア人と高塚や結月と思われる日本人が何度となく接触していたことがわかった。ｆａｃｅｌｉｎｋの運営にかかる資金は、ロシア貿易振興機構の関連会社が出資している。現在、調査部がｆａｃｅｌｉｎｋのデータが入っているサーバーを押収し、解析を急いでいる。

高塚メモによると、田畑と新城はこのまま第四、第五の特殊遺伝子発掘計画を推し進める予定だったが、周藤たちの動きに気づき、急遽、秘密研究所を手じまいにする計画に切り替えたらしい。保坂がＳＦＴＳの特殊遺伝子解析論文の提出に固執したのも閉鎖を急いだ一因だった。

田畑と新城はリブルを正式なレベル４の研究機関に昇格させ、表立って特殊遺伝子の研究をする方針に切り替えた。同時に、これまでの研究と研究者は外国の機関に売り、投じた資金を回収するつもりだったようだ。

とっさに立てた計画にしては出来すぎていると思ったが、実は当初からこうしたシナリオも用意していたらしい。高塚のＰＣには、不測の事態が起きた場合の変更計画書がいくつも見つかっている。

「二重三重に逃れる術を考えていたとは。たいしたもんだね」

伏木が言った。

「極東汽船とロシア貿易振興機構の役割は？」

凜子が訊く。

「新城の研究は表裏問わず、ロシア貿易振興機構を通じて、海外の諸機関に販売されている。リブルが得たデータの渉外部門の一翼を担っていたようだ。高塚や浜崎たちを殺害した白人武装勢力を手配したのもおそらくこの組織だろう。極東汽船はリブルへの機材や人材の搬入を一手に引き受けていた。さらに、リブルで発生した使途不明金を洗っている節が見られる」

「ロンダリングですか？」

周藤の言葉に、菊沢が頷く。

「極東汽船の経理については、警視庁の組織犯罪対策部や地検も問題視していた。しかし、なかなか実態がつかめなかったようだ。今回、高塚のノートパソコンから情報提供料や人材派遣を名目とした多額の資金が極東汽船に振り込まれている入金記録が出てきた。それらはすべて極東汽船の運搬費用として計上され、その分は投資グループに投資資金として放出され、損益として計上されている。その投資先が取引実態のないFX関連の会社だということまではわかっている。現在、そこから先の資金の流れを当局が追っているが、この事実だけでも極東汽船がロンダリングをしていたことは明白だろう」

「つまり、田畑と新城率いるリブル、極東汽船、ロシア貿易振興機構がグルとなって、人と情報と金を回していたということですね？」

栗島が言った。

菊沢が頷く。

「高塚らが運ぼうとしていたものは？」

周藤が訊いた。

「研究員と罹患者たちだ。高塚たちが数えていた一本二本というのは、人間の頭数のことだった」

「人を物のように売り買いしていたわけね。人道的研究が聞いて呆れるわ」

凜子が呟いた。

「部長。私とリヴを襲った白人の正体はわかりましたか？」

智恵理が訊いた。

「ロシアンマフィアの残党のようだ。一部、身元が割れた者を調べてみたが、正式な組員や現存する組織の人間ではなかった。いずれも正規の入国記録がない。極東汽船が密入国させたとみている」

「高塚と白人二名の死亡記事が一向に出てこないのは？」

凜子が疑問を口にする。

「その後、現場に数名の白人が現われ、現場を処理した。三人の遺体を乗せた車が極東汽船の小型船舶格納庫に入っていったところまでは、調査部の尾行でわかっている。現在も調査部が張り込みを続けている」

「隠滅（いんめつ）したわけですか。組織的ですね」

栗島が言う。

「そういうことだ。リブルを取り巻く事象は看過できないレベルに達した。これまで諸君が調べてくれた情報を総合して、第三会議に上げた結果、判定はクロとなった。ターゲットは二名」

菊沢は智恵理を見やった。

智恵理はホワイトボード脇のモニターのアームを動かした。ボードの前にモニターが被さる。スイッチを入れ、智恵理のデスクに置いたタブレットと繋いだ。智恵理が差し出したタブレットを菊沢が受け取る。

「まずはリブルの研究所代表・新城充」

新城の顔が映し出される。次に田畑が映し出された。

「それと衆議院議員・田畑義朗。この二名だ」

「極東汽船の飯室とロシア貿易振興機構のヤンは？」

周藤が訊く。

「飯室は、警視庁の組織犯罪対策部が取り調べることになった。金融庁も飯室のロンダリングには注目しているのでね。ヤンはロシア当局が引き渡しを要請してきた。日本だけでなく、EU諸国でも似たような外商を行なっていたようだ。リブルの情報を含めてヤンの身柄を引き渡せば、ロシア当局に貸しを作れる。これは第三会議上層部の決定だ」

「執行日は？」

神馬が訊く。

「明日。田畑と新城がリブルを第三のレベル４研究機関に昇格させる発表を行なう。そこで執行してほしい」

「見える形でやれってこと？」

「第三会議は、今回の件が他の研究者や研究機関に波及することを恐れている。今回はその歯止めにしたいということだ」

「見せしめか」

神馬が片頬に笑みを滲ませた。

「武装勢力が出てくる可能性は？」

周藤が訊く。

「ロシア貿易振興機構と極東汽船には、会見の三十分前に組織犯罪対策部の捜査員が踏み込む手はずとなっている。武装勢力が会見場で事を起こすことはない。では、Ｄ１の諸君。健闘を祈る」

菊沢が言う。

一同は頷いた。

2

翌日の午前九時、帝都(ていと)ホテルの大宴会場では記者会見場の設営が急ピッチで進んでいた。

会場正面にスポークスパーソンのステージがあり、向かって左手に司会者のカウンターが、右手には記録係の席が設けられている。ステージ手前には新聞や雑誌のカメラマンスペースがあり、その後ろに百席ほどのパイプ椅子が並んでいる。後方の空いたスペースにはテレビカメラが数台、設置されていた。

出入口中央には受付カウンターが置かれ、カウンター脇には誘導員と警備員が待機している。凜子は〝松嶋杏奈〟のネームプレートを胸に付け、受付カウンターで森尾たちと共に作業していた。

周藤が受付に近づいた。後ろにはテレビカメラと大きなケースを抱えた神馬の姿がある。首にゴーグルを提げていた。

「すみません。西東京ネットの高橋(たかはし)ですが」

凜子に告げる。凜子は名簿から同名を見つけた。

「高橋様他一名様でお間違いありませんか？」

「はい」

「では、こちらのプレートを付けて、右手のドアからお入り下さい」

凜子は記者証を渡した。目を合わせ、かすかに頷く。

周藤と神馬はスタッフに会釈し、報道関係者用の入口へ向かう。屈強な警備員が二人、睨みを利かせている。一人がドア口に立ちふさがり、二人を止めた。

「確認させていただきます」

「どうぞ」

周藤は微笑んだ。

名簿とネームプレートを見比べる。周藤は西東京ネットテレビの高橋和夫（かずお）、神馬は同局の神田浩二（かんだこうじ）という名前で登録してある。三度四度と見比べ、赤ペンでチェックを入れる。

警備は厳重だった。

「そちらの荷物、確認させていただけますか？」

警備員が神馬の抱えているケースを見た。

神馬はケースを下ろした。屈んでチャックを開ける。警備員が一人脇に屈み、ケースの中身を調べ始めた。もう一人の警備員が周藤と神馬の様子に目を光らせる。

ケースの中にはカメラ用の大きな三脚と機材を繋ぐケーブルが入っていた。警備員はケースの底にまで手を入れ、中を確認した。

神馬と周藤は、黙ってその作業を見ていた。

ケースを調べていた警備員が顔を上げた。もう一人の警備員を見て、頷く。調べていた警備員が立ち上がった。神馬はチャックを閉め、ケースを抱えた。

「ご協力ありがとうございました。どうぞ」

警備員が脇に避ける。

周藤と神馬は中へ入った。テレビカメラのブースには、在京キー局のクルーがカメラを設置していた。周藤たちは西東京ネットテレビに与えられた右端のエリアで、カメラの設置を始めた。

神馬は三脚を立てながら、周藤に顔を寄せた。

「ずいぶんと警戒してるね」

「そういう顔をしておかなきゃならんだろう、警備員は。そもそも、この記者会見を強行するほうが無謀だ。よほど自信があるのか、それとも大馬鹿か、どっちかだな」

「おれは大バカと読んだ」

神馬はニヤリとした。三脚にカメラを乗せる。セッティングを確認するフリをして、右外側の脚をチェックする。留め具がついている。外すと脚が縦半分に割れる。空洞の中には神馬の暗器〝漆一文字黒波〟が隠されていた。

周藤はビデオカメラのテープ挿入口を開けた。中には、サプレッサー付きのナイトホークカスタムファルコンコマンダーが隠されている。銃は内部に固定され、RECボタンを押すことでセーフティーが外れ、撃鉄が下りるようになっている。今回の暗殺計画のための特殊仕様だった。

ファインダーを覗く。ファインダーは暗視スコープに切り替わる。周藤はスコープの切り替えを確認すると、会場内を見回した。

伏木はホテルの従業員に扮し、会場内の設営を手伝っていた。栗島は音響照明管理のブースで技術者の格好をしてケーブルを捌いている。智恵理はスカートスーツに身を包んで眼鏡をかけ、記者席の右端に座っていた。周藤は片耳用のインカムをつけた。

「ファルコンだ。クラウン、ポン、チェリー。聞こえたら、右手を挙げろ」

小声で話す。三人の手がぱらぱらと挙がった。

インカムの周波数は受付の凜子を含めて、六人専用の周波数を使っている。また、極小の受信機は内耳に響くよう、耳穴の奥に取り付けている。他の者に周藤の声は聞こえない。

「そのまま周囲に同化。合図を待て」

周藤は交信を切った。

「あとは主役の登場を待つだけか」

神馬が呟く。周藤は小さく微笑んだ。

3

新城と田畑は、ホテルの一室に設けられた控え室にいた。人を払い、今は二人だけだ。応接ソファーに座る新城は落ち着かない様子で、人差し指で太腿をトントンと叩いていた。

「新城君。もう少し、どっしりと構えろ」

田畑が言う。

新城は組んでいた脚を解き、身を乗り出した。

「田畑先生。やはり、この記者会見は中止しましょう」

「何を言っているんだ、今になって」

田畑は手に持ったソーサーからカップを取り、コーヒーを口に含んだ。

「研究所からは研究員や作業部員が消えた。それだけなら計画がうまく運んでいると思えますが、長井君と連絡が付かない。飯室やヤンからも連絡がない。何者かが我々の下に迫っているのは間違いない」

「だろうな」

「今はほとぼりが冷めるまで、おとなしくしているほうが得策かと」

「いつになれば、ほとぼりが冷めるんだ？」

田畑がカップを置いた。新城を睨める。

「それは……」

新城はソファーに深くもたれた。

「敵がわからない以上、火の消しようもない。だから、誘い出すのだ」

「誘い出す？」

「ネズミどもは必ず、記者会見場に姿を現わす。私はね、新城君。今回のネズミはマフィアや暴力団の関係者ではなく、警察関係ではないかと睨んでいるのだよ」

「警察が動いているというんですか！」

新城の瞳が曇る。

「あらゆる伝手を使って、ネズミの正体を調べてみた。当初は、私に反目する派閥の議員連中が裏勢力を使ってひっかき回しているのかと思ったんだが、その線はなかった。マスコミ関係も探ってみたが、我々の計画をつかんでいる者は皆無だった。唯一、調べが付かなかったのが警察なのだ」

「警察が潜入捜査を行なっていると言うんですか？　まさか、日本の警察が潜入捜査をするなど――」

新城が失笑する。

田畑は静かに新城を見据えた。新城は笑みを引っ込めた。

「しかし、それでは逮捕に至らないはずです。いや、そもそも私や田畑先生を逮捕できる証拠など得られない。ここでの会話を盗聴されていたとしても、それは証拠能力を持たないものです。もし、本気で我々を逮捕しようとするなら、なおさらそのような馬鹿げた手法は取らないと思いますが」

新城が言う。

と、田畑は笑声を放った。

「やはり、君は根が研究者なんだな。純粋だ。いいかね。権力はその体面を保つためならどのような手段にも打って出る。非合法な手段で仕入れた情報も、合法的に利用することはできるのだよ。だから、敵をおびき出すのだ」

「それはリスクが大きすぎるのでは？」

「リスクがあるのは相手も同じ。潜入捜査をしていたとすれば、その証拠をつかんで国会で問い質す。そうすれば、合法で使えるネタも使えなくなる。すべてを封じるには、ここで敵の正体を炙り出す必要がある。おとなしくしていては、敵に逃げる隙を与えるだけだ。攻撃は最大の防御なんだよ、新城君」

コーヒーを飲み干し、ソーサーをテーブルに置いた。

「心配するな。私も君も悠々たる面持ちで会見に臨めばいい。網にかかったネズミは動けない」

話していると、ドアがノックされた。

「入れ」

田畑が声を掛ける。森尾が顔を出した。

「先生。そろそろ会場の方へお願いします」

田畑が立ち上がる。スーツの裾を調える。

「ネズミは？」

田畑が森尾に訊く。

「特定はできていませんが、会場の映像は撮ってありますし、名簿もあります。今夜までには洗い出せるでしょう」

「上出来、上出来」

田畑が笑う。

「先生。森尾君は今回の件を知っているのですか？」

新城は森尾を見やった。

「新城先生。お言葉ですが、私は田畑の第一秘書です。田畑に関わるすべてのことは把握しておりますし、田畑に命じられれば、大火の中にでも飛び込みます。もちろん、新城先生のことも存じております」

森尾は上目遣いに新城を見つめる。取り柄もないサラリーマンのような顔に、澱(よど)みが滲む。新城の眉尻がぴくりと震えた。

「ご安心ください。先生方を貶(おとし)めようと画策するネズミどもの正体は、必ず私が暴いてみせますので」

「そういうことだ、新城君。行くぞ」

田畑が立ち上がる。

新城は観念し、重い腰を起こした。

4

田畑と新城は、会場脇の通路奥にある非常口からフロアに降り立った。スポークスパーソンは不必要な取材や囲み取材を受けないよう、専用の出入口から出入りするのが常だ。今回の記者会見でも通常手法が採られていた。

ドアを開けると、すぐさま警備員が田畑と新城の前に立った。通路を塞ぎ、周囲に注意を払う。二人は警備員に守られながら、待機した。

森尾が会場出入口のドアを開いた。司会者が森尾を見る。森尾は右手のひらを挙げて振り、ゴーサインを出した。

「みなさま、お待たせいたしました。これより、特殊遺伝子プロジェクト代表・衆議院議員の田畑義朗先生と厚生労働省主管の遺伝子研究機関リブルの研究所所長・新城充博士より、同プロジェクトに関する重大発表を行ないます。田畑先生、新城博士、お入り下さい」

会場内が薄暗くなる。森尾がドアを開く。

田畑が先に入った。拍手が起こる。スポットが当たった。新城が少し遅れて中へ入る。最前列に待機していた新聞や雑誌のカメラマンがフラッシュを焚いた。光が閃く中、ステージ向かって右に田畑が座り、左に新城が腰を落ち着けた。

会場が明るくなる。壇上に栗島が上がる。

「先生方。これをつけて下さい」

片耳だけのワイヤレスイヤホンを渡す。

二人が装着したのを確認し、栗島は司会者に人差し指で合図した。司会者が「テス、テス」と小声で言う。

「聞こえましたか？」

栗島が訊いた。

田畑と新城が頷いた。栗島は頷き、ステージを下りた。

「ではまず、田畑先生からご挨拶を」

司会者が言う。

田畑は壇上に並ぶマイクに顔を近づけた。

「今日はお忙しい中、お集まりいただき、ありがとうございます。早速ですが、このたび、私が代表を務める厚労省主管の特殊遺伝子プロジェクトの外郭団体リブルを、日本で三番目のレベル4ウイルスを研究する機関へ昇格させることが決定しましたことを皆様に御報告させていただきます」

田畑は小鼻を膨らませた。

会場がざわめく。

「グローバル化が進む中、日本のビジネスマンが世界の辺境へ訪問、滞在する機会も激増しています。その際、国が守らねばならないのは自国民の安全です。安全は何も犯罪に限ったことではない。疾病（しっぺい）もまた脅威です。特に、エボラやデング熱といった、ワクチンがまだ開発されていないウイルスの脅威は計り知れません。日本にも現在二箇所、レベル4ウイルスの研究ができる施設はありますが、住民の反対等々で稼働していないのが現状です。このため、我が国での未知のウイルスに対する研究は先進諸国の中で一歩も二歩も出遅れています。自国民の安全を守れないどころか、遺伝子工学やゲノム創薬の分野への可能性も閉ざしています。これは憂慮すべき事態です。看過（かんか）することはできません。よって、私、田畑義朗は政治生命を懸けて、新城先生のご協力も仰ぎつつ、この一大プロジェクトを邁進（まいしん）する所存です」

滔々（とうとう）と弁舌をぶった。

「新城先生、よろしくお願いします」

司会者がマイクを振った。

新城は顔を起こした。

「このたび、リブルの責任者を任されました新城です。私は生涯を免疫学に捧（ささ）げてきました。今回の申し出は、私の研究の集大成となりうるお話でしたので、不肖ながらこの大役を仰せつかりました。引き受けた以上は、日本の遺伝子研究が世界に冠たるものとなるよう、誠心誠意尽力してまいる所存ですので、みなさま、よろしくお願い申し上げます」

深々と頭を下げる。

拍手が起こる。新城の顔の強ばりは解けていた。

まもなく、記者の質問が始まった。

5

記者会見が始まり、周藤はファインダーから二人の様子を見つめていた。神馬は会場内の様子に目を向けている。時が経つほどに、田畑と新城は饒舌になっていく。警戒が薄れていく様が手に取るようにわかる。

周藤は腕時計を見た。開始から二十分が経っていた。

「時計を合わせろ。今から五分後に執行する。三、二、一」

小声で言う。

周藤は腕時計についたストップウォッチのスイッチを入れた。カウントが始まる。神馬は会場内を見た。客席の左端にいた伏木が手を挙げた。音響照明ブースにいる栗島も手を挙げる。記者席にいた智恵理も髪を掻き上げるフリをして、持っていたペンを揺らした。

神馬は周藤の脚を軽く小突き、親指を立てた。

受付カウンターにいた凜子が早速動いた。会場の外通路を小走りで駆け、スポークスパーソンが出入りするドアロに駆け寄る。

「森尾さん、ちょっといいですか」

小声で呼びかける。

森尾は会場内の様子を気にしつつ、凜子に近づいた。

「どうした、松嶋君」

「気にする必要はないのかもしれないんですが、記者会見が始まった途端にネイチャー雑誌の記者の方二人が部屋を出て行かれまして、まだ戻って来ていないんです」

「ネイチャー雑誌？　名前は？」

「サイレントフロンティアという新興雑誌のようですが」

「どのくらい戻って来ていないんだ？」

「かれこれ二十分くらいです。それと、もう一つ気がかりな点が……」

　言い淀む。

「なんだ。言ってみろ」

「そのサイレントフロンティアの記者の方がお見えになった際、しつこく先生方の控え室がどこかと訊かれたんです」

「教えたのか？」

「いえ。ただ、担当は森尾だから私はわからないと言ってしまいまして……。もしも、森尾さんの後をつけられていたらと思うと、気になって仕方がなくて。何かあれば、私の責任です。申し訳ございません」

　凜子は頭を下げた。

　森尾は凜子の肩を叩いた。

「いやいや、まだ何か起こったわけでもないし、何かあっても君のせいではない。むしろ、そういう輩を待っていたんだよ」

「いや、こっちの話だ。君はここで待機しておいてくれるかな。僕が戻る前に会見が終わったら、先生方を部屋まで案内してほしい」

「待っていたとは？」

「承知しました」

凜子が言う。

森尾は非常口のドアを開け、駆け出していった。

凜子は息を吐いて、警備員を見た。敬礼する。警備員は敬礼を返した。

「D1のリヴです」

名乗り、時計を見やる。

「あと三分で執行なのでよろしく」

「承知しました」

警備員はインカムで凜子からの情報を伝える。警備員はすべて、アントから派遣された処理課員だった。

伏木が会場から出てきた。凜子が事務所の鍵を手渡す。

「クラウン。すべての痕跡をよろしく」

「任せとけ、リヴ」

非常口に飛び出る。

伏木はアントの課員と合流し、騒動の間に田畑事務所に残してきたコンピュータウイルスの痕跡や凜子の履歴や写真など、すべてを消去する役割を負った。

執行までの時間が二分となった。会場内では質疑応答が続いている。

周藤は時計のデジタル数字を追った。執行まで一分四十五秒となった瞬間、

「ジャミング」

と呟いた。

栗島がポケットに入れていたスイッチを握った。瞬間、音響照明機器の下に仕込んだ強力な電磁波発生装置が起動した。途端、会場の照明は点滅を始め、テレビカメラやデジタルカメラのモニターにノイズが走った。

会場がざわつき始めた。マイクのハウリング音がスピーカーを鳴らす。耳をかき回すような金切り音に場内の人々が顔を歪める。受付にいた田畑事務所の職員たちも会場内に飛び込んできた。警備員を装っていたアントの課員は扉を閉めた。

音響照明の調整を担当していた技術者が電源を落とした。照明が落ち、音が消える。暗闇の中で、人々のざわめきだけが聞こえた。

「どうした！」

田畑の怒声が聞こえた。

神馬は首に提げていたゴーグルをかけた。暗視ゴーグルだった。視界が緑色に変わる。

三脚から漆一文字を取り出した。耳を大きく立てて獲物を狙う食肉獣のように、神馬はブースの床を軽やかに蹴った。記者席の脇を抜け、右往左往しているカメラマンたちの合間を縫って、ステージに跳ね上がる。空気の揺らぎも止まり、闇にまぎれた。

周藤はスコープでステージの様子を覗いた。田畑と新城はステージ上から動かず、闇の中、天井や会場に目を走らせていた。その新城の背後には神馬がいた。ステージ脇には暗視眼鏡をかけた智恵理が立っている。

栗島に向かって、右の人差し指を挙げる。やはり、暗視ゴーグルをかけた栗島は、ステージにライター大の機械を向け、スイッチを押した。田畑と新城が取り付けたワイヤレスイヤホンの周波数が変わる。栗島が右手を挙げた。

周藤は、暗視スコープを覗いた。

田畑の姿を捉える。スコープ内の十字の中心を田畑の眉間に合わせる。十字マークの脇に15・2という数字が出ている。的までの距離が15・2メートルという意味だ。

五十メートルピストル競技をしていた周藤にとって、十五メートル程度の距離は難しくない。それでも周藤は念入りに細かく調整をし、田畑の眉間を完全に捕捉した。

ゆっくりと口を開く。

「田畑義朗、新城充。両名は政治権力を利用し、己の名声と富のためにウイルスを使い、罪のない人々を虫けらのごとく殺害した。その罪は許しがたく、看過できない水準に達した」

「誰だ！」

田畑が立ち上がった。周りを見回しながら怒鳴る。

スコープの十字は田畑の眉間を捉え続けた。

「よって、桜の名の下、極刑に処す」

周藤が言った。

神馬は新城の背後からテーブルに身分証を開いて投げた。白色のペンライトで身分証を照らす。

光の下に、紅い髑髏を背負った旭日章が浮かび上がった。

新城と田畑の動きが止まった。

「まさか……暗殺部！　本当にあったのか……」

田畑が呟く。神馬がニヤリとした。

「執行！」

神馬が明かりを消す。

瞬間、周藤の銃が火を噴いた。暗闇の中でかすかな閃光が爆ぜる。薬莢が飛んだ。カメラ内部の隙間に薬莢が収まる。45ACP弾が空を切り裂く。放たれた銃弾は記者たちの頭上を飛翔し、田畑の眉間にめり込んだ。

田畑の双眸が見開いた。眉間に穴が空き、鮮血が飛び散る。田畑はそのまま後方に倒れ、椅子に仰け反った。

物音に気づき、新城が田畑の方を見やった。瞬間、新城の胸元から黒い刃が飛び出した。新城は双眸を開いた。

「じゃあな。大バカ博士」

刀を横に向ける。体内で刃が回転した。心臓の大動脈を切り裂く。

新城の口からおびただしい血があふれた。刀を抜く。新城はそのまま机に突っ伏した。

新城のスーツの裾で血を拭きとって、素早く鞘に納め、身分証を回収した。壇上から跳ね下り、闇を駆け抜け、周藤の元へ戻る。呼吸ひとつ乱さずに開けっ放しの三脚の脚に刀を戻し、ゴーグルを外した。

智恵理は息絶えた二人に歩み寄り、首筋に指を当てた。胸元からインカムを取り出す。

「ターゲットの死亡を確認しました。みんな、お疲れ様。撤収して下さい」

智恵理が言う。

周藤はカメラを抱えた。神馬が三脚とケースを取る。智恵理が入口付近に駆けてきた。栗島も電磁波発生装置を回収し、駆け戻ってくる。

会場内は混沌としていた。ドアを少しだけ開け、四人が表に出る。凜子と警備員が待っていた。

「Ｄ１オペレーターのチェリーです。執行は終了しました。あとはよろしく」

警備員に声を掛ける。

そして、四人は足早に会場を去った。

会場内の明かりが戻った。ざわついていた記者や関係者が天井を見上げて、ホッと胸を撫で下ろす。

会場内に女性の悲鳴が響いた——。

エピローグ

暗殺執行から一ヶ月が経っていた。

周藤は本牧の自宅マンションに戻り、横浜港を眺めつつ、読書に耽(ふけ)る日々を送っていた。

テレビが点いていた。一ヶ月を経た今も、記者会見場での殺害事件は世間を賑わせていた。報道陣の前での凶行だ。巷(ちまた)の興味は尽きない。しかし、現場の映像や写真は残っていない。強力な電磁波がデジタルデータを破壊していた。

報道陣は周藤たちの顔を見ている。犯人の顔を知っているのだが、それに気づく者はいない。過度な衝撃に遭った人間はインパクトの瞬間しか記憶していない。その他の小事は記憶の片隅に追いやられ、二度と思い出すことのないものとなる。

警察が発表した事実も、報道陣の記憶の中から周藤たちの影を消し去る一因となっている。

事件は、事実とはまったく違う形で処理されていた。

新城と田畑を殺したのは、長井結月ということになっていた。結月はリブルを巡り田畑と対立していた峰岡の命を受け、記者会見場で田畑と新城を殺した。一方、峰岡と保坂を殺したのは、新城から命令された浜崎ということになっていた。

つまり、記者会見場での前代未聞の凶行は、互いの利権を巡り、田畑・新城側と峰岡・保坂側が争った末の惨事だったということでカタを付けられていた。

長井結月は自宅で自殺した。結月の自宅から押収されたパソコンから、リブルを巡る顚末の仔細を記したデータが発見された。峰岡や田畑たちから送られたメール、金銭授受の証拠も得られた。

むろん、これもすべて第三会議が用意したシナリオで、虚構を真実にするための工作はアントが行なったものだった。

長井結月は生きている。今もアントの地下本部の一室で、取り調べを受けている。

結月の経歴には公安関係者が興味を抱いていた。国際ブローカーの裏を知る立場だ。しかもまだ若い。本来、田畑や新城と共に処分されるべきターゲットではあったが、公安や組対部の強い要請で、身柄を拘束したまま生かすこととなった。

世間が操作された情報に踊る中、関係者の処理は淡々と行なわれた。

密入国に関与していた極東汽船の飯室は、自社のコンテナ船から高塚たちの遺体が発見されたことを受け、死体遺棄の容疑で警視庁に身柄を拘束された。言うまでもなく、これはきっかけで、今後、殺人幇助(ほうじょ)や入国管理法違反、マネーロンダリングに関連する関係法などの罪を問われることになる。

ロシア貿易振興機構のヤンは、ICPO(国際刑事警察機構)からの要請ということで身柄を拘束し、ロシア当局に引き渡した。その見返りに警察庁はロシア政府当局からヤンや極東汽船に通じていた犯罪武装組織のデータを受け取ることになっている。いずれ、田畑の下で蠢いていた闇の全容も判明することだろう。

保坂と共に裏研究を行なっていた西野を始めとする研究者たちは、裏研究所の閉鎖に協力させられた後、リブルでの件を今後一切口外しないという条件で解放され、個々人がレベル4ウイルスを扱う研究所へと転籍した。

罹患者は、今もなお隔離され、治療が行なわれている。東村はsiRNA剤の投与を受け、小康状態を保っているが、予断は許さない。SFTSに感染させられた西崎奈央はウイルス自体を保有していなかったが、念のため、詳細な検査を受けている最中だ。エボラウイルスに感染した麻生菜々美は、幸いにもその後も発症せず、体内のウイルス濃度も問題ない程度に減少していた。しかし、退院するまでにはまだ時間がかかりそうだった。

ボーガンや銃で傷を負った青砥は驚異の回復力を見せ、退院した。すでに店の再開準備を始めている。

アントに拘束された荒川や浜崎の部下たちは解放された後、青砥の監視下で働くことを義務づけられた。もちろん、アントに拘束された件の口外は許されない。

アントは、解放した一般人に識別番号入りのＩＣチップを体内に埋め込んでいた。口外すれば、追跡して拘束し、闇に葬る。

青砥も荒川たちも、拘束された件はもちろん、神馬や浜崎の名前すら一切口にすることなく、日々を送っていた。

リブルは一旦閉鎖された後、特殊遺伝子プロジェクト主導の下、再開準備が進められている。表の研究自体は国家主管のものなので問題はない。裏での研究を知らなかった研究者や職員たちは再開の日を待ち望んでいた。

周藤はリモコンを取り、テレビを消した。静けさに包まれる。

暗殺部一課・デリート１は、リブルの事件以降、休暇に入っていた。

智恵理は毎日、〈Ｄ１〉オフィスに出社しているが、他の者が何をしているのかは知らない。仕事がないときは何をしていてもかまわない。また、仕事以外で一課の面々が顔を揃えることはない。

カーテンが揺れた。周藤はふと窓の外に目を向けた。クルーズ船が陽光に煌めく横浜港を優雅に走っていた。

静かなときだった。

この静けさがいつまでも続けばいいと願う。

その時、スマートフォンが鳴った。ディスプレーを見る。

ツーフェイス・菊沢からだった。

「休みは終わりか」

周藤はふっと笑みをこぼして本を閉じ、スマートフォンを手に取った。

本作品はフィクションです。実在する
個人、団体等とは一切関係ありません。

D１　警視庁暗殺部

一〇〇字書評

切り取り線

購買動機（新聞、雑誌名を記入するか、あるいは○をつけてください）

- □（　　　　　　　　　　　　　　　　　）の広告を見て
- □（　　　　　　　　　　　　　　　　　）の書評を見て
- □ 知人のすすめで
- □ タイトルに惹かれて
- □ カバーが良かったから
- □ 内容が面白そうだから
- □ 好きな作家だから
- □ 好きな分野の本だから

・最近、最も感銘を受けた作品名をお書き下さい

・あなたのお好きな作家名をお書き下さい

・その他、ご要望がありましたらお書き下さい

住所	〒				
氏名		職業		年齢	
Eメール	※携帯には配信できません	新刊情報等のメール配信を 希望する・しない			

この本の感想を、編集部までお寄せいただけたらありがたく存じます。今後の企画の参考にさせていただきます。Eメールでも結構です。

いただいた「一〇〇字書評」は、新聞・雑誌等に紹介させていただくことがあります。その場合はお礼として特製図書カードを差し上げます。

前ページの原稿用紙に書評をお書きの上、切り取り、左記までお送り下さい。宛先の住所は不要です。

なお、ご記入いただいたお名前、ご住所等は、書評紹介の事前了解、謝礼のお届けのためだけに利用し、そのほかの目的のために利用することはありません。

〒一〇一ー八七〇一
祥伝社文庫編集長　坂口芳和
電話　〇三（三二六五）二〇八〇

祥伝社ホームページの「ブックレビュー」からも、書き込めます。

http://www.shodensha.co.jp/bookreview/

祥伝社文庫

D1（ディーワン）　警視庁暗殺部（けいしちょうあんさつぶ）

平成25年9月5日　初版第1刷発行

著者　矢月秀作（やづきしゅうさく）
発行者　竹内和芳
発行所　祥伝社（しょうでんしゃ）
東京都千代田区神田神保町3-3
〒101-8701
電話　03（3265）2081（販売部）
電話　03（3265）2080（編集部）
電話　03（3265）3622（業務部）
http://www.shodensha.co.jp/

印刷所　堀内印刷
製本所　積信堂
カバーフォーマットデザイン　芥 陽子

Printed in Japan ©2013, Shusaku Yaduki ISBN978-4-396-33872-5 C0193

祥伝社文庫の好評既刊

渡辺裕之
死線の魔物
傭兵代理店

「死線の魔物を止めてくれ」。悉く殺される関係者。近づく韓国大統領の訪日。死線の魔物の狙いとは⁉

渡辺裕之
万死の追跡
傭兵代理店

米の最高軍事機密である最新鋭戦闘機を巡り、ミャンマーから中国奥地へと、緊迫の争奪戦が始まる！

渡辺裕之
聖域の亡者
傭兵代理店

チベット自治区で解放の狼煙を上げる反政府組織に、傭兵・藤堂浩志の影が⁉そしてチベットを巡る謀略が明らかに！

渡辺裕之
殺戮の残香
傭兵代理店

最愛の女性を守るため。最強の傭兵・藤堂浩志が、ロシア・アメリカの謀略機関と壮絶な市街地戦を繰り広げる！

渡辺裕之
滅びの終曲
傭兵代理店

最強の傭兵、最後の戦い。襲いくる〝処刑人〟。傭兵・藤堂浩志の命運は⁉シリーズ最大興奮の最終巻！

渡辺裕之
傭兵の岐路
傭兵代理店外伝

〝リベンジャーズ〟が解散し、藤堂が姿を消した後、平和な街で過ごす戦士たちに新たな事件が……。その後の傭兵たちを描く外伝。